와이 미 2
Why me?

한 번 사는 인생 어떻게 살 것인가?

김춘근 지음

베드로서원

그리스도의 심장으로 쓴 비전 선언

한 번 사는 인생 어떻게 살 것인가?

My wife and I dedicate this book(our vision)
to the 2nd and 3rd generation of our family : Sharon(딸),
Edward(사위), Mark(손자), and Gracie Cate(손녀)
Sunoo, and Paul Kim(아들)

책머리에

　'한 번 사는 인생 어떻게 살 것인가?' 이 책은 내 인생의 거울에 비춰진 하나님의 비전에 대한 나의 헌신의 고백서이다. 좀 자세히 말하자면 내가 회개하고 하나님의 은혜로 변화된 후 하나님께서 주신 소중한 비전을 이루기 위해서 내 생명에게 허락된 마지막 에너지 한 줌까지를 다 드려 불태운 내 인생의 고백이다.

　오늘날 어디를 가든지 '비전(vision)' 이란 말을 많이 쓰는데 비전이 우리 삶에서 그 만큼 중요하기 때문이리라. 그러나 염려스러운 것은 '비전' 의 진정한 의미를 알지 못하고 무분별하게 사용하고 추구함으로서 개인의 운명만이 아니라 역사의 운명을 잘못되게 할 수 있다는 것이다.

　비전은 하나님의 뜻과 계획, 즉 하나님의 소원을 하나님의 자녀들에게 계시해 주신 것이다. 이것이 단순한 꿈이나 개인적인 야망과 혼동되어서는 안 된다.

　나는 이 책을 통해서 내가 하나님의 자녀로, 그리스도의 대사로 살아가는 내 인생의 여정에서 내가 하나님께로부터 깨우침 받은 것을 말씀의 채로 걸러서 '비전이 무엇인가?' 하는 것을 정의하면서, 하나님께서 나에게 주신 비전을 구체적으로 함께 나누고 싶다. 또 내 심장에서 활화산처럼 끓고 있는 하나님께서 주신 그 비전에 대한 열망과 부담을 같이 나누고 싶고, 그 비전을 이루기 위해서 나에게 허락된 몸과 마음과 뜻과 정성과 피와 땀과 눈물과 시간과 모든 에너지를 다 드려 가는 내 인생여정 자체를 나누고 싶다.

하나님의 자녀로 같은 시대를 살아가는 사랑하는 형제자매들과 손에 손을 잡고 하나님께서 우리 세대에게 주신 비전, 곧 하나님의 소원을 같은 열망으로 이루어가기를 바라는 마음에서이다.

이 책은 연 전에 출판된 '와이 미'에 이어지는 책이다.

'와이 미'(제1편)는 나의 개인적인 회개와 변화의 삶에 대한 고백이었다. '한 번 사는 인생 어떻게 살 것인가?'(제2편)는 허두에 밝힌 대로 하나님께서 나에게 주신 비전과 그 비전을 이루어가는 나의 헌신의 고백이다. '하나님의 소원을 이루기 위하여'(제3편)는 '우리를 향한 하나님의 소원을 하나님의 자녀인 우리가 어떻게 이룰 수 있을까?' 하는 내용으로 '하나님의 소원'에 포커스한 미래적이고 전략적인 책이다. 모두가 하나님께서 내 삶의 과거와 현재와 미래 속에서 생생하게 역사하신 내용들을 썼기에 이 책들은 일련의 시리즈이다. 특히 2편과 3편은 사실은 한 권의 책으로 쓴 것을 부피 때문에 부득이 둘로 나누었다.

아무튼 이 세 편의 책을 통해서 나는 내 과거와 현재와 미래의 삶 전체를 통해서 이루어가시는 하나님의 역사(His Story)를 그리스도 안에서 사랑하는 독자 성도들과 함께 적나라하게 나누고 싶다.

이 책을 읽는 이마다 우리 시대를 향하신 하나님의 소원에 대한 불타는 열망을 품고 그것을 이루는 것을 인생의 사명으로 받기를 소망하면서 ….

 이 책이 출판되기까지 여러 분들이 수고해 주셨다. 나는 이 책을 집필하면서 한 부분이 끝날 때마다 아내에게 그 내용을 읽어주고 아내의 조언을 구했다. 아내는 이 책의 첫 번째 독자로서 좋은 피드백(feedback)을 주었다. 빠뜨린 것은 덧붙여도 주고 빗나간 것은 바로 잡아 주었다. 무엇보다도 내가 바쁜 일과 속에서도 집중해서 이 책을 쓸 수 있도록 여건을 만들어 주었고 줄곧 나를 격려하면서 기도해 주었다. 사실 이 책은 내가 아내와 같이 보고 느끼고 체험한 사실들을 기록한 것이기에 나의 동역자인 아내와 공저한 것이나 다름이 없다. 나의 사랑하는 아내에게 충심으로 감사를 드린다.

 하나님의 크신 은혜 가운데 JAMA-GLF(Global Leadership Forum) 디렉터로 나와 동역하시는 강운영 목사님과 강재화 사모님의 수고를 잊을 수가 없다. 강 사모님께서는 내가 손으로 쓴 초고를 타이핑해 주셨고, 강 목사님께서는 내 거친 글을 한 문장 한 문장 다듬어 주셨다. 두 분의 사랑과 수고에 충심으로 감사를 드린다.

 베드로서원 주간이신 한순진 목사님께서 책 전체의 흐름에 대해서 조언해 주셨고 구체적인 에디팅(editing) 작업을 해주셨다. 언제 뵈어도 신실하고 인자하신 한 목사님께 사랑과 감사를 드린다.

 이 책 출판을 하나님 나라 확장을 위한 사역으로 믿고 동역자의

심정으로 이 책을 출판해 주신 베드로서원 한영진 사장님과 이 책
이 출판되기까지 수고하신 베드로서원 직원 여러분께 특별히 감사
를 드린다.

그리고 오늘 이 시간까지 나와 함께 미국과 세계의 예수 대각성
을 위해 헌신하고 수고하는 자마의 모든 스태프와 동역자들에게 나
의 마음을 다해서 감사 드린다.

간절히 소원하기는 이 책을 읽는 모든 분들이 하나님의 비전을
받아 사는 날 동안 하나님의 자녀로서, 하나님의 후사로, 그리스도
의 대사로, 왕 같은 제사장으로 하나님의 소원을 이루어 나가는데
이 책이 큰 도전과 도움이 되기를 바란다.

끝으로 이 책에서 나오는 모든 이익금은 우리 자녀들이 미국과
세계에 예수 대각성과 부흥을 일으키는 리더가 되도록 그들을 모아
훈련하는 일에 쓸 것이다. 이 하나님 소원을 이루는데 밀알이 되기
를 간절히 기도한다.

목차

꿈
Dream

 **제1부 꿈**

"목사님, 저 무지개를 보세요!"

나는 자동차 앞자리에 앉아서 크게 소리쳤다. 정 목사님도 무지개를 보시더니 순간적으로 자동차 브레이크를 밟으셨다. 한겨울의 알라스카 하이웨이는 빙판처럼 미끄럽다. 자동차가 핑~ 돌다가 멈췄다. 알라스카에서는 흔히 있는 일이다. 정 목사님과 나는 자동차 문을 열고 밖으로 나와서 일곱 색깔 무지개를 신기한 듯 바라보며 감탄했다. 추운 겨울에다 맑은 날씨였다. 비가 올 리도 없고, 눈도 오지 않았는데 어떻게 저런 아름다운 무지개가 산 가운데 떠 있을 수 있을까?

"참 이상합니다. 장로님, 무슨 약속의 꿈이라도 꾸셨습니까?"

정 목사님이 나에게 물었다.

"너무도 엄청난 꿈이라 지금 말씀드릴 수 없습니다. 나중에 나누도록(sharing) 하겠습니다."

하나님의 약속의 상징인 무지개! 나는 자연을 통해서 확인해 주시는 하나님의 약속을 가슴에 안고 기쁜 마음으로 집으로 돌아왔다.

수양관 기도실에서

1985년 1월 첫 주였다. 나는 앵커리지에서 약 60마일 떨어진 마이

어 레이크(Mire Lake) 컨퍼런스 센터에서 돌아오는 길이었다. 그곳
은 아름다운 호수가 있는 기독교 수양관으로 우리 교회(앵커리지
열린문교회)가 여름 수련회를 위하여 자주 사용하던 곳이다. 알라
스카 1월은 정말 춥다. 앵커리지는 알라스카 다른 지역보다는 비교
적 덜 춥지만 어떤 때는 화씨 마이너스 30도까지 내려가기도 한다.
겨울에는 마이어 레이크가 꽁꽁 얼어붙고 수양관은 하얀 눈으로 다
덮여진다.

　나는 1981년부터 매년 1월 초가 되면 그곳 수양관에 있는 기도실
을 빌려 3일 내지 1주일 동안 금식할 때도 있었고, 또는 간략하게
과일이나 채소 정도를 먹으면서 하나님과 나만의 조용하고 깊은 관
계를 갖는 시간을 가져 왔다. 지난 1년 간 내가 어떻게 무슨 일을
하고 살아왔는지, 과연 하나님 마음에 합당한 삶을 살아왔는지 하
나하나 점검하면서 잘못한 것은 회개하며 하나님께 용서를 구하고,
잘된 것들은 전적으로 하나님의 은혜인 줄 믿고 하나님께 영광을
돌렸다. 또 하나님께서 새해를 주셨으니 내가 어떻게 살아야 할 것
인지, 그리고 새해에는 무엇을 하시기를 원하시는지 하나님께 구체
적으로 물어보면서 큐티를 통하여 내 자신이 한해를 계획하는 시간
을 가져왔다. 그러나 1985년 1월은 예년과 달랐다. 내 마음에 큰 부
담감과 조급함이 있었다.

　1977년 6월 24일 새벽, 나는 하나님께 매달렸었다.
　"하나님, 다시 한 번 살려 주시옵소서. 하나님이 나에게 무엇을
원하시든지 하나님께서 원하시는 대로 제 자신을 드리겠사오니 한

번만 더 살려 주옵소서…."

내가 고통 중에 부르짖었을 때 하나님께서 내 부르짖음을 응답해 주셨다(시 118:5). 나의 구원을 확증해주셨을 뿐 아니라 다시 한 번 이 땅에 살 수 있는 새 삶을 허락해 주셨는데….

그 후 벌써 8여 년 세월이 지났다. 건강은 완전히 회복되었고(알 라스카의 아름다운 자연과 깨끗한 공기, 그리고 신선한 생선과 깨 끗한 물이 나의 건강 회복에 큰 역할을 했다), 섬기는 교회도 계속 부흥하고, 대학에서도 17명 위원의 엄격한 심사를 거쳐 대학 역사 상 최초로 총장이 주는 최우수 교수상도 받았고(Chancellor's Award for Excellence in Teaching, 1984년 10월), 가정도 행복하고…, 모든 일이 다 잘 되고 있었다. 이러한 삶을 살게 하시려고 하나님께서 나 를 다시 한 번 살려주셨구나 감사하면서 살 만도 한데, 그러나 성령 님의 계속적인 깨우침이 나를 그대로 두지를 않았다. 나는 견딜 수 가 없었다. 하나님의 나를 향하신 계획 곧 비전을 확인하기 위해서 나는 그 절박감 가운데 금식하며 기도하기로 작정했다.

"하나님, 나에게 현재와 같은 삶을 살게 하시려고 다시 생명을 주 셨습니까? 왜 저를 살려주셨습니까? 나에 대한 하나님의 구체적인 뜻과 계획이 무엇입니까? 내 남은 인생의 마지막 장을 어떻게 드리 기를 바라십니까?"

나는 혼신을 다해 기도하며 하나님의 뜻을 찾았다.

"하나님께서 다시 한 번 살려주시면 무엇을 원하시든 내 인생 전 체를 바치겠다고 약속하지 않았습니까? 하나님이 원하시는 저에 대 한 계획이 무엇입니까?"

간절히 기도했다.

찬송을 부르고 하나님 말씀을 읽고 묵상하면서 하나님 얼굴을 바라보며 나의 삶을 향한 하나님의 뜻을 계속 찾았다. 동기를 살피고 마음을 깨끗하게 하면서 간절하게 기도했다. 순간 내 마음에 엄청나게 큰 도전의 말씀이 강하게 들려왔다.

"Making America Greater with Korean American Christians (KAC) by revitalizing your faith in God!(하나님을 믿는 우리의 믿음에 다시 활력소를 부어서 회복함으로 미국에 사는 우리 한국인 크리스천들과 더불어 미국을 더 위대하게 만들라!)"

나는 하나님의 이 엄청난 도전에 충격을 받으며 노트에 그 말씀을 그대로 옮겼다. 그 비전이 너무도 커서 떨 수밖에 없었다. "하나님! 우리 코리언-아메리칸들과 어떻게 미국의 신앙을 회복하고 어떻게 더 위대한 미국을 만들 수 있습니까? 제 생각으로는 도저히 불가능한 일입니다. 우리 코리언-아메리칸은 미국에 가장 늦게 이민 온 인종 중의 하나요, 숫자도 적은 소수민족(minority) 중의 소수민족입니다. 아직 미국 주류사회에서 영향력을 끼치지 못하고 있는 약한 우리가 어떻게 역사상 가장 강한 미국을 더 위대하게 만들 수 있다는 말씀입니까? 하나님 저에게 농담하시는 거 아니십니까? 제가 누굽니까? 제가 이해할 수 있고 제 능력으로 할 수 있는 사명을 주셔야지 전혀 상상할 수도 없고 감당할 수도 없는 이 엄청난 비전을 보여주십니까? 우리가 어떻게 할 수 있습니까? 인간으로 볼 때 너무나 황당무계한 이 엄청난 비전을 어떻게 우리가 감당할 수 있겠습니까? 우리 이민 교포사회, 특히 교계의 실정을 하나님께서 잘 아시지 않습니까? 이 일을 시작하기도 전에 다툼과 분열이 있을 텐데… 저는 못합니다. 제가 무슨 능력으로 이 일을 할 수 있겠습니까? 저는 웃음거리 밖에 되지 않을 것입니다."

나는 항변이라도 하듯이 하나님께 묻고 또 물었다. 그 때 하나님께서 내 심중에 말씀하셨다.

"너도 그 사람들과 조금도 다를 바 없었다. 그런 너를 내가 회개시키고 변화시킨 것 같이 그 일도 내가 할 것이다."

성령님을 통하여 강하게 나를 도전하시면서 로마서 9장 1-3절을 생각나게 하셨다. 나는 즉시 성경을 펴서 그 말씀을 읽었다.

"내가 그리스도 안에서 참말을 하고 거짓말을 아니하노라 내게 큰 근심이 있는 것과 마음에 그치지 않는 고통이 있는 것을 내 양심이 성령 안에서 나로 더불어 증거하노니 나의 형제 곧 골육의 친척을 위하여 (그리고 내 민족 이스라엘 백성을 위하여 -NIV) 내 자신이 저주를 받아 그리스도에게서 끊어질지라도 원하는 바로라"

나는 사도 바울의 이 고백에 큰 충격을 받았다. 눈물을 흘리며 회개했다. 하나님께서 택하신 자기 백성을 향한 바울의 사랑… 자기를 그렇게도 괴롭혔던 자기 민족을 어쩌면 그렇게 사랑할 수 있었을까?

어떻게 보면 이스라엘 백성과 우리 한인 크리스천들은 비슷한 점들이 너무나 많다.

"하나님, 제가 사도 바울의 그러한 심장을 가진다 할지라도 제가 사도 바울이 아니지 않습니까? 저는 한 대학의 교수에 불과합니다.

제가 어떻게 이 엄청난 일을 시작할 수 있습니까?"라고 호소했다.

하나님께서 다시 말씀하셨다.

"네가 하는 거야? 내가 하는 거지. 나를 온전히 믿고 신뢰하라. 내가 너를 몰라서 이 큰 비전을 준 것 같으냐? 난 너의 장단점을 다 알고 있다. 네 머리카락의 숫자까지도 알고 네 마음의 중심을 꿰뚫고 있다. 너는 요한복음 14장 12-14절 말씀을 믿느냐? 빌립보 4장 13절 말씀을 믿느냐? 찾아서 읽어보고 나에게 대답하라."

나는 요한복음과 빌립보서 말씀을 읽었다.

"내가 진실로 진실로 너희에게 이르노니 나를 믿는 자는 나의 하는 일을 저도 할 것이요 또한 이보다 큰 것도 하리니 이는 내가 아버지께로 감이니라 너희가 내 이름으로 무엇을 구하든지 내가 시행하리니 이는 아버지로 하여금 아들을 인하여 영광을 얻으시게 하려함이라 내 이름으로 무엇이든지 내게 구하면 내가 시행하리라"(요 14:12-14)

"내게 능력 주시는 자 안에서 내가 모든 것을 할 수 있느니라"(빌 4:13)

나는 "하나님의 말씀인데 어떻게 제가 믿지 않겠습니까? 믿습니다."라고 고백했다.

그렇다. 그 말씀대로 믿자. 말씀하신 대로 믿고 모든 것을 그리스도의 이름으로 구하면 하나님께서 다 이루어 주실 것이다. 말로 형용할 수 없이 감격스러운 하나님과의 대화였다.

나는 분명히 확신하게 되었다. 이 엄청난 사명을 내가 이루는 것이 아닌 것을…. 하나님께서 나를 포함한 코리안 아메리칸 성도들(Korean-American-Christians : KAC)로부터 시작해서 결국은 하나님을 사랑하고 경외하는 미국의 모든 성도들의 헌신을 통하여 이 일을 친히 이루시리라.

"그렇다. 하나님이 함께 하시면 세상이 나를 어떻게 할꼬?"(시 118:6)

나는 이 비전이 막연한 꿈이 아니고 정말 나와 우리를 향한 하나님의 소원인지 다시 확인하고 싶었다. 그리고 이것이 하나님의 비전이라면 어떻게 이 비전이 이루어질 수 있는지 성경말씀과 역사를 통하여 그 근거를 찾아야겠다고 결심했다. 왜냐하면 비전은 반드시 성경적이어야 하고 역사적이어야 하기 때문이다. 그렇지 않으면 그것은 신비주의에 빠지기 쉽다.

나는 성경말씀을 집중적으로 읽기 시작했다. 도대체 어떻게 미국에 사는 우리 KAC가 미국을 더 위대하게 만들 수 있는지 성경을 통하여 그 근거와 해답을 찾고 싶었다. 신학을 공부한 사람도 아닌데 참으로 막연했다. 나는 창세기(구약)와 마태복음(신약)을 같이 읽기 시작했다. 읽고 또 읽었다.

일주일의 금식이 끝나는 날이었다. 정진구 목사님(당시 앵커리지 열린문교회 담임)께서 나를 픽업(pick-up)하기 위하여 오전 11시 즈음에 수양관에 오셨다. 목사님은 내가 일주일을 금식한 연약한 몸으로 미끄러운 하이웨이를 운전하고 집에 돌아오는 것이 힘들 것을 우려해서 내가 올라올 때도 라이드(Ride)를 주셨고, 다시 나를 데리러 오신 것이다. 날씨는 화창했지만 굉장히 추웠다.

알라스카의 겨울은 낮이 짧다. 10시 반에 해가 떠서 남쪽 산 위에 머물다가 4시간 후면 져버린다. 그러니까 아이들은 어두울 때 학교에 갔다가 어두울 때 돌아온다. 반대로 여름이면 밤이 거의 없다. 자정이 넘어서야 해가 지고, 그것도 밝은 석양이 계속되다가 이른 새벽이면 동이 트기에 알라스카 여름은 사실 밤이 없는 셈이다.

정 목사님과 같이 돌아오는 중 우리는 앵커리지 도시를 병풍처럼 감싸고 있는 추게치(Chugachi) 산을 돌아서 군 기지들을 지나고 있었다. 거의 12시쯤 되었는데 추게치 산에 큰 무지개가 떠오른 것이다. 이 무지개는 나에게 하나님의 약속의 표시였다.

나는 집에 돌아와서도 계속해서 성경말씀을 읽으면서 성경적 근거를 찾았다. 거의 2년을 보냈다. 한편으로 나는 교수로서 가르치고 연구할 뿐만 아니라 국제 무역 경영 센터의 운영을 위해서도 열심히 일했다. 그리고 주님의 피로 값 주고 사신 교회를 위해서 열심히 전도하고 봉사했다.

1986년 6월 중순 나는 미주한인예수교장로회 총회 참석차 LA에 갔다가 LA 지역 CCC 대학생들에게 요셉의 꿈에 대해서 말씀을 전하고 다음 날 비행기를 타고 알라스카로 돌아오고 있었다. 그 비행기 안에서 묵상하는 중에 성령님께서 내 마음에 요셉과 다니엘과 사도 바울의 비전을 보라고 말씀하셨다.

집에 돌아온 후 나는 성경말씀을 통하여 그분들에 관한 것을 더 깊이 연구하면서 그분들의 공통점을 찾기 시작했다. 나는 그분들을 통해서 하나님의 엄청난 비밀을 발견하게 되었다. 나는 다른 많은 선진 성도들, 그리고 그 위대한 하나님의 종들 중에서도 이 세 사람이 가지고 있는 5가지 공통점을 발견하고 하나님이 나에게 계시한 비전이 하나님의 말씀에 근거한 것임을 분명히 깨닫게 되었다. 나는 너무나 기뻤다. 환호하며 감사하면서 하나님께 찬양을 드렸다.

요셉과 다니엘과 바울

첫째, 그들은 철저한 믿음의 사람들이다. 그들은 강하고 담대하며 견고한 믿음의 소유자들이다. 누구도 당할 수 없는, 무엇과도 타협하지 않는, 순수하고 깨끗한 신앙인들이다. 그들은 아무리 어려운 환경에 처할 때에도 하나님을 배반하지 않았고, 하나님을 향한 소망과 믿음을 절대로 저버리지 않았다.

형제들에게 노예로 팔려 애굽 땅에 온 요셉을 보자. 주인 보디발이 맡겨준 책임을 최선을 다해 수행했다. 하나님이 함께 하심으로 보디발의 가정이 요셉으로 인하여 큰 복을 받았다. 그는 보디발의 아내의 끈질긴 유혹을 담대하게 물리쳤다. 보디발의 아내가 날마다 동침하기를 청하였으나 요셉은 "내가 어찌 이 큰 악을 행하여 하나님께 득죄하리까?"(창 39:9)라며 단호하게 거절했다. 결국 누명을 쓰고 죄 없이 감옥에 갇히는 어려움을 당했을지라도 그는 결코 하나님을 향한 그의 순수한 마음을 더럽히지 않았다. 보디발의 아내는 성적 욕망을 위해서 정신을 다 쏟았으나 믿음의 사람 요셉은 하나님과 자기의 영혼을 위하여 죄로부터 순결을 지키려고 온 힘을 다 쏟았다.

나는 이 시대의 젊은이들에게 묻고 싶다. "그대가 요셉이라면 17세 청춘의 나이에 그러한 유혹에 이겨낼 수 있겠는가?" 그런 유혹을 믿음으로 이겨 낼 사람들이 과연 몇이나 될까? 사실 자유가 없는 노예로서 주인의 아내가 날마다 동침하자고 청하면 감옥에까지 들어가면서 정조의 순수성을 지킬 사람이 과연 몇 명이나 될까? 당시 요셉의 형편으로 보아 얼마든지 변명할 수 있었을 것이다. 보디발의 아내와 동침하여 그녀를 만족시켜 준다면 주인의 아내로부터 얼마나 후한 대접을 받고 살 수 있었겠는가? 그러나 요셉은 하나님 앞에서 거룩하게 살아야 했기 때문에 웃옷을 버리고 달아나면서도 정조를 지켰다.

오늘날 우리 젊은 청년 대학생 청소년들이 요셉과 같은 순수한 믿음을 가질 수 있도록 우리 부모들이 신앙의 순수성을 직접 자녀들에게 삶으로 보여주어야 한다. 통계에 의하면 미 전국적으로 대학교와 고등학교는 말할 것도 없고 중학교 때부터 성적 경험을 한다고 한다. 크리스천의 자녀들도 마찬가지다. 예를 들면, 현재 400만 명의 유치원 학생들이 고등학교 12학년을 마치고 졸업할 때가 되면 75%의 남학생들과 50%의 여학생들이 성 경험을 했거나 또는 실제적(active)인 성생활을 한다는 통계가 보고 되었다. 성적인 문제만이 아니라 일상생활에서 순수성을 잃고 유혹에 빠져 하나님의 이름을 더럽히는 기독청소년들이 얼마나 많은가? 요셉과 같이 순수하고 청결한 충성스러운 믿음의 소유자가 많이 필요할 때가 바로 이때가 아니겠는가?

어린 소년 다니엘을 보자. 그는 예루살렘이 함락된 후 먼 바벨론 나라에 포로로 잡혀가 산 설고 물 설고 풍습 설은 이방 나라에서 왕을 수종들기 위해 3년 동안 훈련을 받았다. 그러나 다니엘은 뜻을 정하고 왕의 진미와 그의 마시는 포도주로 자기를 더럽히지 않기로 결심했다. 그는 환관장에게 담대히 요청했다. "청하오니 당신의 종들을 열흘 동안 시험하여 채식을 주어 먹게 하고 물을 주어 마시게 한 후에 당신 앞에서 우리의 얼굴과 왕의 진미를 먹는 소년들의 얼굴을 비교하여 보아서 보이는 대로 종들에게 처분하소서 하매"(단 1:12-13) 그 결과는 분명했다. 다니엘과 세 친구가 이겼다(단 1:8-16).

이 사건은 궁중에서 주는 음식과 포도주에 관한 것뿐만이 아니다. 다니엘과 세 친구가 비록 전쟁의 포로로 잡혀왔고 바벨론이 아무리 강한 나라일지라도 하나님을 모르는 이방 나라의 풍습이나 전통이나 생활방식을 아예 따르지 않겠다는 결심이었다. 다니엘에게 왕의 진미를 먹고 포도주를 마시며 안일하게 살 수 있는 기회가 주어졌으나 그는 담대히 거절하고 하나님을 향한 사랑과 그의 충성을 절대로 배반하지 않았다.

우리는 과연 어떤 삶을 살고 있는가? 세상 유행에 빠지고 세상의 풍습(헬로윈은 반기독교적인 풍습인데도 미국의 많은 기독교인들이 자녀들에게 그것을 바로 가르치지 못하고 10월 31일을 명절 같이 지낸다)을 좇으며 인간들(특히 젊은이들)을 타락시키는 부패한 영화, 비디오, 음악에 도취되어 사는 기독교인들이 얼마나 많은가? 특히 청소년들이 교회는 다니지만 인기를 얻고 동료들의 인정을 받기 위하여 세상의 풍습과 생활방식에 도취되어 거룩한 삶과 부패한 삶을 타협하며 살고 있는 것을 우리는 수없이 목격하고 있다.

하나님의 사람 청년 다니엘과 같이 어떠한 환경에서든지 절대로 자신의 신앙을 세상 풍습과 인기에 타협하지 아니하고 순수한 믿음으로 승리하는 수많은 청소년들을 신앙으로 훈련시켜 그들을 통하여 시대의 조류를 바꾸어야 할 때가 왔다고 믿는다.

다리오왕이 앞으로 30일 동안 왕 외에 다른 신이나 사람에게 기도하면 사자굴에 던져 넣기로 한 조서에 어인을 찍어 금령을 내렸다. 다니엘은 마음이 민첩하여 총리들과 방백들 위에 뛰어나므로 능히 아무 흠과 허물이 없었으며 그가 충성되어 아무 그릇됨도 없이 왕을 섬겼다. 그러나 이를 시기하는 총리들과 방백들이 다니엘을 모함하여 죽이려고 왕으로 하여금 그러한 금령을 내리게 한 것이다.

성경말씀에 "다니엘이 이 조서에 어인이 찍힌 것을 알고도 자기 집에 돌아가서는 그 방의 예루살렘으로 향하여 열린 창에서 전에 행하던 대로 하루 세 번씩 무릎을 꿇고 기도하며 그 하나님께 감사하였더라"(단 6:10) 다니엘은 왕 외에 다른 신이나 사람에게 기도하면 사자굴에 던져질 줄 알면서도 그는 하루에 세 번씩 무릎을 꿇고 하나님께 감사의 기도를 드리며 그의 경건생활을 계속했다.

누구나 어려움을 당하면 하나님께 기도는 할 수 있으나 감사하기는 쉬운 일이 아니다. 모함을 받아 역적으로 몰려서 사자의 밥이 되는 죽음을 당하게 되었는데도 다니엘은 오히려 감사 기도를 했다.

오늘날은 정치를 하는 기독교인 중에서 다니엘 같은 인격을 찾기가 너무나 어렵다. 대통령이나 수상이 되기 위해서, 장관이 되기 위해서, 국회의원이 되기 위해서, 직장에서 높은 자리를 얻기 위해서…, 다니엘과 같은 순수한 신앙을 지키지 못하고 수단과 방법을 가리지 않고 지위를 얻고 부패하게 사는 기독교인들이 얼마나 많은가?

나는 내 친구의 일로 큰 충격을 받은 적이 있다. 아버님은 회사의 회장이고 유명한 장로인데 내 친구인 아들이 미국 유학을 해서 박사 학위를 마치자 그를 그 회사 국제 무역담당 부사장으로 임명했다. 그는 직책상 외국에서 회사에 오는 바이어(buyer)들을 대접을 해야 했다. 바이어들이 그 회사의 상품을 사게 하기 위해서 회사를 방문하면 비싼 요정의 음식과 술뿐만이 아니라 여자까지도 소개해 주는 일을 해야 했다고 한다. 내 친구는 신실한 크리스천이었는데 장로인 아버지가 아들에게 그런 일을 시키는 것이었다. 그는 견딜 수가 없어서 2년 남짓 고민하다가 부사장직을 사임하고 말았다. 현재 그는 교수로 대학에서 학생들을 가르치고 있다.

정권, 재물, 사회적인 직위와 명예를 위해서 신앙의 정조까지도 헌신짝같이 버리고 사는 수많은 그리스도인들… 이 사회적인 부패가 교회에까지 깊이 침투해 있는 것을 우리는 다 알고 있다. 당연히 바쳐야 할 세금을 속이는 기독교인들은 또 얼마나 많은가?

다니엘이 사자 밥이 될 줄 알았지만 하나님은 천사를 보내어 사자들의 입을 봉해 상처 하나 없이 살려 주셨다. 나의 무죄함이 하나님 앞에서 명백했다고 다니엘은 다리오 왕에게 고백했다. 이 사건은 우리가 어떠한 역경을 당하든지 순수하게 믿음으로 하나님을 섬기고 감사하면 하나님께서는 오히려 이 일을 통해서 놀랍게 역사하신다는 사실을 분명히 확증해 주고 있다.

사도 바울을 보자. 그가 밀레도에서 에베소교회 장로들을 불러 그들과 나눈 대화 속에서 우리는 바울의 신앙고백의 절정을 본다.

"보라 이제 나는 심령의 매임을 받아 예루살렘으로 가는데 저기서 무슨 일을 만날는지 알지 못하노라 오직 성령이 각 성에서 내게 증거하여 결박과 환난이 나를 기다린다 하시나 나의 달려갈 길과 주 예수께 받은 사명 곧 하나님의 은혜의 복음 증거 하는 일을 마치려 함에는 나의 생명을 조금도 귀한 것으로 여기지 아니하노라"(행 20:22-24)

나는 사도 바울의 이 신앙고백에 깊은 감동을 받고 얼마나 울었는지 모른다. 사도행전 20장을 읽으며 내 구주가 되신 예수 그리스도께 내 자신을 더 분명하게 헌신하게 되었다. 나는 지금도 사도행전 20장 24절을 읽고 묵상할 때마다 깊은 감동을 받는다. "주님, 저도 그 길을 가게 하소서." 눈물로 주님께 대한 나의 헌신을 다시 다짐하게 된다. 바울은 하나님께로부터 받은 이 사명을 자신의 생명보다 더 귀하게 여겼다. 바울은 율법의 의로는 흠이 없는(빌 3:5-6)

대 학자요 지식인이었으나 이 모든 것을 다 배설물로 여겼다. 오직 그리스도의 복음을 위하여 수없이 매 맞고 감옥에 갇히고 몇 번이나 죽을 뻔한 고통을 받으면서도 그는 기꺼이 자신의 생명을 주를 위해 바쳤다. 우리가 본받아야 할 좋은 롤 모델(role model)이다.

나는 동료 크리스천 교수들과 지식인들에게 감히 도전하고 싶다. 이제는 세상의 지식으로 인한 교만을 다 배설물같이 버리자. 그리고 하나님을 경외하는 것이 모든 지식의 근본인 것을 깨달아 진리이신 그리스도를 왕으로 모시고 사는 거룩한 성도가 되자. 지식의 힘이 인생을 변화시키거나 인간의 영혼을 구한 것을 목격한 일이 있는가, 기록된 사실을 읽은 일이 있는가? 그러나 예수님을 구주로 왕으로 모시고 변화된 삶을 살면 우리가 가르치는 지식이 진리 안에서 최고로 사용될 것이며, 성령님의 권능이 우리를 통해서 인생을 변화시키고 인간의 영혼을 구하는 놀라운 체험들을 수없이 할 것이다. 오늘날 하나님의 말씀을 지식으로만 알고 있는 미지근한 (lukewarm) 기독교 지식인들이 얼마나 많은가? 미지근한 크리스천이 되어서는 안 된다. 성령 충만을 받아야 한다. 이제는 대학 교수와 지식인 크리스천들이 미지근한 삶, 패잔병 같은 삶을 청산하고 바울과 같은 담대한 믿음을 소유해야 할 때이다.

둘째, 그들은 모두 꿈과 비전을 가진 하나님의 사람들이다. 비전은 반드시 성경적이어야 하고 역사적이어야 한다. 요셉과 다니엘과 사도 바울의 생애가 그 사실을 증명해 준다.

그러면 '비전이란 무엇인가?(What is vision?)' 비전은 '하나님께서 하나님의 뜻과 계획을 하나님의 자녀들에게 계시해 주는 것'이다(Vision is the revelation of God's will and His plan upon His children.). 분명히 알아야 할 것은, 비전은 예수 그리스도를 구주로 영접하지 않은 세상의 자녀들에게 속한 것이 아니고 하나님의 자녀들에게만 속한 것이라는 사실이다.

사도행전 2장 17절에 "하나님이 가라사대 말세에 내가 내 영으로 모든 육체에게 부어 주리니 너희의 자녀들은 예언할 것이요 너희의 젊은이들은 환상을 보고 너희의 늙은이들은 꿈을 꾸리라"고 말씀하셨다.

하나님의 영으로 부음을 받은 자녀들이 예언하고 젊은이가 환상을 보고 노인들이 꿈을 꾸는 것은 결국 같은 의미다. 예언과 환상과 꿈을 꾸는 하나님의 자녀들은 다 멀리 보는 자들(Seers)이기 때문이다.

하나님의 자녀가 아닌 사람들이 말하는 비전은 비전이 아니다. 그들이 말하는 비전은 대개의 경우 개인적인 욕망이거나 야망이다. 오늘날 비전과 야망을 혼돈하면서 자신들의 야망을 하나님이 주신 비전으로 착각하며 남용하는 사람들이 너무나 많다. 불신자들은 말할 것도 없고 하나님의 자녀들 중에도 이런 일이 얼마나 많은가?

요셉과 다니엘과 바울이 본 꿈과 비전들은 다 같은 의미이다. 결국 그들을 통하여 하나님께서 이루고자 하시는 하나님의 뜻과 계획을 보여주신 것이다. 성경에 소개된 인물뿐만 아니라 사도행전 이후 오늘에 이르기까지 철저하게 믿음으로 살아온 모든 선진 성도들은 다 비전을 소유하고 있었다. 한 마디로 하나님의 뜻과 계획을 가깝게, 그리고 멀리 보는 성도들이었다.

나는 말씀을 읽는 중 신앙인은 반드시 비전의 사람인 것을 발견했다(man of faith is the man of vision, and a woman of faith is the woman of vision). 그리스도인으로서 비전이 없다면 무엇이 잘못되었는지 하나님과의 관계 속에서 자신들의 신앙을 짚어 보아야 한다(롬 12:2).

요셉은 두 가지의 꿈을 꾸었다(창 37:5-11). 요셉의 형제들은 그를 꿈꾸는 자(dreamer)로 불렀다. 하나님께서 요셉을 통하여 이루고자 하시는 계획과 뜻을 꿈으로 보여주신 것이다. 요셉으로 하여금 애굽의 국무총리가 되게 하여 아브라함과 이삭과 야곱의 하나님이 그 전 가족과 이스라엘 민족과 애굽과 세계를 구하고자 하시는 하나님의 계획을 요셉의 꿈을 통해 보여주신 것이다(창 41:56-57).

하나님께서 다니엘과 세 친구에게 지식을 얻게 하시며 모든 학문과 재주에 뛰어나게 하신 외에 또 다니엘에게 모든 이상(visions)과 몽조(dreams)를 깨달아 알게 하는 능력을 주셨다(단 1: 17-18). 그리고 다니엘이 침상에서 꿈을 꾸며 비전을 본 것이 7장부터 계속 기록되어 있다. 앞으로 전개될 역사와 지극히 높으신 자의 영원한 나라를 보여주는 다니엘의 비전들이 결국 요한계시록에까지 연결된다. 이 엄청난 하나님의 계획이 사자굴에 던져질지라도 하나님께 감사 기도를 했던 순수한 신앙인 다니엘의 비전을 통하여 나타난 것이다.

사도 바울은 실라와 디모데와 함께 여러 성으로 다니며 복음과 규례를 전하는 중 성령이 아시아에서 말씀을 전하지 못하게 하시므로 무시아를 지나 드로아로 내려갔는데 그날 밤 환상(vision)을 보게 되었다.

"밤에 환상이 바울에게 보이니 마게도냐 사람 하나가 서서 그에게 청하여 가로되 마게도냐로 건너와서 우리를 도우라 하거늘 바울이 이 환상을 본 후에 우리가 곧 마게도냐로 떠나기를 힘쓰니 이는 하나님이 저 사람들에게 복음을 전하라고 우리를 부르신 줄로 인정함이러라"(행 16:9-10)

하나님의 계획은 바울을 통하여 유럽 전도의 개척을 명하려 하고 있었으므로 다른 지역 전도의 길을 성령님께서 막으시고 환상 중에 마게도냐 사람의 외침을 보고 듣게 하셨다. 바울은 또한 그의 생애를 통하여 전 세계의 센터인 로마에 가서 복음을 전하고 싶은 열망을 가졌으며 이를 위해서 계속 기도하고 있었다. 하나님께서 바울에게 보여주신 이 비전을 통하여 구라파와 이방인을 위한 엄청난 복음의 역사가 전개되는 것을 우리는 잘 알고 있다(고후 12:7).

바울은 환상 중에 영혼의 호소를 듣고 전진했다. 우리들의 귀에는 환상이 아닌 실제로 영혼들이 부르짖는 소리가 들리고 있으며, 우리들의 눈에는 그들의 모습이 매일 직접 보이고 있는가? '와서 우리를 도우라'고 외치는 영혼들의 외침이 우리 가정에서, 직장에서, 거리에서, 지역사회에서, 또는 다른 나라에서 들려오고 보이고 있지 않는가? 우리도 바울과 같이 그들에게 몸으로 다가가야 하지 않겠는가?

세상에는 세 종류의 가장 무서운 사람들이 있다. 첫째로, 죽음을 초월한 사람들, 둘째로, 재물에서 해방된 사람들, 셋째로, 꿈과 비전을 가진 사람들이다. 여기에서도 세상 사람들이 감당하지 못하는 가장 무서운 사람은 비전을 가진 사람들이다. 왜냐하면 비전의 사람은 목숨과 재물을 이미 초월한 사람들이기 때문이다. 바울은 진정 세상 사람들이 감당치 못한 가장 무서운 비전의 사람이었다.

셋째, 그들은 각각 다른 나라로 끌려갔다. 요셉은 형들에게 팔려서 노예로 애굽에 끌려갔고(창 37:26-28), 다니엘은 예루살렘이 함락된 후 바벨론에 전쟁의 포로로 끌려갔으며(단 1:6), 바울은 로마의 시민으로서 로마 법정에서 황제에게 재판을 받기 위하여 죄수로서 로마로 끌려가게 되었다(행 27:1-2).

넷째, 그들은 각각 그 당대에 가장 강한 세계의 센터로 끌려갔다. 요셉은 애굽으로, 다니엘은 바벨론으로, 그리고 바울은 로마로 끌려갔다. 애굽과 바벨론과 로마는 시대는 다르지만 당대 세계의 정치, 경제, 문화, 군사의 센터였다.

다섯째, 그들은 극히 어려운 환경에서도 하나님이 함께 하심으로 비전으로 받은 위대한 일들을 성취했다. 하나님께서 그들에게 강한 믿음과 비전을 주셔서 세계의 센터로 보내신 후 하나님께서 그들과 함께 하심으로 결국 그들을 통하여 하나님의 뜻과 계획을 성취하셨다.

노예로 팔려간 요셉이 그 당대에 가장 강한 세계의 센터인 애굽의 국무총리가 될 줄을 누가 감히 상상이나 했겠는가? 그러나 그는 '하나님이 함께 하심으로' (창 39장에 4번이나 나온다) 하나님이 주시는 지혜와 총명으로 바로왕의 꿈을 해석하여 다가올 풍년과 흉년을 대비하도록 했다. 결국 바로왕은 이 꿈을 해석한 요셉에게 '하나님이 함께 하심'을 증거하고 있다.

"바로가 그 신하들에게 이르되 이와 같이 하나님의 신에 감동한 사람을 우리가 어찌 얻을 수 있으리요 하고 요셉에게 이르되 하나님이 이 모든 것을 네게 보이셨으니 너와 같이 명철하고 지혜 있는 자가 없도다 너는 내 집을 치리하라 내 백성이 다 네 명을 복종하리니 나는 너보다 높음이 보좌뿐이니라 바로가 또 요셉에게 이르되 내가 너로 애굽 온 땅을 총리하게 하노라 하고 자기의 인장 반지를 빼어 요셉의 손에 끼우고 그에게 세마포 옷을 입히고 금사슬을 목에 걸고 자기에게 있는 버금 수레에 그를 태우매 무리가 그 앞에서 소리 지르기를 엎드리라 하더라 바로가 그로 애굽 전국을 총리하게 하였더라 바로가 요셉에게 이르되 나는 바로라 애굽 온 땅에서 네 허락 없이는 수족을 놀릴 자가 없으리라 하고"(창 41:38-44)

바로가 요셉에게 모든 권한을 부여하고, 요셉이 바로왕 앞에서 국무총리직을 받을 때 나이가 겨우 30세였다. 13년 동안의 고난과 어려움 속에서도 오직 하나님을 사랑하는 믿음의 순결을 지킴으로 말미암아 하나님께서 그를 세우신 것이다. 하나님을 섬기지 않는 세계의 센터인 애굽에 노예로 끌려간 요셉이 그 나라의 국무총리가

되었다. 결국 그는 애굽과 세계를 기근에서 구하는 일을 성취하게
된다.

"온 지면에 기근이 있으매 요셉이 모든 창고를 열고 애굽 백성에
게 팔새 애굽 땅에 기근이 심하며 각국 백성도 양식을 사려고 애굽
으로 들어와 요셉에게 이르렀으니 기근이 온 세상에 심함이었더
라"(창 41:56-57)

인류 역사상 어느 경제학자도 14년 동안 세계 센터인 강대국의
경제를 다스린 예가 없으며 세계의 기근을 해결한 사실이 없다. 그
뿐 아니라 그는 시기하여 자신을 죽이려다가 할 수 없이 노예로 판
형제들에게 원수로 갚지 아니했다. 그는 자신이 애굽에 노예로 온
것조차도 자신의 꿈의 성취를 위한 하나님의 뜻과 계획으로 받아들
여 오히려 형제들을 위로했다(창 45:5-8). 그리고 심한 기근으로 인
해 고생하는 가나안 땅의 아버지 야곱과 전 가족(야곱의 자부 외에
66명)을 초청, 바로왕의 배려로 애굽 땅의 좋은 곳 고센 땅에 거하
게 하며 풍성하게 살게 했다(창 50:15-21). 요셉은 애굽 땅에서 하나
님의 이름을 높이며 하나님께 큰 영광을 돌리게 되었다.

바벨론의 느부갓네살왕도 꿈을 꾸었다. 꿈 해석을 위해 전국에
있는 박수와 술객과 점쟁이와 갈대아 술사가 동원되었다. 왕이 꾼
꿈을 알고자 하여 그들을 불렀으나 그들은 왕이 어떤 꿈을 꾸었는
지 알아내지 못하여 다 죽게 되었다. 이때 결국 다니엘이 하나님의
긍휼함을 입어 그 은밀한 비밀을 환상 중에 보았다. 다니엘은 하나
님께 찬양과 영광을 돌린 후 왕 앞에 나아가 왕의 꿈을 알게 하고

해석해 주었다(단 2장). 다니엘이 왕이 꾼 꿈을 알게 하고 그 꿈을 해석했을 때 느부갓네살 왕은 결국 다니엘의 하나님을 찬양하며 다니엘을 바벨론의 총리대신으로 임명했다.

"이에 느부갓네살왕이 엎드려 다니엘에게 절하고 명하여 예물과 향품을 그에게 드리게 하니라 왕이 대답하여 다니엘에게 이르되 너희 하나님은 참으로 모든 신의 신이시요 모든 왕의 주재시로다 네가 능히 이 은밀한 것을 나타내었으니 네 하나님은 또 은밀한 것을 나타내시는 자시로다 왕이 이에 다니엘을 높여 귀한 선물을 많이 주며 세워 바벨론 온 도를 다스리게 하며 또 바벨론 모든 박사의 어른을 삼았으며 왕이 또 다니엘의 청구대로 사드락과 메삭과 아벳느고를 세워 바벨론 도의 일을 다스리게 하였고 다니엘은 왕궁에 있었더라"(단 2:46-49)

다니엘은 전쟁의 포로로 끌려가 왕의 시중을 드는 종으로 훈련받았으나 결국 하나님의 계획과 비전이 다니엘을 통하여 성취됨으로 말미암아 바벨론의 왕이 엎디어 상을 주고 하나님을 찬양하며 그를 그 나라의 총리대신으로 임명하게 된 것이다. 뿐만 아니라 다니엘의 변함 없는 충성은 하나님께만 아니라 다니엘의 세 친구에게도 보여졌다. 다니엘은 왕께 부탁하여 세 친구를 바벨론 도의 일을 다스리는 도지사들로 임명케 하였다. 잘되면 하나님의 은혜도 잊어버리고 친했던 친구도 버리고 교만해지는 것이 현시대의 세상풍조인데 너무도 아름다운 우정과 사랑을 다니엘과 세 친구에게서 발견할 수 있다.

우리는 미국 땅에 요셉과 같이 노예로, 또는 다니엘과 같이 전쟁의 포로로 끌려온 것은 아니다. 우리는 자의든 타의든 기회의 나라, 풍요의 나라, 세계의 센터인 미국 땅에 대부분의 경우 우리 자녀들을 위하여, 더 잘 살기 위하여 왔다. 또 얼마나 많은 유학생들이 미국에서 공부했고 지금도 공부하고 있는가?

요셉의 경우, 노예로 팔려와 종노릇하면서도 깨끗하고 순결한 삶을 살려고 노력했다. 보디발의 아내의 끈질긴 유혹도 물리쳤다. 그러나 오히려 그일 때문에 감옥에까지 갇히는 억울한 삶을 살게 되었다. 그런 그가 무엇 때문에 원수 나라 애굽 왕의 꿈을 해석해 줄 필요가 있었겠는가? 우리가 요셉의 입장이었다면 꿈 해석은 커녕 애굽이 망하기를 원했을 것이다.

다니엘도 마찬가지 입장이었다. 원수 나라 바벨론 왕이 자기가 꾼 꿈을 알지도 못하는데 왜 그 꿈을 알아 구태여 해석해 줄 필요가 있었겠는가? 물론 다니엘의 생명도 위태한 지경에 있었지만…. 그러나 요셉과 다니엘은 하나님의 영광을 위해서, 하나님이 주신 비전을 성취하기 위해서, 어떠한 역경과 고통과 어려운 형편에서도, 비록 원수의 나라일지라도 왕 같은 제사장으로서 최선을 다하여 그 나라 왕을 섬기고, 그 나라를 섬김으로 이방 나라에서 하나님의 이름을 높인 사실을 우리는 주목해야 한다. 그렇다면 우리는 세계의 센터인 미국에 왜 왔는가? 우리 자신들을 살펴보아야 한다.

요셉과 다니엘이 노예로, 전쟁의 포로로 세계 센터에 가서 국무총리가 될 정도로 큰 비전을 이루는 엄청난 삶을 살 수 있었다면, 유학생이라 할지라도 미국에서 공부하여 학위만 받고 미국에 아무런 영향력을 발휘하지 못하고 귀국하는 무력하고 이기적인 삶을 살아서는 안될 것이다. 세계의 센터이고 청교도 정신으로 시작된 미국에 와서 공부하는 동안이라도 최선을 다해서 하나님께 영광을 돌려야 하지 않겠는가?

이민 온 우리의 자녀들, 그리고 유학생들 가운데 요셉과 다니엘처럼 미국을 더 위대하게 만드는 인물들이 수없이 나온다면 얼마나 하나님께 큰 찬양과 영광을 돌릴 수 있겠는가? 그러나 순수하고 청결한 마음과 담대하고 강한 믿음과 그 믿음을 통한 비전이 없이는 요셉과 다니엘과 같은 인물이 될 수 없을 것이다. 지식이, 명예가, 권력이, 그리고 재물이 이들을 위대한 인물로 만든 것이 아니라 하나님을 향한 그들의 철저한 믿음과 순결성, 그리고 비전을 이루기 위해서 최선을 다하는 성실이 이 모든 것을 가능하게 했다는 사실을 놓쳐서는 안 된다.

바울의 비전을 생각해 보자. 그는 로마의 시민으로(행 16:37, 22:25) 세계의 센터인 로마에 가서 예수 그리스도의 복음을 전하기를 간절히 소원했다. 죄수로 로마 법정에서 재판을 받기 위하여 로마로 끌려갔으나 하나님의 뜻이 바울을 통해서 크게 이루어지는 것을 볼 수 있다. 그는 로마의 감옥에서 풀려나 집을 빌려 복음을 전하기 시작했다(행 28장).

로마 황제 가이사(Caesar)는 로마 제국을 건설하기 위하여 "로마는 세계로 세계는 로마로"라는 모토 아래 전 세계를 정복하기 시작했다. 가이사 황제가 유럽과 여러 나라를 점령하면서 모든 나라들을 통치하기 위한 그 많은 길을 만들었으나 결국 그 길들을 통하여 사도들과 복음 전도자들이 전 유럽과 세계에 복음을 전하게 된 사실을 우리는 역사를 통하여 알 수 있다. 가이사 황제는 전 세계를 통치하기 위해 로마 제국을 건설하였으나 결국은 하나님의 주권 하에 그 길들은 복음 전도의 길이 되었고, 로마가 망한 후에는 더욱 복음을 전하는 길로 사용되었다. 그 결과 이방인이었던 우리 모두가 예수 그리스도의 복음을 받아 하나님의 자녀가 된 특권을 누리게 된 것이다.

가이사 황제가 로마 제국을 건설하고 세계를 점령하며 그 많은 길을 만들었을 때 하나님께서 그 길을 세계에 복음을 전하기 위한 길로 사용할 줄 누가 상상이나 했겠는가? 미국에 사는 우리는 천국 시민일 뿐 아니라 세계 센터인 미국의 시민이요 또한 우리 자녀들은 어려서 이민 왔거나 미국에서 태어난 시민인데 우리는 과연 세계 센터인 미국을 통하여 전 세계를 위해서 무엇을 할 것인가 하나님의 뜻과 계획을 분명히 보아야 할 것이다.

우리는 왜 미국에 왔는가?

우리는 이 위대한 믿음과 비전의 선진 성도들을 통하여 무엇을 배울 수가 있나? 그들이 처해 있던 그 당시 역사적인 상황이 우리 미국에 살고 있는 코리언-아메리칸(Korean-American)들과 무슨 관련이 있는가? 하나님께서 왜 우리를 세계 역사상 가장 강한 나라 미국에 보내셨는가? 현재 세계와 미국의 중대한 역사적인 시점에서 왜 하나님께서 우리를 이 미국 땅에 보내셨고, 또 우리를 이 나라에서 태어나게 하셨는가?

미국은 이민의 나라이다(A nation of immigrants). 미국은 청교도의 신앙과 유대의 크리스천 가치관(Judeo Christian Values)을 토대로 세워진 나라이다. 미국의 건국 조상들(Founding Fathers)은 기독교를 모든 정부 정책 결정의 도덕적 기초(moral foundation)로 전제했다. 미국의 건국 조상들은 국가 제도의 원칙과 기초를 성경을 토대로 세웠다. 미국의 행정부와 입법부와 사법부의 모든 원칙과 기초가 바로 성경을 중심한 청교도의 신앙과 도덕 위에 세워졌으며 그것을 실천해 왔다.

1620년에 청교도들이 메이플라워(Mayflower)호를 타고 프리머스(Plymouth)에 도착했을 때는 102명의 승객 중 다만 35명에 불과했다. 그러나 이 청교도들의 신앙이 미국의 독립선언서(1776. 7. 4)의 기초가 되었으며, 1787년 미국 건국과 헌법의 기초가 되었다. 이 청교도의 신앙을 토대로 한 미국이 점점 위대한 국가로 발전해 나갔다. 미국은 남북 전쟁(the Civil War: 1861-1865)으로 엄청난 인명 피해와 재산 파괴가 있었고 나라는 극히 어려운 상황에 처해 있었음에도 불구하고 그 난국을 극복하며 계속 발전해 나갔으며, 그러던 중 19세기 말과 20세기 초에 구라파를 중심하여 전세계에서 1,700만 명의 이민자들이 주로 뉴욕 맨하탄 옆에 있는 엘리스섬(Ellis Island)을 통해서 대거 들어왔다. 미국은 그들과 또 그들의 자손들을 통해서 더 위대한 나라로 발전되었다. 통계에 의하면 그 자손들이 현재 25퍼센트(7천만 명)에 이른다고 한다.

20세기 중반부터는 아시아에서(일본과 중국의 미국 이민 역사는 더 오래 되었다) 수많은 이민자들이 들어오기 시작했다. 기록에 의하면 우리 조상들 중 102명(남자 56, 여자 21, 아이들 25명)이 SS 겔릭(Gaelic)호를 타고 태평양을 건너 1903년 1월 13일에 처음으로 호놀루루에 도착했다. 그 후 특히 1970년부터는 매년 수 만 명씩 한국인들이 미국으로 이민 오게 되었다. 지금은 150만 명이 넘는 이민자들과 그 자녀들이 미국 땅에 정당한 시민으로 살고 있다.

세계 각 나라에서, 그리고 많은 아시아인들이 미국 땅에 이민을 왔고 지금도 오고 있지만 신앙과 함께 성경책을 가지고 와서 이 땅에 교회를 세우고 이민 생활을 시작한 민족은 우리 코리언-아메리칸들 밖에 없다. 왜 하나님께서 우리 한국인들을 미국 땅에 보내어 신앙으로 우리 삶을 정착하게 하셨는지 하나님의 뜻과 계획을 기독교적인 세계관으로 분명히 보아야 할 것이다.

오늘날 미국은 정치적으로 안정되고 경제, 군사, 학문, 과학, 기술 면에서 세계의 유일한 슈퍼 파워로 군림하고 있으나 도덕적으로, 윤리적으로, 그리고 신앙적으로 미국 역사상 어느 때보다도 가장 타락한 위기에 처해 있다. 로마를 비롯하여 역사상 강대국이 망한 것은 군사적, 경제적인 위기 때문이 아니었고 신앙적, 도덕적, 윤리적 타락이었던 것을 우리는 잘 알고 있다.

미국이 역사상 가장 타락한 영적, 도덕적 위기에 처해 있는 이 상황에서 하나님께서 왜 우리 코리언-아메리칸들을 이 땅에 보내셔서 살게 하실까? 우리는 하나님의 우주적인 섭리 속에서 우리의 사명을 찾아야 하고 그 사명을 담당해야 할 역사적인 의무와 책임이 있다. 우리는 우리만 잘 먹고 잘 살기 위해서 미국에 온 것이 아니다. 우리의 삶은 하나님께서 전적으로 책임져 주신다. 우리는 미국의 지주인 청교도 신앙과 도덕이 엄청나게 타락하여 위기에 처한 이때에 미국의 영적, 도덕적 토대가 흔들리고 나라가 쇠망하는 것을 구경만 하고 있을 수는 없지 않는가?

우리는 성경말씀을 중심으로 미국의 청교도의 신앙과 영적 각성과 부흥, 그리고 도덕과 신뢰를 회복하는데 우리 수많은 코리언-아메리칸들을 요셉과 다니엘과 바울과 같이 강한 믿음의 소유자들로, 성령 충만하고 순결하고 실력 있는 리더들로 훈련시켜야 한다. 이들이 미국 주류 속에 들어가 청교도 신앙을 회복하며 더 위대한 미국을 만드는데(Making America Greater) 공헌해야 하지 않겠는가? 이렇게 함으로 하나님께서 우리를 미국에 보내신 그의 선하시고 기뻐하시고 온전하신 뜻(비전)을 성취할 뿐만 아니라 하나님께 세세무궁토록 자손만대에 걸쳐 영광을 돌릴 것이다.

나에게도 심장에 끊임없이 불타오르는 소원이 있다. 그것은 우리 자녀들 중 요셉과 다니엘과 사도 바울과 에스더 같은 인물들이 수없이 나와 이 땅의 주인공들이 되어 하나님께 크게 영광 돌리는 그 날이 어서 속히 오게 하는 것이다.

1987년 6월 1일부터 4일까지 포코노 수양관(포코노는 펜실베이니아 주에 소재한 아름다운 산으로 뉴욕, 뉴저지, 펜실베이니아 주민들이 많이 사용하는 휴양지로서 이곳에는 수양관들이 많다)에서 한국대학생선교회(KCCC) 뉴욕지부(대표 강용원 간사님) 주최 비전

'87 포코노 비전 컨퍼런스

컨퍼런스(Vision '87 Conference)가 개최되었다. 동부 지역의 우수한 영어권 대학생들 350여 명이 모였다. 원래는 김준곤 목사님께서 주강사로 오시기로 예정되었었는데 김 목사님께서 못 오시게 되어 전체 특강을 맡았던 내가 김상복 목사님(현재 서울 할렐루야교회 담임)과 함께 주강사로 말씀을 전하게 되었다.

나는 첫 날 밤에 두렵고 떨리는 마음으로, 그러나 성령님께 전적으로 의존하고 담대하게 '보다 위대한 아메리카를 만들자(Making America Greater)'는 비전을 요셉과 다니엘과 사도 바울의 다섯 가지 공통점을 들어 전하면서 우리가 미국에 온 목적이 무엇인가를 도전했다. 우리는 그 날 밤에 성령 충만의 대폭발을 경험했다. 나는 그 때까지 어떤 모임에서도 그렇게 엄청난 성령님의 강한 역사를 직접 체험하며 본 일이 없었다. 우리는 모두 얼싸안고 울었다. 슬퍼서 운 것이 아니다. 우리 젊은 대학생들이 하나님께서 그들을 미국에 보내신 분명한 목적과 비전을 발견하고 너무 감격해서 그렇게 울었던 것이다.

김상복 목사님이 나를 껴안고 우시면서 "이제 우리가 미국에서 살아야 할 비전을 보았습니다."라고 감격해 하셨다. 그 때 박수웅 장로님, 강용원 간사님, 강순영 목사님(그 당시 KCCC 총무) 등 KCCC 간사님들과 참석한 모든 강사들도 서로 껴안고 같이 울었다. 우리 1.5세, 2세 대학생들이 좋은 대학은 다니고 공부는 열심히 하지만 미국에서 무엇을 위해서 어떻게 살아야할 것인지 몰라 방황하고 스트레스와 압박감에 쌓여 있던 차에 우리가 믿음으로 이 나라의 청교도 신앙을 회복하며 이 나라 미국을 더 위대하게 만들 수 있다는 비전에 그들은 엄청난 도전을 받고 삶의 목적을 발견했던 것이다. 나는 하나님께서 1985년 1월에 나에게 보여주신 비전이 진정 하나님의 뜻인 것을 구체적으로 보여주시는 것을 보고 확증할 수 있었다.

우리 1세 부모들의 경우 대부분은 자녀들이 좋은 대학교에 들어가 열심히 공부해서 졸업 후 의사, 변호사, 엔지니어, 기업인 또는 다른 여러 분야의 전문인(예를 들면, 월 스트릿의 세계적인 투자 회사나 증권 회사의 실력 있는 사원)으로서 안정되게 사는 것이 그들의 소원이다. 그러나 우리 자녀들은 부모님과 교회의 기대에 어긋나지 않기 위해서 일류대학교에 들어가 열심히 공부는 하지만 분명한 삶의 비전과 목적이 없기 때문에 방황하고 고민한다. 한편 착하고 실력 있는 학생들은 신학교에 가서 공부한 후 목사가 되라는 주위의 권고나 압력 때문에 역시 고민하는 경우가 많았다. 더구나 우리 1세 부모들과 교회들은 우리 자녀들에게 하나님께서 주신 귀한 탤런트를 개발하여 전문 분야에서 어떻게 하나님의 영광을 드러낼 것인지를 보여주지 못했다. 우리 자녀들은 전문적인 직업이 주님의 나라와 전연 관계가 없는 것으로 알고 자라왔다. 나는 우리 학생들에게 도전했다.

"물론 하나님이 부르셔서 소명을 받고 신학교에서 공부하여 목사가 되는 것이 비전이라면 거기에 반드시 순종해야 할 것입니다. 그러나 여러분 대부분(90% 이상)은 대학교와 대학원 또는 전문직 대학원(의대, 법대, 약대 등)을 졸업하고 전문 분야로 진출하게 되는데 여러 학생들이여 하나님께서 여러분을 어떻게 사용하시기를 원하시겠습니까? '나를 보라' 면 거만(arrogant)하고 당돌하다고 생각할지 모르나 나는 대학 교수로서 그리스도의 복음을 전하는 전문인 사역자입니다. 여러분들은 전공 분야를 통해서 하나님이 주신 탤런트와 지식을 총동원하여 예수 그리스도의 유능한 대사(Christ ambassadors)가 될 수 있습니다. 하나님께서 나보다 똑똑하고 실력 있는 여러분들을 더 크게 사용하실 것입니다. 오늘 밤 학생으로서, 전문인으로서 어떻게 살아야 할 것인지 하나님께서 계시해 주시는 비전을 보십시오!"

그 다음날 저녁은 우리가 받은 비전을 이루기 위해서는 우리 각자가 먼저 죄를 뿌리째 뽑는 회개와 변화의 체험을 해야 한다는 점을 강조하면서 나 자신이 체험한 회개와 변화를 학생들과 나누었다. 나의 간증 메시지(testimonial message)가 채 끝내기도 전에 우리 젊은 2세 학생들의 통곡하는 회개의 기도가 온 집회 장소에 충만해졌다. 그리스도의 피로 우리의 죄가 완전히 깨끗하게 씻어지지 않는 한 비전을 볼 수도 없고 비전을 본다 해도 그것을 바로 이룰 수 없는 것을 나는 분명하게 체험했기 때문에 우리 학생들에게 무엇보다도 먼저 회개와 변화를 강조했던 것이다. 그들을 사로잡았던 모든 죄와 상처들이 한꺼번에 터져 나와 집회 장소는 회개의 울음으로 충만했다.

제 3일 밤은 김상복 목사님의 말씀과 헌신의 시간이었는데 학생들이 초저녁부터 찬양과 경배와 기도에 도취되었다. 찬양과 기도가 밤 10시가 넘도록 계속 되어 김 목사님께서 말씀을 전할 수가 없었다. 성령 충만의 밤이었다. 지혜로우신 김 목사님은 "이런 상황에서 무슨 말씀이 필요하겠는가, 우리 다같이 받은 비전에 헌신하자."고 헌신의 시간으로 인도하셨다. 학생들이 다 헌신했다. 감격스러운 장면이었다. 모두가 다 기쁨에 벅차서 울었다.

그 때 변화되고 헌신한 학생들이 지금은 각 분야에서, 그리고 목회와 선교 현장에서 하나님께서 쓰시는 큰 인물들이 되었으며, 그 후 내가 전국 각지에서 집회를 인도하며 그들을 만날 때마다 그 때 포코노의 감격을 이야기하곤 한다. 그때 강순영 목사님, 박수웅 장로님(의사)과의 감격스러운 만남을 통하여 그 후 하나님께서 어떻게 역사 하셨는가를 독자들은 알 수 있을 것이다.

집회 마지막 날에 알라스카 쿠퍼(Cowper) 주지사 사무실에서 연락이 왔다. 6월 8일 주지사 컨퍼런스 룸에서 알라스카 주 띵크 탱크('Think Tank'-Alaska Center for International Business) 설립식과 그를 위한 6백만 달러 기금 수여식이 있으므로 꼭 참석해야 한다는 것이었다. 나는 앵커리지에 돌아와 6월 8일에 ACIB 설립식과 기금 수여식에 참석했다. 그 자리에는 주지사 외에 우리 대학교 총장, 전체 총장, 주경제장관, 대학운영위원회(Board of Regents) 회장, 주지사 비서실장, 그리고 여러 비즈니스 리더들이 참석했다.

주지사가 사인한 펜을 기념으로 나에게 전하면서 "죤, 그 동안 수고했소. 이제부터 시작이요. 최선을 다합시다."라고 격려해 주었다. 참석한 여러분들과 같이 서로 격려하는 박수를 했다. 주 경제개발과 국제통상센터가 정식으로 설립되었다. 알라스카를 위해서 4년 전부터 꿈꾸던 비전이 이제야 이루어지기 시작한 것이다. 나는 모든 것을 하나님께 감사 드렸다. 포코노 컨퍼런스 이후에 여러 지역에서 열린 비전 컨퍼런스와 대학교 집회에 초청이 잇달았다.

"알라스카에서 온 수염(mustache) 달린 열정의 사나이, 김춘근 교수"로 소개되었다. 1987년 6월 LA 근교에 있는 애로헤드 스프링스 컨퍼런스 센터(Arrowhead Springs Conference Center)에서 열린 서부지역 비전 '87에서도 나를 주강사로 초청했다. 그 때도 엄청난 성령님의 역사로 많은 1.5세, 2세 대학생, 청년들이 비전을 보고 헌신하였으며 그 때 헌신된 학생들 중 오늘날 유능한 목회자들도 많이 나오게 되었다. 버지니아(Virginia)와 메릴랜드(Maryland)에서 열린

주지사가 싸인한 펜을 나에게 전해주고 있다

비전 '87에서도 똑같은 역사가 일어났다. 나는 1987년 10월 뉴 잉글랜드(New England) 지역 보스턴(Boston)을 중심으로 우수한 우리 2세 학생들 40명과 같이(내 딸까지 포함해서) '섬기는 리더십(Servant leadership) 훈련'을 2박 3일 인도했다. 그 후 그들을 중심으로 1988년 봄 보스턴 비전 컨퍼런스가 다시 개최되어 보스턴을 중심한 각 대학의 우수한 학생들 350명이 같이 3박 4일 리트릿을 갖게 되었는데 그 때에도 성령님의 크신 역사가 있었다. 그들은 성령님의 감동 속에 하나님이 주신 비전을 보았으며 자신들의 삶을 주님께 드렸다.

이때 MIT(Massachusetts Institute of Technology)에 다니는 두 학생이 밤중에 나를 찾아와 기도해 달라고 부탁했다. 나는 학생들과 같이 리트릿에 들어가면 시작하는 첫 시간부터 끝나는 시간까지 계속 함께 머물면서 그들의 상처와 고민을 들어주고 상담을 하고 같이 기도하는 시간을 갖기 때문에 거기 머무는 동안은 사실상 잠을 충분히 못 잔다. 나는 두 학생들에게 무엇을 위해 기도해 주기를 원하는지 물었다.

　"김 교수님, 우리가 같은 분야를 전공하는데 우리 과에서 우리 둘이 늘 1, 2등을 다툽니다. 우리 둘이서 같은 과목을 받게 되면 우리 둘 중 하나는 1등이고 다른 하나는 2등이 됩니다. 과목을 같이 받았으면 하는데 그것 때문에 고민입니다. 어떻게 했으면 좋을지 이 일을 위해서 기도해 주시기 바랍니다."

　"너희들이 같은 과목을 받으면서 팀으로 최선을 다해서 서로 도와주면서 공부하면 1등과 2등이 문제가 아니고 최고의 실력자들이 될 텐데 MIT와 같은 우수한 명문대학에서 1등과 2등이 무슨 상관이 있느냐? 너희는 이미 실력자들임을 다 인정받고 있지 않느냐? 1등이나 2등보다는 둘이 함께 모든 마음과 뜻과 정성과 성품과 모든 탤런트와 시간과 노력을 다하여 최선의 실력을 쌓으면 장래 더 크게 사용될 것이다. 미국 땅에서 장래 리더가 될 너희들은 팀으로 같이 협력하며 최선을 다해서 자신의 성공뿐만 아니라 지역사회와 미국을 더 위대하게 만드는데 크게 공헌해야 되지 않겠느냐? 너희들의 실력을 같이 쉐어링(sharing) 한다면 더 큰 성공을 같이 누릴 것이다. 둘 다 1등은 될 수 없어도 둘 다 최선의 사람(the best)이 될 수 있지 않느냐?"

나의 권고에 두 학생은 회개하면서 이제는 1, 2등에 관계없이 서로 도우며 최선을 다하겠다고 고백했다. 나는 그들을 껴안고 무릎을 꿇고 하나님께 그들을 위해서 간절히 기도했다.

나는 그 후 17년 동안 전국을 다니며 350개가 넘는 미국의 대학교에서 영어권 대학생과 전문인 집회, 심지어는 중·고등학생들 리트릿과 컨퍼런스, 특별한 이벤트, 수많은 교회의 집회들을 인도 하는 동안 하나님의 놀라운 역사를 직접 목격했다. 우리 코리언-아메리칸 크리스천들을 통하여, 특히 우리 자녀들을 통하여 미국의 청교도 신앙을 회복하여 더 위대한 미국을 만드는데 엄청난 공헌을 할 수 있다는 확신을 더욱 갖게 되었다.

우리 자녀들의 아픔을 알자

내가 우리 2세 젊은이들과의 만남을 통해서 보고들은 그들의 고민과 상처와 아픔들을 1세 부모들, 그리고 교계 리더들과 솔직하게 나누고 싶다. 내가 연구한 자료를 발표하는 것이 아니고 지금까지 미 전역을 수백만 마일 비행기로 여행하면서, 그리고 지구를 두 바퀴 도는 거리를 자동차로 운전하면서, 미 전국에서 만났던 그 수많은 젊은이들, 대학생들, 청소년들, 1세 부모님들과 교회 리더들을 통하여 직접 보고 느끼고 체험한 것들, 그리고 35년 동안 목격하고 체험한 교포 한인 사회와 한인 교회의 섬김을 통하여 느끼고 배운

것들이다.

우리 1.5세, 2세 자녀들은 대부분 착실하고 열심히 노력하면서 맡은 일에 충성을 하고 있다고 알려져 있다. 우리 청소년 자녀들이 타 인종에 비하여 비교적 착실하게 부모의 말을 잘 듣고 또한 대부분이 공부도 월등하게 잘하고 있다. 전국 큰 도시, 작은 도시의 뉴스를 통하여 우리 2세 청소년들 중 예능과 특기, 그리고 학업에 우수한 학생들의 사진과 프로필을 종종 보곤 한다. 어떤 때는 SAT 스코어 만점을 받았다는 기사도 읽는다. 대견한 마음을 금할 수가 없다.

우리의 자녀 대학생들도 미 전국 우수한 대학교에서 실력을 높이 평가받고 있다. 이미 대학을 졸업하고 또 대학원을 마친 후 미국 사회 속에서 성공하며 사는 프로패셔널(professional-전문인)들이 매년 엄청나게 늘어나고 있다. 미국의 저명한 신학교에서도 많은 1.5세, 2세 영어권 젊은이들이 신학을 공부하고 있다. 그러나 다른 한편으로 우리 자녀들은 많은 아픔을 가지고 살고 있다.

그들은 부모들로부터 가장 좋은 대학교에 들어가야 하고, 되도록이면 의사, 변호사, 엔지니어, 기업인 등 안전한 직업을 가지고 돈을 많이 벌 수 있는 직업을 가져야 한다는 압박(pressure)을 계속 받고 있다. 자녀들이 안정된 가정을 이루어 평안히 살기를 원하는 부모들의 기대가 주는 부담이다. 동시에 그들은 학교에서는 동료간의 압박을 받는다. 직장에서는 무서운 경쟁 속에서 살아야 하고 또 수많은 갈등과 염려와 죄책감과 실패의 공포 속에서 살아야 한다.

1세 부모들은 자녀들을 데리고 미국에 이민 와서 대부분 2개 이

상의 직업을 뛰면서 부지런히 일해 왔다. 대부분 부모들은 '자녀들의 교육' 때문에 미국에 이민 왔다고 말한다. "너희들 때문에 우리가 미국에 와서 이 고생을 하니까 열심히 공부하라."고 자녀들에게 부담을 준다.

예를 들면, 여기 12살 된 아이가 있다. 어느 날 갑자기 재미있게 지내던 친구들을 떠나 부모를 따라 와서 풍습도 다르고 언어도 다르고 문화도 다른 낯선 땅에 뚝 떨어졌다. 부모들은 살기 위해서 매일 열심히 일을 해야 한다. 부모들과 같이 보내는 시간도 거의 없다. 학교에서는 2개 국어 병용 프로그램(Bilingual program)에 들어가 2등 국민의 취급을 받으며 공부를 해야 한다. 영어가 힘들다. 교실에서는 놀림을 받기도 한다. 그래서 싸우게도 되고, 싸우면 선생님께 훈계를 받고, 부모까지 학교에 호출된다. 부모는 일 때문에 갈수도 없다…. 이렇게 해서 우리 자녀들의 가슴에는 그들만이 아는 상처와 아픔과 쓴 뿌리가 박히게 된다.

이러한 환경 속에서 같이 억울함을 당하는 우리의 자녀들이 어떤 때는 생존하기 위해서 갱(gang)단을 만들기도 한다. 학교가 끝나고 집에 와 봐야 반겨주는 부모가 없다. 일을 하기 때문이다. 그래도 고생하는 부모를 생각하며 열심히 노력하여 우수한 성적을 받는다. 그러나 그들은 가정적 결손 때문에 교만한 성격으로 자라게 된다. 반면 우수한 성적을 받지 못한 자녀들은 열등감을 갖는다. 가정에서, 그리고 교회에서 자녀들의 실력을 서로 비교하기 때문이다. 이러한 상황에서 자란 우리 1.5세 자녀들은 엄청난 상처와 아픔과 고민을 가지고 부모들이 원하는 좋은 대학교에 입학은 하였지만 결국 그들은 부모들과 교회를 떠난다. 그들만이 갖는 큰 한이 가슴에 응어리져 있기 때문이다.

미국에서 태어난 2세들도 1.5세와 조금 다르긴 하지만 결국 그들에게도 많은 상처와 아픔이 있다. 자녀들의 성공이 부모들의 한을 풀어주는 한 도구로 사용되기 때문에 사실상 자녀들은 하나님의 특별하신 뜻을 위해서 자신의 삶을 사는 것이 아니고 부모의 한풀이를 위해서 사는 것밖에 되지 못한다. 자식들이 성공했다고 부모의 한이 없어질 것 같은가? 부모들이 그 한을 뽑아내는 결단 없이는, 그리고 회개하고 그리스도의 피로 깨끗하게 씻지 못한다면 한의 상처는 끊임없이 삶을 괴롭힐 것이다. 이 큰 상처와 아픔과 한은 수많은 젊은 대학생, 전문인, 신학생, 1.5세 2세 전도사들, 목사들, 심지어는 고등학교 중학교 학생들에게서까지도 그들을 괴롭게 하는 것을 나는 수없이 보아왔다.

미국에 이민 온 부모들은 두 세 직장을 뛰면서 그 어려운 중에 목사님을 모시고 교회를 시작했다. 몇 가정이 모여 사는 곳에서도 교회가 먼저 시작된다. 1세들의 기도와 눈물과 헌금과 헌신을 통하여 수많은 교회들이 전국 방방곡곡에 세워졌다. 최근에는 크게 성장한 대형 교회들도 큰 도시의 이곳저곳에서 볼 수 있게 되었다. 우리 자녀들도 1세들이 땀 흘려 세운 교회에서 부모님을 따라 예배를 하며 1.5세, 2세 목회자들을 통하여 신앙 양육을 받을 수 있게 되었다. 우리 부모들이 이민 1세로서 가장 중요한 일을 한 것은 틀림없는 사실이다.

청교도로 시작된 미국에 와서 고달프고 어려운 삶이지만 이민 1

세의 믿음을 지키고, 그리고 자녀들을 위해서 이 땅에 주님의 피로 값 주고 사신 교회를 세운다는 것은 정말 하나님을 기쁘시게 하는 일이 분명하다. 그러나 교회를 세우는 것으로만 다 되는 것은 아니다.

우리 1세 부모들은 밤잠도 제대로 못 자고 수고하고 노력해서 열심히 돈을 벌고 있다. 자녀들의 교육을 위해서라면 어떠한 희생도 감수한다. 자녀들을 일류대학에 보내기 위해서 비싸고 이름 있는 사립 중 · 고등학교까지 보내면서 공부를 시킨다. 그리고 자녀들이 부모를 따라 열심히 교회에 나와 주면 다 될 것이라고 생각하고 있다. 그러나 자녀들의 입장은 다르다.

나는 이 자녀들이 부모님들이나 목사님들에게도 쉐어링할 수 없는 수많은 문제들을 가지고 있다는 것을 알게 되었다. 마약과 술과 섹스에 빠진 우리 1.5세, 2세 학생들, 대학 캠퍼스 주위에서 매일 밤 섹스 비디오와 인터넷으로 밤을 새우는 젊은이들, 목요일 밤부터 시작되는 알코올 파티에 빠진 우리 자녀가 얼마나 많은지 모른다. 부모님과 교회와 친구들의 기대에 어긋나면 어떻게 하느냐에 대한 압박감과 실패에 대한 공포, 거기서 오는 스트레스, 학교 성적에 대한 걱정, 직업 걱정, 결혼 걱정, 끊임없이 엄습해 오는 수많은 유혹들, 그리고 그 유혹에 져서 겪는 허탈감, 자신의 무능력에 대한 좌절감, 직장에서의 잔인한 경쟁 등으로 대부분 자녀들이 얼마나 많은 스트레스로 고통을 당하는지 알 수 없다.

이런 상황에서 우리 자녀들이 갈 곳을 잃고 있다. 이러한 복합적인 기대와 압력 속에서 우리 자녀들은 해결점을 찾지 못하고 방황하면서 부모들이 상상하지 못하는 그릇된 행위를 하고 있다.

자녀들이 교회를 떠난다

수많은 젊은이들과 대화를 나누는 중에 다음과 같은 우리 1.5세, 2세들의 마음 상태를 발견하게 되었다.

그들은 나에게 "1세는 너무 말이 많습니다. 말만 하지 말고 이제는 행동으로 보여 주세요."라고 한다. 몇 년 전에 우리 대학 교수들이 모여 우리가 학생들의 신용을 얻기 위해서 교수들이 먼저 삶의 모범을 보여 주자고 하면서 "walking the talk"('말을 행동으로 보인다'는 의미)을 전체 교수회에서 모토로 채택한 일이 있다. 한 마디로 말해서 우리 부모들이 행동으로 보여주지 않는 한 그들은 부모들을 신뢰하지 않는다는 말이다. 1세는 2세에게 신뢰감을 잃고 있다.

우리는 자녀들을 사랑한다면서 그리스도의 심장으로 그들을 가슴에 안고 사랑하는 것보다는 대부분 물질로, 선물로, 자동차로, 그리고 눈에 보이는 좋은 것으로 사랑을 표현하고 있다. 그들은 나에게 하소연한다. 부모님들이 아무것도 사주지 않더라도 자녀들을 가슴에 품어 안는 진정한 사랑을 맛보고 싶다고…, 자식이 생긴 그대로 가슴에 안고 사랑 받기를 원한다고…. 그들은 나에게 호소한다. 교회에서도 바로 그런 사랑을 맛보기를 원한다고….

나는 하나님께서 나를 꼭 껴안으시고 내 등을 세 번 두드리며 나

나는 모든 집회에서 그리스도의 심장으로
젊은이들을 껴안아 주며 사랑을 전해주고 있다.

를 용서하신다고 하시면서 나에게 비전을 주셨을 때의 감격을 잊지
못한다. 그 후 25년 동안 나는 사람들을 만나면 특히 사랑에 굶주린
우리 젊은이들을 만나면, 그리스도의 심장으로 그들을 가슴에 껴안
아 주고 있다. 그들을 껴안을 때마다 나는 기도한다. "하나님, 내 심
장 속에 끓고 있는 그리스도의 사랑이 이들의 심장에 충전되어 저
들도 그리스도의 크신 사랑을 체험하게 하소서."

　몇 년 전에 샌프란시스코(San Francisco) 대학생 청년 집회에서
거기에 참석했던 300여 명의 젊은이들을 일일이 다 껴안아 주었더
니 많은 젊은이들이 그리스도의 사랑에 감격해서 눈물을 흘리는 것

을 본 적이 있다. 그들은 나에게 말했다. "교회에서 1세 부모님들이 우리 1.5세, 2세들을 위하여 교회도 건축하고, 우리들을 위해서 많은 투자를 한다고 하지만 교회 건물이 그렇게 중요합니까? 우리는 그것보다 교회와 부모님들을 통해서 진정한 그리스도의 사랑과 하나님의 은혜를 체험하고 배우고 싶습니다." 그들은 그리스도 사랑에 더 갈급해 하고 있다.

지금 우리의 자녀들이 조용하게 교회를 떠나고 있다. 왜 자녀들이 고등학교를 졸업하고 부모님과 같이 다니던 교회를 떠나 타 지역 대학으로 가면 교회를 떠나는지 그 통계가 나왔다. 어떤 통계는 70%가, 또 다른 통계는 80%가 교회를 떠난다고 보고했다. 또 대학을 졸업하면 80~90%가 교회를 떠난다고 한다. 전에 부모와 같이 다녔던 교회를 떠난다는 것이 아니고, 아예 교회에 출석하지 않는다는 것이다. 이런 이유들 때문이다.

첫째 이유는, 교회가 너무 싸울 뿐만 아니라 싸우고 갈라지기 때문이다. 어느 주일 갑자기 부모가 전에 다니던 교회를 가지 않고 새로 시작한 교회 또는 다른 교회로 나간다. 자녀들은 자기와 같이 예배드리고 성경공부하고 재미있게 놀던 친구들과 그 날로 헤어져야 한다. 부모들이 교회에서 싸우고 갈라지면서 자녀들과 상의 한 마디 없이 그 날부터 다른 교회로 가는 것은 자녀들에게는 정말 어처구니없는 일이다. 자녀들이 이민 와서 외롭게 살다가 교회에서 친구를 사귀고 그들과 같이 시간을 보내는 것은 그들에게 유일한 즐거움이다. 그런데 부모들의 싸움 때문에 친구 관계를 끊어야 하니,

여기서 받는 우리 자녀들의 상처가 이만저만이 아니다. 그 상처가 엄청나게 크다는 것을 부모들은 깊이 깨달아야 할 것이다.

둘째 이유는, 부모님이 믿는 예수님이라면 자기들과는 관계가 없다는 것이다. 이것은 우리 부모들이 심각하게 생각해야 할 일이다. 부모님들 중에서 자녀들의 롤 모델(role model)도 있고 신앙적으로 인테그리티(integrity―성실, 신실, 진실, 정직, 공정, 신용, 고결, 청결, 믿음을 포함한 말이지만 우리말에는 적당한 말이 없다―편집자주)를 가지고 잘 지도하는 부모들도 많이 있음을 나는 알고 있다. 그러나 오늘날 부모들의 삶 속에서 예수님의 참모습을 보기가 어렵다는 것이다. 자녀들이 직접 부모들에게 말하지는 않지만 부모들이 너무나 부조리하고 거짓되고 하나님과 거리가 먼 삶을 살기 때문에 믿지 않는 사람들과 차이가 없는 것을 발견하고 너무나 실망한 것이다. 싸우고, 시기하고, 질투하고, 속이고, 거짓말하고, 자기중심적이고 교회에 대해서 부정적인 말을 너무 많이 하기 때문에 부모님들이 무엇 때문에 예수님을 믿는지 이해할 수가 없다는 것이다.

자녀들이 교회에서 보내는 시간은 일주일 168시간 중 십분의 일도 안 된다. 그들은 대부분의 시간을 가정과 학교에서 보낸다. 가정에서 보내는 시간이 가장 많은데 부모들이 자녀들과 같이 성경말씀을 묵상하면서 삶을 나누고, 인격적으로 서로를 존중하고 격려하면서 허심탄회하게 대화하는 시간이 과연 한 주일에 몇 시간이나 될까? 자녀들의 가장 중요한 시기에 부모들이 그들에게 시간과 마음을 투자하지 않는다면 나중에는 엄청난 대가를 치르게 될 것이다. 많은 부모들이 벌써 그 대가를 치르고 있다.

나는 그동안 수많은 젊은이들을 만나면서 (나는 1세로서 그동안 영어권 1.5세, 2세들을 가장 많이 만났다고 생각한다) 상상할 수 없는 사건들을 직접 목격하기도 했고, 심각한 문제로 고민하는 젊은이들과 수없이 상담해 오고 있다. 그 많은 에피소드를 소개하자면 끝이 없지만 그 중 몇 가지 사례를 소개하고 싶다.

내가 동부 지역에서 집회할 때의 일이다. 첫날 저녁 메시지를 전하고 밖으로 나왔더니 한 대학생이 나에게 다가왔다. 그는 나를 꼭 껴안고 울음을 터트리더니 내 등을 자기 주먹으로 마구 치는 것이었다. 나는 등이 아파서 소리를 질렀다. "왜 그래! 너무 아프다. 그만해라!" 나는 그를 끌어안고 옆에 있는 벤치에 같이 앉았다. 무슨 일로 그렇게 괴로워하는지 말해 보라고 했더니 그가 말문을 열었다.

"어느 날 부모와 같이 교회를 가는데 장로인 아버지가 '너는 왜 얼굴이 그렇게 생겼냐? 창피하게…' 라고 했습니다. (자기 얼굴을 나에게 보여주었다. 입술이 약간 언챙이 같이 보였다) 그 때부터 나는 아버지를 죽이고 싶도록 미워했습니다. 어머니도 나를 위로는커녕 오히려 아버지 편에서 나를 똑같이 취급하였기 때문에 나는 어머니도 미워했습니다. 자식을 사랑하고 격려하기보다는 내가 이렇게 태어난 것이 마치 내 잘못인 것처럼 나를 창피하게 생각하는 부모, 특히 아버지를 정말 죽이고 싶었습니다. 그러던 차에 김 교수님이 강사로 오신다는 말을 듣고 친구의 권유로 마지못해 참석했는데, 오늘밤 김 교수님의 간증 메시지를 들으면서 너무 심한 갈등 속에 견딜 수 없어 끝나자마자 김 교수님께 달려왔습니다. 김 교수님을 껴안고 내 마음의 고통을 달랠 수 없어 그냥 등을 쳤습니다."

그는 울면서 나에게 아버지를 죽이고 싶은 증오심과 미움을 다 털어놓았다. 동부에서 우수한 대학을 다니는 학생이었다. 나는 그 학생을 다시 껴안아 주면서 그가 가지고 있는 마음의 깊은 미움과 증오심의 죄를 먼저 해결하자고 했다. 그리스도의 십자가를 같이 묵상했다. 그렇게 몇 시간을 함께 보냈다. 그는 회개의 눈물을 흘리며 자신의 죄를 고백했다. 그는 예수 그리스도의 십자가의 피로 깨끗하게 씻음 받고 특히 미움과 증오와 열등의식에서 자유함을 얻게 되었다.

나는 그에게 몇 가지 해결 방법을 제시했다. "아버님과 어머님께 직접 말씀드리기가 어려우면 다음과 같이 편지를 써라. '나는 이러이러한 이유로 아버지를 죽이고 싶은 증오심과 미움에 차 있었습니다. 그러나 대학생 비전 컨퍼런스에 참석하였다가 살인의 증오심과 미움, 그리고 그 외의 죄를 다 고백하고 회개한 후 예수 그리스도의 피로 깨끗하게 씻음 받아 이젠 새 사람이 되었습니다. 나는 이미 하나님께로부터 용서함을 받았습니다. 그러나 아버지 어머니에 대한 나의 증오심의 죄를 회개합니다. 나를 용서하여 주십시오…' 그러나 가장 좋은 방법은 하나님께 온전히 의존하고 믿음으로 담대하게 부모님 앞에서 직접 말씀드리는 것이다."

나는 컨퍼런스를 마치고 알라스카에 돌아왔다. 얼마 후, 어느 날 새벽 3시에 전화가 왔다. 누가 새벽 3시에 전화를 할까? 잠결에 전화를 받았더니 아주 명랑한 젊은 청년의 목소리였다. "김 교수님!

지난번에 만났던 H 학생입니다. 저 기억하십니까?"

"물론이지. 그런데 지금 몇 시인 줄 아는가? 여기는 새벽 3시야. 무슨 일이기에 이 시간에 전화했나?"

"사실은 어제 밤 큰 사건이 벌어졌습니다. 김 교수님께서 조언해 주신 대로 제가 부모님께 직접 다 말씀드렸습니다. 부모님은 충격을 받으시면서 듣고 계셨습니다. 부모님께 용서를 구했습니다. 그랬더니 아버지 어머니가 오히려 잘못을 용서해 달라고 하시면서 대성통곡을 하며 저를 껴안으셨습니다. 말할 수 없이 감격스러운 시간이었습니다. 오늘 학교에 가기 전에 이 기쁜 감격을 교수님께 꼭 전하고 싶어서 시간차도 잊고 이렇게 전화했습니다. 새벽에 깨워서 죄송합니다."

H 학생을 처음 만났을 때가 떠올랐다. 가슴이 뭉클해서 눈물을 흘렸다.

"아니야, 괜찮아. 그것 정말 좋은 소식이구나. 자랑스럽다. 이 좋은 소식을 전해주어서 정말 고마워. 하나님의 복이 함께 하시기를 기도한다."

다시 내가 동부에 집회 가면 만나자고 약속하고 전화를 끊었다. 그 뒤 동부에서 몇 차례 만났는데 신학을 공부한 후 목사가 되어 자기와 같이 자신을 천하게 생각하고(low esteem) 있는 젊은이들을 위해서 사역하겠다고 했다.

남가주 지역 애로우헤드 스프링스(Arrowhead Springs)에서 비전 컨퍼런스를 할 때였다. 당시 U.C. 데이비스(Davis)를 다니던 학생이 찾아와 상담하는 중(나는 그 학생을 잘 알고 있었다) 자기 아버지는 목사님인데 교회에서는 늘 설교하지만 자식을 위해서는 하나님 말씀으로 교육시킨 일이 거의 없다고 하면서 아버지에 대한 불만과 미움을 털어놓았다. 그는 그 컨퍼런스에서 자기의 모든 문제를 해결하고 주님께 헌신했다. 그는 대학 졸업 후 신학을 공부해서 지금은 LA 지역에서 청소년 목회자(youth pastor)로 섬기고 있다.

나는 애로우헤드 스프링스 컨퍼런스 센터에서 비전 집회를 인도하고 있었다. K 권사님이 2시간을 운전하고 자기 아들을 데려 와 나를 꼭 만나자고 했다. 우리는 셋이서 조용하게 만났다. K 권사님이 나에게 아들이 마약 중독자 센터에 가서 치료를 받았으나 효과가 없다며 속사정을 말씀하셨다. 나는 그 분야에 대해서는 전혀 문외한이기 때문에 "권사님, 저는 마약 중독자에 관해서는 아무것도 모릅니다. 그 분야의 전문가가 아닙니다. 그러나 성령님이 역사하시면 꼭 해결되리라 믿습니다."고 말하고 그 아들과 대화를 나누었다.

"저는 고등학교 때까지는 성적도 좋고 SAT 스코어도 높아 U.C. 버클리(Berkeley)에 입학하게 되었습니다. 홀어머니로 고생하시는 어머니와 교회와 주위의 어른들의 기대에 어긋나지 않도록 열심히 공부했지만 경쟁이 너무 심해 스트레스에 싸이게 되었습니다. 나는 견디다 못해 스트레스와 압박감을 풀기 위해서 친구들과 같이 마약을 하게 되었습니다. 처음에는 모든 스트레스가 다 해소되는 것 같았습니다. 그러나 점점 마약에 중독이 되었습니다. 가지고 있던 돈을 마약을 사는데 다 사용했습니다. 심지어는 어머님이 보내 주시는 학비와 생활비까지 다 마약을 구입하는데 썼습니다. 더 이상 U.C. 버클리를 다닐 수 없어서 그만 두었습니다. 어머니 몰래 그 지역에 있는 커뮤니티 칼리지(community college-초급대학)에 다녔습니다. 그래서 남은 학비로 계속 마약을 사고 여기저기에서 돈을 꾸어 가면서 비참한 생활을 하고 있던 중 어머님께 들통이 났습니다. 어머님은 자식 하나를 믿고 그 고생을 하시며 모든 것을 다 바쳐서 저를 공부시켜 왔는데 저의 상황을 아시고 실신하실 정도로 비통해 하셨습니다. 이제는 할 수 없이 다시 LA로 내려와 어머님의 보호를 받으며 지내고 있습니다."

나는 그에게서 패기 넘치는 젊은 대학생의 모습을 찾아볼 수 없었다. 얼굴은 백지장 같이 하얗고 몸은 말라빠져 그야말로 보기가 딱한 모습이었다.

"김 교수님, 이 아들이 이렇게 된 것은 저의 책임입니다. 공부만 잘하고, 돈으로 뒷바라지만 잘 해주면 자식이 잘 될 줄 알았습니다. 내 욕심으로 길렀더니… 제가 잘못하여 아들을 이 모양으로 만들었습니다. 김 교수님, 정말 부끄럽습니다만 어떡합니까? 염치 불구하고 왔습니다. 제 아들을 좀 살려 주십시오."

K 권사님의 눈에서 하염없는 눈물이 흘러내리고 있었다.

"권사님, 제가 무슨 능력으로 아들을 변화시킬 수 있겠습니까? 신실하신 하나님께 전적으로 의존합시다. 아들을 저에게 맡기시고 컨퍼런스 기간동안 저와 같이 있을 수 있도록 허락해 주십시오. 그리고 권사님은 LA에 돌아가셔서 금식하시면서 하나님께 거리끼는 모

든 죄를 회개하시고 집중적으로 하나님께 매달려 아들을 위해 기도
하십시오. 하나님이 어떻게 하시는지 봅시다."

그 학생에게 방을 배정해 주고 컨퍼런스 동안 모든 스태프들이
특별한 관심을 갖고 최선을 다해 보살피도록 했다. 나는 틈만 나면
그 학생과 만나 점점 깊은 대화를 나누었다. 나는 그가 아버지 없이
자란 상처와 쓴 뿌리, 무거운 부담감, 많은 죄의식에 시달리고 있음
을 발견했다. 그 내면의 문제를 해결하는데 집중적으로 힘을 썼다.
나는 그리스도의 십자가에 대해서, 그리고 하나님의 변함 없는 사
랑(unfailing love)에 대해서, 그리고 어떠한 죄라도 고백하고 회개
하면 다 용서하시고 그리스도의 피로 깨끗하게 씻어주신다는 말씀
을 그와 같이 나누었다. 내 자신의 회개의 체험도 함께 나누었다.
그는 이틀이 지나자 달라지기 시작했다. 그동안 입맛이 없어서 잘
먹지 못했던 음식을 먹기 시작했고, 얼굴색도 밝아졌다. 자신의 삶
에 대한 가치도 발견하게 되었다. 그 후 그는 건강을 회복하여 결국
버클리에 복학하였고, 졸업 후 훌륭한 전문인이 되었다. 믿음이 좋
은 자매를 만나 주님을 잘 섬기는 아름다운 가정도 이루게 되었다.

1994년 2월, 동부에 있는 코넬(Cornell) 대학교 초청으로 학생 수
양회를 인도하게 되었다. KBS(Korean Bible Study)가 주관하는 수
양회였는데 그 때 마침 내 아들이 코넬대학에서 공부하고 있었다.
2박 3일 수양회 중 나는 6시간도 채 못 잤다. 거기에도 역시 여러
가지 문제로 고민하는 학생들이 많았다. 밤 집회가 끝나고 학생들
과 같이 다과를 나누며 서로 대화를 나누고 있는데 대학원에서 박

사과정을 다 마치고 박사 논문을 쓰고 있던 똑똑한 1.5세 자매가 중요한 질문을 했다. 사실 이 질문은 우리 자녀들이 제일 많이 하는 질문 중의 하나이다.

"하나님의 뜻을 어떻게 분별합니까? 우리 어머니와 아버지는 내가 지금 사귀고 있는 남자(한인 1.5세)와 결혼하는 것은 하나님 뜻이 아니라고 완강히 반대하고, 나는 그 남자와 결혼하는 것이 하나님 뜻이라고 생각하고 있습니다. 김 교수님은 그 둘 중 어느 것이 하나님 뜻이라고 생각하십니까?"

사실 나는 집회할 때마다 아침 경건의 시간에 '하나님의 뜻을 아는 비결'을 가지고 말씀을 전해오고 있었다. 오늘날 교회와 크리스천 가정에서 많이 남용되고 있는 말 중에서 '하나님의 뜻'이 그 중 하나일 것이다. 우리는 내 뜻을 하나님의 뜻인 양 많이 오해하고 또 남용한다. 어떤 때는 하나님의 뜻을 시행착오를 통하여 찾아내려고 한다. 대부분의 경우 교회가 어려움을 겪는 것은 진리 대 비진리의 싸움보다는 일을 결정하는데 있어서 서로가 자기 뜻을 하나님의 뜻으로 내세워 다투기 때문이다. 당회나 제직회, 선교회, 그리고 많은 기독교 모임에서도 늘 목격하는 사실이다.

나는 그 학생과 '하나님의 뜻을 아는 다섯 가지 단계'를 구체적인 예를 들면서 나누었다. 20여 명 이상의 젊은이들이 잠을 자러 가지 않고 큰 관심을 가지고 함께 둘러앉아 듣고 있었다. 로마서 12장 2절에 "너희는 이 세대를 본받지 말고 오직 마음을 새롭게 함으로 변화를 받아 하나님의 선하시고 기뻐하시고 온전하신 뜻이 무엇인지 분별하도록 하라"고 말씀하셨다. 나는 그들에게 이 말씀을 근거로 하나님의 뜻을 분별하는 방법을 들려주었다('와이 미' 참조).

첫째 단계, 내 마음이 깨끗하고 순결하고 청결해야 한다. 하나님의 뜻을 알기 위해서는 하나님의 뜻이 내 마음에 분명히 비쳐질 수 있도록 깨끗한 마음을 가져야 한다. 그러기 위해서는 무엇보다도 먼저 내 안에 있는 죄들을, 그것이 크든 작든 다 회개해야 한다. 회개를 통해서 예수 그리스도의 보혈로 씻음을 받아야만 우리는 하나님 앞에서 깨끗하고 순결하고 청결한 마음을 가질 수 있다. 하나님 앞에서 순수한 동기를 갖는 것, 그것은 하나님의 뜻을 발견하는데 첫째 가는 시금석이다.

둘째 단계, 성경말씀 중에서 아주 타당(relevant)한 말씀을 찾아 하나님의 뜻을 발견해야 한다. 하나님의 뜻을 알기 위해서는 하나님의 자녀들이 아버지의 말씀 중에서 뜻을 찾아야 하는 것은 당연한 이치가 아니겠는가?

셋째 단계, 주위에서 일어나고 있는 사건들을 보면서 내가 지금 하나님의 뜻대로 결정하려는 이 결정과 무슨 관계가 있는지 그 신호 혹은 힌트를 하나님으로부터 받아야 한다.

넷째 단계, 주님의 마음을 알기 원하는 간절함 속에서 주님의 음성을 듣는 기도의 시간을 가져야 한다. 겟세마네 동산에서 하신 예수 그리스도의 기도가 모든 기도의 모범이 되어야 할 것이다. 인류 역사상 최대의 중요한 결정을 하셔야만 했다. 정말 중대한 일을 결정해야 할 때는 금식하면서 기도하는 것이 얼마나 유익한지를 나는 많이 체험했다.

마지막 단계, 기도 중 "주님이시라면 어떻게 하시겠습니까, 말씀해 주세요?" 하면 은밀한 중에 주님께서 알려 주시는데 대부분의 경우 여러 선택 중에서 가장 어려운 선택이 주님의 뜻인 것을 알 수 있다. 가장 어려운 선택을 결정하게 되면 나의 능력과 재능과 지식으로는 가장 어려운 선택을 이룰 수 없으니 전적으로 하나님께 의존해야 한다(시 37:5-6). 최선을 다해서 그 뜻이 이루어지면 모든 공적(credit)을 하나님께 드리며 큰 영광을 하나님께 돌리게 될 것이다. 하나님은 하나님의 자녀들이 온전히 하나님을 의존하기를 원하시고, 그리고 영광 받기를 원하시는 것을 나는 늘 체험해 오고 있다.

　나는 이 다섯 가지 단계를 구체적인 예와 나의 체험을 통하여 설명하면서 그 자매에게 권면했다.

　"이러한 과정을 자신의 결정에 일일이 적용하십시오. 그 결과 하나님의 뜻이 자매가 지금 사귀는 청년과 결혼하는 것이라면 이 일을 지혜롭게 처리해야 합니다. 자매의 결정이 하나님의 뜻이고 어머니 아버지의 뜻이 하나님의 뜻이 아니라고 고집하고 다투면 서로가 상처만 입으니까 직접 말씀드리기 어려우면 내가 말한 과정을 편지로 이해하기 쉽게 겸손히 부모님께 말씀드리십시오. 하나님의 뜻을 분명히 제시하면 부모님이 기꺼이 허락해 주실 것입니다."

　나는 둘러앉은 학생들과 자신들이 겪으며 고민하는 삶의 방향과 커리어(career)를 택하는 문제, 그리고 자신들의 여러 갈등(conflicts)들을 내어놓고 새벽 3시까지 얘기를 나누었다.

　어디를 가든지 젊은이들의 큰 고민이 어떻게 하면 인생의 과정에

서 중요한 선택들을 하나님의 뜻에 합당하게 택할 수 있느냐 하는
것이다. 그런데 우리 부모들이나 교회가 자녀들의 삶에 끊임없이
닥쳐오는 수많은 선택과 결정을 어떻게 하나님의 뜻에 맞도록 정해
야 하는가를 자녀들에게 직접 보여주는 멘토(mentor)나 롤 모델이
되어 주지 못하고 있는 형편이다. 그 결과 그들이 대학교에서 심지
어는 대학을 졸업한 후에도 하나님의 뜻대로 살지 못하고 갈등 속
에서 고민해야 한다면 하나님께서 누구에게 그 책임을 물으시겠는
가?

펜실베니이아에서 집회를 마치자마자 나는 또 다른 집회를 인도
하기 위해서 곧바로 노스 캐롤라이나(North Carolina)로 떠나야 했
다. 학생들의 안내를 받으며 공항으로 가기 위해 주차장으로 가는
데 두 여학생이 내 뒤를 쫓아왔다. 한 여학생이 다른 여학생 친구를
소개하였다. "김 교수님, 내 친구를 위해서 지금 기도해 주세요. 지
금 빨리 공항으로 가야 하는 것은 압니다만 내 친구는 오늘 이곳
을 떠나면 1개월 간 감옥에 가야 합니다. 김 교수님, 내 친구를 위해
서 기도를 부탁합니다."

눈물을 글썽이면서 나에게 감옥에 가게 되는 자기 친구를 위해서
기도해 달라는 것이다. 늦어서 비행기를 못 타고 다음 비행기로 갈
지언정 그 기도의 부탁을 받고 그냥 간단하게 기도하고 떠날 수가
없었다.

나는 "왜 한 달간 감옥에 가야 하지요?"라고 물었다.

그 여학생이 사실을 털어놓았다. "나는 가게에서 물건을 훔친

(shoplifting) 죄로 1개월 형을 받고 미니멈 시큐리티(minimum security)의 감옥에 가야 합니다. 사실은 나의 부모님이 우리 교육 때문에 미국에 왔다고 하지만 어떤 때는 일주일 내내 어머니와 아버지를 동시에 보면서 함께 식사하는 시간이 거의 없었습니다. 그러면서도 틈만 있으면 '너 공부 잘 해라!' '숙제했니?' '성적 어떻게 나왔느냐?' 하는 것 등에만 관심이 있지 '내가 어떤 생각을 하는지 무엇을 하는지' 우리의 삶에는 전연 무관심했습니다. 물론 부모님이 열심히 일하면서 우리들을 잘 먹이고 공부시키려는 그 의도는 잘 압니다.

나는 내 부모의 관심을 끌기 위하여 처음에는 값이 싼 작은 물건들을 상점에서 훔치다가 보안 담당자에게 붙잡혔습니다. 우리 아버지 어머니가 오셔서 사정하여 벌금 물지 않고 훈방되었습니다. 내 아버지 어머니는 창피하다면서 나를 무척 혼냈습니다. 왜 그랬는지 이유도 묻지 않고 못된 것이라고 하면서 돈이 필요하면 달라고 할 것이지 물건을 훔쳤다고 몹시 꾸중했습니다. 어머니 아버지는 내가 왜 그런 일을 저질렀는지도 모르고 여전히 전과 똑 같으셨습니다. 나는 다시 조금 비싼 것을 훔쳤습니다. 이번에는 경찰까지 불러 나를 수갑 채우고 상점 사무실에서 아버지 어머니를 불렀습니다. 급히 달려온 내 어머니 아버지는 사정하여 그 상점 주인에게 벌금까지 물고 이제 다시 한 번 물건을 훔치면 실형을 받도록 하겠다는 경고(warning)를 받고 나를 놓아주었습니다. 물론 내 아버지와 어머니는 기가 막혀 어쩔 줄을 몰라 하셨습니다. 도대체 왜 그러느냐고 묻기에 어머니 아버지가 우리 때문에 미국에 왔다고 하지만 우리의 성적에만 관심이 있지 우리 형제들의 삶을 위해서는 먹고 자고 입고 용돈 주어 쓰는 것 외에는 무슨 관심이 있습니까? 그 관심을 끌기 위해 남의 물건을 훔치는 것이 나쁜 줄 알면서도 그리 했습니다. 부모님과 나는 서로 소리를 지르며 심한 말들을 주고 받았습니다.

그 후 얼마 동안은 아버지 어머니가 우리들에게 더 관심을 두는 것 같았습니다. 일주일에 몇 번씩 모든 식구의 얼굴을 볼 수도 있었고 식사도 같이 했습니다. 그러나 식사할 때도 마음을 터놓는 진정한 대화가 없었고, 식사가 끝나면 아버지 어머니는 비디오만 보시고 우리는 우리 방에서 우리대로 TV 프로그램을 보는 정도였습니다. 얼마가 지나고 나니까 다시 전과 같아졌습니다. 그래서 이번에는 정말 값비싼 물건들을 훔쳤습니다. 사실은 아버지 어머니에게 골탕을 먹이고 싶었습니다. 세 번째 붙잡혔으니 이제는 재판을 받아야 했습니다. 내 부모의 간절한 호소에도 불구하고 저는 결국 최소형인 1개월을 받게 되었습니다. 내 아버지 어머니는 너무 비통해하시며 식음까지도 전폐하였습니다. 옆에 있는 친구가 변호사의 도움을 받아 내가 감옥에 들어가는 날짜를 연기해 놓고 나를 설득해서 이곳에 데리고 온 것입니다.

나는 이곳에서 4박 5일을 지내는 동안 나의 모든 죄를 회개했습니다. 나는 새사람이 되었습니다. 나는 결심했습니다. 내일 감옥에 들어갈 때 성경책만 가지고 들어가겠습니다. 그리고 매일 성경을 읽으며 기도하면서 하나님께 더욱 가까이 갈 것입니다. 나는 분명히 거듭났습니다. 부모님께도 내 변화를 자세히 편지로 쓰겠습니다. 나는 평생 동안 이 감격을 잊지 않고 무슨 일을 하든지 어디를 가든지 이 복음을 전하겠습니다. 김 교수님, 정말 감사합니다. 내가 다시 넘어지지 않도록 기도해 주세요."

거기 서서 그녀의 고백을 듣던 우리는 모두 울며 기도했다. 우리는 같이 그 여학생을 껴안아 주면서 격려한 후 자동차를 타고 비행장으로 달렸다. 10분 정도 남겨 놓고 겨우 비행기를 탈 수 있었다. 하나님께 무한한 감사와 찬송을 드렸다. 그 날 밤 랄리(Raleigh) 어른들과 청소년 집회에서도 성령님의 큰 역사가 있었다.

이러한 일들은 결코 별개의 사건들이 아니다. 며칠을 두고 얘기해도 다 나눌 수 없는 우리 젊은이들의 숱한 삶의 고뇌들을 그들을 통해 직접 들으면서 나는 한 젊은이라도 더 만나서 그들에게 복음을 전하고 그들이 성령님의 감화 감동으로 회개하고 변화되기를 바라는 간절한 마음의 부담을 갖게 되었다. 나는 그들을 만나 복음을 전하고 그들과 함께 깊은 대화를 나누면서 그들이 성령님의 역사로 변화를 경험하는 것을 수없이 목격하면서 얼마나 감사하고 감격했는지 모른다. 그래서 오늘도 불철주야 그 젊은이들을 향한 사랑의 열정(passion)을 가지고 그들을 위한 사역을 계속하고 있다.

동부에서 집회할 때였다. 1,000여 명의 우리 1.5세, 2세 영어권의 젊은 대학생들이 모였다. C.W. 포스트 롱 아일랜드대학교(Post Long Island University)를 빌려 3박 4일 숙식하며 같이 삶을 나누는 귀한 시간이었다. K라는 한 예쁜 여학생이 조용하게 만나자고 하였다. 나는 잔디밭 벤치에 앉아서 K 여학생의 이야기를 들었다. 그녀

C.W. Post Long Island 대학교에서 열린 대학생 비전 컨퍼런스

는 겉으로 보기에는 예쁘고 얌전하고 수줍은 학생인데 그 마음에는 깊은 상처의 아픔과 증오심으로 꽉 차 있었다.

"우리 아버님은 김 교수님도 아시는 K 목사님이십니다. 그분이 강단에 설 때는 천사 같고 말씀을 전할 때는 성도들이 은혜 받는다고 하지만 사실은 집에 오시면 어머님을 얼마나 구박하고 때리는지 모릅니다. 우리도 숨을 못 쉴 정도로 무서울 때가 있습니다. 어머님은 아버지께 맞을 때면 반항 한 번 못하시고 그 매를 다 맞습니다. 상처가 나고 멍이 들어 부으면 그것을 감추시느라고 갖은 애를 쓰십니다. 교회에서 누가 알면 어떻게 하느냐고 자신의 아픔의 고통을 참으면서 맞은 곳을 감추는데 신경을 쓰는 어머니를 볼 때마다 어머니가 불쌍하고 아버지가 얼마나 미운지 견딜 수 없었습니다. 제가 어렸을 때부터 아버지는 어머니를 때렸습니다. 사실 나는 아버지를 죽일 음모까지도 생각했습니다. 며칠 동안 이곳에서 교수님과 다른 강사님들의 메시지를 들으면서 내가 그러한 마음을 갖게 된 것은 하나님께 죄라는 것을 알게 되었습니다. 그러나 아버지가 어머니를 때리는 장면을 생각하면 다시 복수하고 싶은 증오심이 마음에 가득 차게 되니 어떻게 하면 좋겠습니까?"

너무나 충격적인 말이었다. 그 귀한 대학생 딸이 K 목사님을 죽이고 싶어 음모까지도 생각했다니 너무 기가 막히었다. 나는 그 K 학생을 그리스도의 심장으로 위로하면서 몇 시간 동안 죄 문제를 구체적으로 나누었다. 그 증오심과 상처를 해결하는 과정에서 성령님의 역사하심을 경험했다. 나는 자신이 회개하고 변화된 그 내용을 아버님께 편지로 쓰라고 했다. 컨퍼런스가 끝나고 떠나기 전에 나는 그 여학생의 손을 잡고 다시 그녀를 위해 기도했다.

그 뒤 K 여학생은 아버지께 편지를 써 보냈다. 나중에 들은 바에 의하면 딸의 편지를 받은 K 목사님은 충격을 받아 결국 모든 것을 회개하셨다고 한다. 지금은 행복한 가정으로 회복되었다니 얼마나 감사한 일인가.

자살하려고 했다가 마지막으로 컨퍼런스에나 참석하자고 왔다가 회개하고 변화된 학생들도 여러 명 만났다. 몇 년 전에는 하버드 대학교에 들어간 아들의 부모가 '어떻게 하면 자녀들을 하버드 대학교에 들어가게 할 수 있나' 라는 제목으로 여기저기 세미나를 하고 다니던 중 그 아들이 자살한 일이 있었다. 그에게 삶을 위한 비전이 없었다는 것이 문제였다. 자식을 하버드에 입학시켜 놓고 자식을 잃는다면 무슨 소용이 있겠는가? 우리 부모들은 한 생명이 천하보다 귀하다는 것을 자녀들에게 보여주며 그리스도의 심장으로 영혼들을 위해 실천해야겠다.

셋째로, 자녀들이 교회를 떠나는 또 하나의 이유는 그들이 대학 또는 대학원을 졸업하고 전문직(의사, 변호사, 엔지니어, 교수, 교사, 기업인, 그리고 각종 전문인)을 가지게 되면 수입이 크게 늘어 (30대에서 백만장자 젊은이들이 속속 나오고 있다) 좋은 집과 좋은 자동차를 사고, 그리고 결혼하여 아름다운 가정을 이루어 자녀들과 같이 잘 먹고 잘 살 수 있기 때문이라고 한다.

부모들이 이민 와서 주로 어렵고 곤란할 때만 하나님께 매달리며 열심히 기도하는 것을 자녀들이 보아왔다. 그런데 기도했던 것을 얻고 나면 부모들의 신앙생활이 아주 달라진 것을 그들은 또한 보아왔다. 따라서 이 젊은이들은 지금 별로 어려움 없이 잘 살기 때문에 옛날 어려웠던 시절 부모에게 필요했던 하나님이 자기에게는 필요 없다고 생각하게 되어 신앙을 멀리하고 살아간다.

사실, 사업을 위해서, 직장을 위해서, 그리고 자녀들의 성공을 위해서 열심히 새벽기도하며 금식기도까지 하는 교인들을 우리는 많이 본다. 그러나 일단 사업에 성공하고 좋은 직장에서 수입이 안정되면 "하나님, 성공해서 번 돈을 어떻게 썼으면 좋겠습니까?" 라고 하나님께 물어 보면서 금식기도하거나 새벽기도하는 교인들을 나는 별로 보지 못했다. 이러한 부모들의 신앙 태도가 자녀들이 교회를 떠나게 하는 세 번째 중요한 이유라는 것이다.

1997년 가을에 동부에서 3일간의 집회를 인도하고 있었다. 600여 명의 영어권 대학생들과 젊은 청년들이 모였다. 마지막 날 밤 헌신의 시간을 가졌다. 그리고 모두가 한국식으로 '주여, 주여, 주여'를 세 번을 부르고 통성기도로 들어갔다. 하나님께 울부짖는 간절한 기도의 시간이었다.

한 젊은 청년이 내 손을 잡고 이끌면서 지금 당장 중요한 말을 해야겠다는 것이다. 강당 옆으로 가서 같이 앉았다. K 청년은 몸을 부들부들 떨며 자신의 문제를 털어놓았다.

"김 교수님, 저를 좀 도와주세요. 나는 매일 밤 술을 마시면서 동성연애하는 비디오를 보지 아니하면 견디지를 못합니다. 저는 거기에 완전히 중독되어 있습니다. 저는 남들이 그 유명하다는 P 대학교 대학원 학생이며 교회의 영어목회(E.M. : English Ministry)에서 목사님을 돕는 리더십 팀(leadership team)에서 사역하고 있습니다. 그런데 매일 밤 제 아파트에 들어오면 동성연애자들의 섹스하는 비디오에 완전히 빠져 몇 시간을 보내고 잠도 제대로 못 잡니다. 아침이면 피곤한 몸으로 일어나 무기력 상태로 학교에 가서 공부하고 금요일부터는 교회 일을 열심히 합니다. 하지만 나는 지금 육체적으로, 도덕적으로, 영적으로 완전히 타락하고 있는 것을 알면서도 제 힘으로는 이 못된 습관을 끊을 수도 없고 그렇다고 해서 이렇게 부끄러운 삶을 다른 사람에게 말할 수도 없었습니다. 혼자 무척이나 고민하던 차에 이번 김 교수님 말씀을 듣고 고통 중에 회개하면서 이렇게 고백합니다. 어제와 그제 밤에 처음으로 비디오를 보지 않았습니다. 정말 괴롭고 힘든 결정이었습니다. 그러나 나의 약함을 잘 알기 때문에 다시 반복할까 정말 두렵습니다. 어떻게 했으면 좋겠습니까? 나를 도와주십시오."

나는 그 청년에게 동성연애를 하느냐고 물었더니 현재는 아니지만 이대로 계속하게 된다면 그럴 가능성도 많다고 했다. 나는 좀더 조용한 곳으로 그 청년을 데리고 갔다. 하나님의 말씀을 몇 곳 인용하면서 삶의 기본적인 원리와 그 청년을 위한 성경의 약속을 말해주었다. 일류 대학원을 다니는 엘리트, 똑똑하고 실력 있는 K 청년이 자신이 지금 겪고 있는 문제가 심각한 줄 알면서도 자신이 해결할 수 없는 그 무능력에 완전히 좌절하고 포기한 가운데 매일 밤 똑같은 죄의 삶을 되풀이하고 있었던 것이다.

동성연애 비디오에 미친 이러한 청년 · 대학생들이 있는가 하면 그 외에도 나쁜 줄 알면서도 마약 중독자같이 헤어날 수 없는 음란하고 타락한 삶을 사는 젊은이가 얼마나 많은지 우리 부모들은 믿으려 하지 않을 것이다.

내가 그를 껴안고 같이 울며 하나님께 기도할 때 K 청년은 통곡하며 자기의 죄를 회개하는 통회의 기도를 했다. 너무도 가슴이 아픈 처절한 회개의 기도였다. 그의 기도가 끝난 후 나는 그의 손을 잡고 무릎을 꿇고 하나님께 간절히 기도했다.

"하나님, 이 K 청년의 생명을 책임져 주셔야 합니다. 성령님으로

충만하게 기름 부어 주옵소서. K 청년의 더럽고 추한 모든 죄를 주
님의 피로 깨끗하게 씻어 주시고 상처를 다 싸매 주시고 온전히 고
쳐 주옵소서. 동성연애 섹스 비디오를 보고 싶은 마음을 온전히 고
쳐 주옵소서. 이길 수 있는 믿음의 능력을 주옵소서. 매일 매시간
하나님의 구원에 감격하며 성령 충만의 능력에 힘입어 모든 유혹을
물리치고 승리하고 하나님께 영광 돌리는 귀한 삶으로 인도해 주옵
소서. 주님의 손이 항상 보호해 주옵소서. 저는 내일 떠납니다. 이
젊은이를 주님의 손에 부탁합니다."

나는 K 대학원생에게 일러주었다.

"목사님께 오늘밤 늦게라도 그렇지 않으면 내일 아침에라도 빨리
사실을 고백해라. 그리고 목사님과 같이 비전의 사람, 신앙의 사람
을 찾아서 그 친구와 같이 아파트에 살 수 있도록 하면 좋겠다. 목
사님이 책임지고 잘 해 주실 것이다. 그리고 하나님께서 너에게 주
신 비전을 빨리 보고 그 비전의 성취를 위해서 혼신을 다해라. 나
같은 사람도 살려 주시고 이렇게 사용하시는 하나님을 철저히 신뢰
해라. 오늘의 회개를 통하여 변화된 네가 이제부터 그 비전을 이루
도록 헌신하여 산다면 나보다 더 엄청난 하나님의 사역을 감당할
것이다. 목사님의 신앙 지도를 잘 받으면서 계속해서 자신을 깨끗
하게 청소해라. 다니엘과 같이 단단히 마음을 정해라. 왜냐하면 정
한 마음(mindset)이 생각(thinking)을 지배하고, 생각은 태도
(attitude)를 지배하고, 태도는 행동(behavior)을 지배하며, 행동은
습관(habits)을 만들고, 습관은 인격(character)을 형성하고, 인격은
그 인생의 종말(destiny)을 좌우하기 때문이다. 이 일곱 단어가 네

인생을 좌우할 것이다."라고 말한 후 우리는 헤어졌다.

다음날 나는 K 목사님과 아침식사를 같이 하면서 K 학생에 대해 말했더니 이미 전날 밤늦게 K 학생을 통하여 자세한 내용을 들었다고 했다. K 학생이 문제가 있는 것을 짐작은 했으나 그런 내용인 줄은 전연 몰랐다고 하면서 구체적인 방법을 의논했다. K 목사님이 즉시 돕겠다고 약속하셨다.

나는 이 모든 젊은이들의 문제는 결국 아이덴티티(identity, 정체성)와 비전의 부재 내지는 결여로 인한 것임을 발견하게 되었다. 물론 나는 그 동안 만났던 많은 1.5세, 2세 젊은이들이 신앙적으로, 그리고 우수한 실력으로 미 주류에서 영향력을 발휘하는 것을 보았고, 그리고 영적인 리더십을 가진 복음의 사역자들이 전국 각지에서 그리스도 안에서 승리하는 것을 보았다. 나는 그들을 보면서 마음에 큰 기쁨과 소망을 갖는다.

그러나 무엇보다도 중요한 것은 먼저 우리 자녀들이 자신이 누구인가를 분명히 알고 자기의 삶을 위해서 하나님께로부터 비전을 받는 일이다. 또 중요한 것은 우리 1세 부모들과 교회가 하나님이 주신 기업인 우리 자녀들을 하나님의 뜻과 계획 속에서 하나님 마음에 합당하도록 기르고 가꿀 뿐 아니라 그들을 바로 서도록 도와주고 사랑으로 밀어주는 것이다. 우리 부모들의 마음과 뜻에 맞도록 기르는 것보다는 하나님의 마음과 뜻에 합당하게 신앙적인 인격자로 길러 하나님의 우주적인 계획에 크게 사용될 수 있도록 자녀들을 양육해야 한다. 그리고 우리 부모들이 자녀들의 장래에 걸림돌이 되기보다는 튼튼한 디딤돌이 되어야할 것이다. 그래야 우리 자녀들이 그 튼튼한 디딤돌을 딛고 믿음 안에서 승리하고 형통하지 않겠는가?

제2부

아이덴티티
Identity

 아이덴티티

우리는 누구인가?

그리스도인을 '성도'라고 칭한다. 성도는 '세인트(saint)'라는 의미이다. 예수 그리스도의 피로 깨끗하게 씻음 받은 거룩하고 구별된(distinguished) 삶을 사는 성스러운 사람들이라는 뜻으로 이해된다. 요한복음 1장 12절에는 '영접하는 자 곧 그 이름을 믿는 자들에게는 하나님의 자녀가 되는 권세를 주셨으니'라고 하셨다. 우리 그리스도인들은 "하나님의 자녀"라는 엄청난 아이덴티티를 받았다.

로마서 8장 17절에 보면 우리를 "하나님의 후사(황태자, 공주)"라고 했고, 하나님의 아들이신 예수님과 함께 "공동 후사(co-heir apparent)"라고 우리를 부르셨다. 고린도후서 5장 20절에는 우리를 "그리스도의 사신들(Ambassadors, 대사들)"이라고 했으며, 베드로전서 2장 9절에서는 우리를 "택하신 족속", "왕 같은 제사장들", "거룩한 나라", "그의 소유된 백성"이라는 어마어마한 칭호를 우리에게 주셨다.

어느 왕이나 대통령이라도 이 엄청난 칭호를 다 받을 수 있겠는가? 하나님의 아들 예수 그리스도를 구주로, 주님을 영접한 우리에게—아무 경쟁도 없이, 어떤 싸움이나 노력도 없이, 아무 대가도 치르지 않고, 다만 예수 그리스도 때문에—세상이 감당 못하는 이런 위대한 아이덴티티를 주신 것을 생각하면 내 마음에 가득 찬 감사와 감격과 기쁨과 송구스러움을 말로 다 표현할 수가 없다. 나는 신학자와 같이 하나님의 주신 이 칭호들을 신학적으로 해석할 마음은 조금도 없다. 다만 성령님의 감화 감동에 힘입어 말씀 그대로 나의 생활에서 그 어마어마한 위치를 지키려고 최선을 다하여 노력하고 있다. 이 칭호들은 교회에서 맡은 직분에 관계없이 모든 성도들에게 속한 것이다.

한 번 생각해 보자. 우리가 '하나님의 자녀'로서 그리스도와 함께 '공동 후사(Co-heirs with Christ)'의 위치에 있다는 것이다. 천국이 우리의 소유이고 이 우주를 지으신 하나님의 것이 다 우리 것인데 황태자 또는 공주인 우리가 무엇을 위해서 어떻게 살아야겠는가? 우리는 세계에서 가장 부자이고 하나님이 창조한 것이 다 우리의 유산(inheritance)인데 왜 성도인 크리스천들이 그렇게도 가난하고(꼭 물질만을 의미하는 것이 아니다) 부끄럽게, 쪼들리어 머리를 숙이며, 어깨를 펴지 못하고 사는지 너무나 안타깝다.

교만하게 살라는 의미가 절대 아니다. 하나님의 자녀들이 그렇게 살 때 아버지 되신 우리 하나님이 얼마나 통분하시며 슬퍼하겠는가? 모든 것이 준비되어 있는 데도 그것을 찾아 누리지 못하고 하나님의 자녀들이 패잔병 같은 삶을 살고 있는 것을 바라보고 한탄하시는 하나님의 마음을 헤아려 보자.

우리를 또 '그리스도의 대사'라고 부르셨다. 이 땅에 살면서 언제 어디서 무엇을 하든지 우리의 위치는 그리스도의 대사라는 의미이다. 대사의 직은 대단한 영예의 직이지만 큰 책임이 따른다. 그런 의미에서 대사를 '전권대사'라고 부른다. 대통령이나 왕이 완전히 신뢰할 수 있는 사람을 택하여 왕이나 대통령을 전적으로 대표하고 대변할 수 있도록 전권을 주어서 다른 나라에 특사로 보낸다. 대사는 다른 나라에서 자기 왕이나 대통령의 특별 명령과 정책을 그대로 수행해야 하며 대통령과 왕을 대표하여 그의 마음에 합당하도록 그 직무를 수행해야 신임 받는 대사가 되는 것이다.

우리 크리스천들은 우리를 위해서 십자가에서 피 흘려 죽으시고 우리가 치러야 할 모든 죄의 대가를 다 치르신 길이요 진리요 생명이신 예수 그리스도의 대사로서의 자격과 칭호를 주셨다. 이런 우리가 과연 우리의 왕 되신 예수님의 대사답게 성령 충만의 능력에 힘입어 이 땅에서 살고 있는가? 우리 각자 자신들을 점검해 보아야 한다. 우리가 그리스도의 대사라면, 예수님의 말씀으로 철저하게 훈련받고, 그리스도의 심장을 가지고, 성령 충만의 능력에 힘입어, 예수 그리스도의 십자가의 사랑과 복음을 대변하고, 하나님의 선하시고 기뻐하시고 온전하신 뜻을 이루면서, 그리스도의 마음에 합당한 삶을 이 땅 삶의 현장(marketplace)에서 증인으로 보여주고 또한 누려야 할 것이다.

마지막으로 우리를 '왕 같은 제사장'이라고 칭하셨다. 왕 같은 제사장이란 왕의 위치에서 기름 부음을 받은 하나님의 사자(messenger)를 말한다. 영적 권위를 기름 부음으로 부여한 것이다. 하나님께서 하나님의 영을 우리에게 기름 부으심으로 영적 권위를 부여한 것이다. 그러므로 왕의 보좌와 같이 광채가 나고 위엄 있는

(majestic) 카리스마를 가진 영적 권위로 매일 세상을 이기고 사탄을 부수고 승리하는 삶을 살아야 할 것이다.

기름 부음을 받은 우리 크리스천들은 모두 왕 같은 제사장으로 하나님께서 주신 영적인 권위와 위엄을 가지고, 권세 있고 영감 넘치는 강력한 감동(powerful inspiration)과 영향력(influencing)을 끼쳐 사람들을 변화시키는 그런 삶을 살아야 할 것이다. 그리하여 그리스도의 지경을 계속 넓혀 나가야 한다. 그것이 하나님께서 우리를 불러 세우신 목적이기 때문이다.

한 교회 안에 1,000명 되는 구원받은 성도들이 한 교회 공동체를 이루고 신앙생활을 한다면 직분에 관계없이 다 하나님의 후사, 그리스도의 사신, 그리고 왕 같은 제사장이라는 의미이다.

만약 1,000명의 성도들이 교회 안에서만 하나님이 주신 칭호를 행사하려 한다면 어떠한 사건들이 벌어질 것인가 상상해 보자. 교회 안에 서로 경쟁하면서 그 위치를 지키려고 시기와 질투와 다툼과 분열을 일으킬 것이다. 우리가 하나님의 후사로서, 그리스도의 대사로서, 그리고 왕 같은 제사장이라는 엄청난 자격을 가진 자로서 승리의 개선가를 부르며 살 곳은 교회 안이 아니라 교회 밖 세상이다. 교회에서는 하나님께 영광스러운 예배를 드리고 교회 밖에서는 죄를 이기고 세상을 정복시키는 삶을 살아야 하지 않겠는가? 그러나 매일 삶의 현장에서는 그렇게 살지 못하고 패잔병과 같은 삶을 살면서 교회 안에서는 애써 그 위치를 지키며 살려고 경쟁하고 있으니 얼마나 하나님께서 통탄하실 일인가?

교회 안에서는 다 같은 칭호를 가진 성도들인데 누가 누구에게 대사 노릇을 하며, 누가 누구에게 왕 같은 제사장 노릇을 하며, 누가 누구에게 하나님의 후사 노릇을 하겠는가? 이 어마어마한 칭호를 가진 성도들이 그리스도의 대사, 왕 같은 제사장, 하나님의 후사라는 높은 위치에 있으면서도 교회 안에서만 인정을 받으려고 서로 경쟁하고, 교회 안에서만 지경을 넓히고 세력을 나타내려고 하기 때문에 결국은 싸우고 갈라질 수밖에 없고, 쓸 데 없이 엄청난 에너지를 소비할 뿐 아니라 다른 성도들에게 상처를 줄 수밖에 없지 않은가?

이 칭호를 가진 우리 성도들이 교회 밖에 나가서 세상을 이기고 죄와 사탄을 이김으로 우리 주님의 이름을 높이고 그에게 영광을 돌려야 하지 않겠는가? 세상 사람들이 두려워하고 감당할 수 없는 강하고 담대하고 위엄 있는 하나님의 자녀들, 빛을 발하는 그리스도의 대사, 왕 같은 제사장, 하나님의 후사가 되어야 할 것이 아니겠는가?

우리가 이런 삶을 통하여 하나님이 우리와 함께 하심을 보여주고 날마다 지경을 넓히면서 개선가를 부르며 하나님께 영광과 존귀와 찬양을 돌리어야 할 것이다. 바로 그것이 우리가 주일마다 드리는 진정한 예배이다. 감격의 찬양과 승리자의 경배가 있는 예수 축제 (Jesus celebration)…, 그것만이 하나님께 영광이 될 것이다. 그렇지 못하다면 그것은 예수 그리스도의 십자가의 죽음과 하나님의 그 엄청난 사랑과 공의에 대한 배반이 될 것이다. 뿐만 아니라 하나님의 이름이 우리 때문에 세상 속에서 비참하게 모독을 당하게 된다는 것을 우리는 명심해야 한다(롬 2:24). 우리는 절대로 마귀에게 승리

를 주어서는 안 된다. 하나님이 주신 우리의 어마어마한 자격과 칭
호는 교회 안에서는 말할 것도 없거니와 더 중요하게는 세상에 대
해서 주셨다는 것을 꿈속에서라도 잊지 말자. 그리고 이 칭호의 명
예를 지키고 그 직무를 수행하기 위해서 기꺼이 생명을 드리자.

현대 교회는 그 패러다임(paradigm)을 전환(shift)해야 한다. 하나
님의 자녀가 된 성도들을 왜 '평신도(Layman)' 라고 부르는가? 하나
님의 자녀들을 '평신도' 로 인식한다면 그 관점(perspective)을 바꾸
지 않는 한 아무리 좋은 프로그램을 동원하여 그들을 훈련하고 제
자화해도 '평신도' 라는 낮은 자아상(low self-image)을 가지고는 그
들이 세상에 나가서 그 직업 속에서, 커뮤니티 속에서 싸워 승리할
수 없다. 졸병들은 아무리 훈련해도 졸병일 뿐이다. 졸병의 자격으
로 어떻게 공중의 권세 잡은 마귀들을 무너뜨리고 승리할 수 있단
말인가?

하나님의 자녀인 성도들을 평신도라는 명칭으로 훈련시켜 내보
낸다고 하자. 평신도라는 이름 그 자체가 벌써 성도들의 위상을 심
리적으로, 환경적으로, 사회적으로, 그리고 영적으로 졸개 같이 낮
추어 버린다. 평신도는 '밑바닥 사람' 이라는 뜻이기 때문이다. 나
는 조직 행위(Organizational Behavior)를 30년 간 가르쳐 오면서
'나는 누구인가?' 라는 그 아이덴티티의 정의가 학생들의 학업과 수
행(performance) 뿐만 아니라 삶 전체에 엄청난 영향을 끼치는 것
을 수많은 리서치(research)를 통해서, 그리고 내 자신의 경험을 통
하여 목격해 왔다.

평신도 제도는 계급 구조가 분명한 천주교에서 시작된 것이다.

캐톨릭에서는 그 계급을 교황을 중심으로 하여 캐톨릭대학(College of Cardinals), 추기경(Cardinal), 대주교(Archbishop), 주교(Bishop), 성직자(Priest), 그리고 평신도(Layman)로 나눈다. 교회 안에는 계급이 없다. 하나님의 부르심(calling)에 따라서 직분이 있을 뿐이다. 직분은 계급이 아니다. 직분은 신앙 공동체 안에서 공동체의 목적과 사명을 효과적으로 이루기 위해 제정한 은사를 따른 섬김의 자리이다. 그러나 교회 안에도 계급의식이 강하게 작용하고 있는 것이 사실이다.

평신도라고 불리우는 졸개 교인들이 어떻게 세상에 나가 다윗이 골리앗을 이기듯 세상을 대적하여 승리할 수 있겠는가? 그래서 마틴 로이드 존스(Martin Lloyd-Jones)는 현대 교회를 다음과 같이 지적했다.

첫째, 교회가 성령님의 능력으로 충만해서 그 능력(power)이 세상을 강력(powerful)하게 변화시켜야 할 텐데 오히려 무력한(powerless) 교회가 되었다.

둘째, 교회가 소망을 잃고 허덕이는 세상에 소망을 주어야 할 텐데 오히려 소망 없는(hopeless) 교회가 되었다.

셋째, 교회가 불쌍하고 가난하고 비참하게 사는 인생들에게 그들의 영혼을 위해서 도움을 주어야 할 텐데 오히려 도움을 주지 못하는(helpless) 교회가 되었다.

얼마 전에 한 지역의 일간신문에 '한인교회에 한인사회의 도움이 필요하다'는 기사가 실렸다. 그 지역의 교회협의회가 금전문제로 서로 싸우고 분열하자 그렇게 쓴 것이다. 통탄할 일이 아닌가? 그러나 하나님의 자녀들을 성경 말씀대로 왕 같은 제사장, 하나님의 후사, 그리고 그리스도의 대사로 인정하여 그 품위를 지키고 받은 사명을 감당하도록 말씀 안에서 그들을 훈련시켜서 최고의 전략과 행동 강령으로 무장시켜 내 보낸다면 세상이 그들을 감당하지 못할 것이다. 그들은 승리의 삶을 살 것이며, 잃은 영혼들을 구할 것이고, 많은 열매를 맺을 것이다. 주일이면 승리의 개선가를 부르며 돌아와 감사와 감격이 넘치는 찬양과 경배와 예배로 하나님께 영광을 돌릴 것이다.

나는 현대 교회가 21세기에 세상에 소망과 도움을 주고, 빛과 소금이 되기 위해서는 하나님의 자녀인 '성도'들에 대한 새로운 패러다임을 갖지 않으면 안 된다고 믿는다.

나는 내 학생들을 단순히 학생으로만 취급하지 않는다. 내 학생 각자가 가지고 있는 이름과 그 문화(culture)의 배경의 중요성을 강조하면서 그 이름과 문화의 차원에서 자신들이 노력하고 개발하고 행동하도록, 그래서 계속적으로 발전하도록 끊임없이 동기를 부여한다.

내가 일반 평교수로 있을 때 쿠퍼(Cowper) 주지사가 나를 알라스카 경제개발, 국제통상 고문으로 임명하고 주 전체 상공회의 총회에서 나를 소개하며 높이 칭찬한 적이 있었다. 그 때부터 나는 교수로서 뿐만이 아니라 주지사 경제통상 고문이라는 그 중한 자리를 명예롭게 잘 지키기 위해서 하나님께 늘 매달리면서 최선을 다했다. 주지사가 나를 자기의 경제통상 고문으로 임명했기 때문에 주의 모든 리더들은 내 위치를 인정하고 같이 협력하며 일할 수밖에 없었다. 왜냐하면 나의 위치가 달라졌기 때문이다.

교회 리더들은 성도들 간에 비록 재능과 지식과 능력의 차이가 있을지라도 그들을 그리스도의 대사로 임명해서 그 위치와 책임에 맞도록 훈련을 시켜야 한다. 논산훈련소와 같이 사병으로 훈련시키는 것이 아니라 육해공군 사관학교와 같이 장교로 훈련시켜야 한다. 성도들이 평신도로서 훈련받는 것과 하나님의 후사로서, 왕 같은 제사장으로서, 그리스도의 대사로서 훈련받는 것은 정서적으로 (emotionally), 심리적으로(psychologically), 지적으로(intellectually), 육체적으로(physically), 그리고 영적으로(spiritually) 그 강도 (intensity)가 천양지차이다. 논산훈련소와 사관학교의 훈련 목적과 그 질과 기간을 비교해 보면 쉽게 이해할 수 있을 것이다.

목사님들이 스캔들(scandal)이 있거나 과오를 범하면 신문에 톱 기사로 실린다. 그러나 '평신도'는 똑같은 잘못을 저질러도 기사거리조차 되지 않는다. 그것은 '평신도'는 작은 졸개들이니까 이해하고 덮어두자는 것일 것이다. 교회에서 목사님이 돈을 잘못 다루었거나 여자 문제로 실수를 하면 큰 사건이 된다. 그러나 '평신도'가 세금을 포탈하고 더 큰 잘못을 해도 그냥 묵인한다. "평신도니까 그렇게 했겠지" 하고 용납되어 버린다.

그러나 하나님의 자녀인 성도가 '그리스도의 대사', '왕 같은 제사장', '하나님의 후사'로서의 아이덴티티를 갖고도 스캔들을 만들고 과오를 저지르면서 그리스도의 이름을 더럽힌다면 목사님과 다름없이 똑같은 책임을 져야 할 것이다.

'평신도' 라는 아이덴티티는 평신도로 하여금 '평신도니까 그렇게 살아도 된다' 하는 무책임한 마음을 갖게 할 뿐만 아니라 영적 전쟁에서 비참하게 패배하도록 하는 정신적 기초가 되는 것을 우리는 분명하게 알아야 한다.

이젠 더 이상 '평신도' 들의 이혼과 음탕한 삶, 속임, 노름, 탈세, 음주 등 수많은 스캔들과 과오들을 묵인해서는 안 된다. 그리스도의 대사로서 똑 같은 책임을 느껴야 한다. 하나님의 자녀들이 그리스도의 대사의 아이덴티티를 가지고도 그런 스캔들과 과오를 범했다면 당연히 책망을 받고 회개해야 한다고 나는 선언하고 싶다. 교회에서 성도들을 '평신도' 라고 부르지 않고 위에 말한 세 칭호의 아이덴티티를 인정하면서 그리스도의 대사로 양육하고 훈련한다면 성도들이 있으나마나한 졸개의 삶을 살지 않고 자신들의 위치를 책임 있게 지키고 맡은 바 사명을 능력 있게 수행하는 훌륭한 그리스도의 대사의 삶을 살 것이 아닌가?

대통령이 각 나라에 보낼 특명 전권 대사를 선택하여 임명할 때는 그 대사는 파견되는 그 나라의 정치, 경제, 문화, 역사, 전통 등의 정보와 지식을 충분히 갖춘 자라야 한다. 뿐만 아니라 그 나라와 정부에게 자기를 파견한 대통령의 마음과 뜻과 정책을 잘 대변하고 대표할 수 있는 자라야 할 것이다. 미국의 경우, 대통령이 대사를 임명하면 반드시 미 상원의 공청회(Senate Hearing)를 통하여 상원의 인준을 받아야 하고, 임명지에 도착하기 전에 국무성, 상무성, 국방성 등 각 부처의 전문가를 통하여 그 나라의 관습(custom), 전통,

에티켓, 문화적 감수성(cultural sensitivity), 그리고 국제 관계 등 대사로서의 임무 수행에 필요한 모든 것들을 구체적으로 교육받고 브리핑 받는다.

　우리가 하나님의 자녀, 즉 성도들을 그리스도의 대사로 세상에 보낼 때 그들이 그리스도의 마음과 뜻도 제대로 모르고 그리스도를 대변하고 대표한다면 어떠한 일이 일어나겠는가? 바로 이러한 현상이 오늘날 온 지역에서 무책임하게 일어나고 있는 것을 우리는 목격하고 있다. 그리스도의 대사들의 잘못으로 그리스도의 이름이 세상 속에서 엄청나게 모독당하고 있다.

　그들이 그리스도의 대사들로 임명받은 곳은 다양하다. 그들은 각각 법조계, 의료계, 학계, 회사, 정부, 영화계, 사업장, 과학, 기술계, 언론계, 노동계 등 수많은 분야로 파견된다. 교회가 이들을 그리스도의 대사로서 훈련시켜 파견할 때 그들을 그리스도의 복음으로 뿐만 아니라 각 분야에 필요한 정보와 전략으로 무장시켜 보낸다면 그들은 파견된 곳에서 그리스도를 잘 대표하고 승리할 수 있을 것이다.

　대통령이 탁월한 실력자, 전문인 베테랑들을 필요에 따라 특수 대사로 임명하여 대통령을 대표하게 하듯이 교회에서도 그런 대사를 만들어 세워야 할 것이다. 분야에 따라서 적용은 다르다 할지라도 원리는 같다. 이제는 교인 숫자가 얼마나 되느냐보다는 과연 그리스도 대사들을 몇 명이나 강하게 훈련시켜 삶의 현장에 보내어 그들로 그곳에서 승리하고 개선가를 부르며 돌아오게 할 수 있는지가 더 중요하다고 생각한다.

우리는 기드온에서 중요한 교훈을 배운다. 기드온의 300명 같은 훈련된 그리스도의 대사들이 필요하다. 300명이 아니고 30명의 대사일지라도 하나님이 그들과 함께 하시면 그들은 결단코 승리할 것이다.

나의 '패러다임 전환' 선언은 절대로 교회의 질서를 어지럽게 하려는 뜻에서가 아니다. 나의 신앙생활을 지켜 본 수많은 교회 지도자들과 성도들은 내가 얼마나 교회 질서와 교회의 순수성을 지키는 데 헌신하여 왔는지를 증인으로 대변해 줄 수 있을 것이다. 이젠 우리가 누구인가를 분명히 알았다. 그러므로 이제 그 위치에서 우리에게 맡겨진 사명을 강하고, 담대하게, 영향력 있게 감당해 나가자.

우리에게 감당할 수 없는 엄청난 칭호를 주신 하나님께 감사와 찬송과 영광을 높여 드리자.

그리스도의 대사로서의 교수

일반적으로 대학교수는 전문 분야의 지식을 가지고 학생들을 가르치는 일과 연구를 통한 논문과 책 발표, 그리고 대학교와 커뮤니티 봉사를 중심으로 그 역할을 담당한다. 물론 대학교 행정 직책도 맡을 수 있고, 그 외에 컨설팅을 하기도 한다. 이 많은 역할들을 최선을 다해 노력해서 그 결과를 보이면 대부분의 경우 종신교수(tenure) 자격도 받고, 조교수, 부교수 과정을 거쳐 정교수로 승진한다. 하나님께서 아주 평범한 교수인 나에게 '내가 누구인가'를 분명히 깨닫게 하시고 나로 하여금 계속 작은 비전과 큰 비전들을 보게 하시며 나를 키워 가셨다. 나 같이 부족한 사람을 이렇게 상상할 수 없을 만큼 사용하실 줄은 꿈에도 생각지 못했다.

하나님께서 나를 변화시켜 하나님의 후사로서의 특권을 주신 후 나는 한국인 1세이지만 한 번도 코리안 아메리칸 마이노리티(Korean-American minority) 교수라는 위치에서 학생들을 가르친 일이 없다. 물론 얼굴색을 보면 나 같은 얼굴색을 가진 사람들이 미국 인구에 비해 숫자가 아주 적다. 그래서 미국 사회에서 나 같은 사람을 소수민족이라고 부르는 것이 사실이다. 그러나 나는 스스로 소수민족(minority)이라고 생각하는 이 심리구조(mentality)가 나를 완전히 마이노리티라는 박스 안에 넣기 때문에 나 자신을 한계화(marginalizing) 하여 내가 가지고 있는 재능과 능력을 최대로 개발하지 못하도록 위축한다는 것을 깨달았다.

나는 마음을 정했다. 나는 언제 어디서 무엇을 하든지 하나님이 주신 엄청난 칭호를 가진 교수라는 위치를 지키리다. 왕 같은 제사장인 교수, 그리스도 대사인 교수, 그리고 하나님의 후사인 교수의 칭호를 가지며 그 칭호대로 살겠다고 마음을 정했다. 하나님께서 그에 대해서도 분명한 비전을 주셨다. 나는 강의 준비를 철저히 해 왔다. 나는 강의실에 들어가기 전에 사무실에서 학생 하나하나 이름을 보며 그들을 내 심장에 넣고 기도한다. 그리고 최선을 다해 가르쳐서 학생들이 잘 이해할 수 있는 은혜를 부어 주시기를 하나님께 기도한다.

내 클라스 학생들 중 현재 멘토링을 받고 있는 학생들

나는 강의실에 들어가면 그리스도의 대사로, 왕 같은 제사장으로, 하나님의 후사로 학생들을 가르친다. 그리스도의 심장을 가지고 학생들을 내 가슴에 품고 가르친다. 물론 노트는 가지고 가지만 지금까지 30년 간 교수생활에 29년 동안 노트를 보고 강의한 일이 없다. 지금은 중요한 강의 내용을 학생들에게 예습하도록 이-메일(e-mail)로 미리 보낼 뿐 아니라 한 학기 배울 것을 이미 다 코스 안내서(course-info)에 넣기 때문에 내 과목에 등록만 하면 세계 어느 곳에든지 내 강의 내용에 들어(access) 올 수 있다.

나는 학생들이 질문할 것까지 철저하게 준비한다. 학생들로 하여금 눈과 마음과 정신과 영혼까지도 완전히 집중하게 하면서 가르친다. 내 안에 성령님이 계시는데 나와 내 직업이 성령님과 떨어져 존재할 수 없다. 내 안에 진정으로 그리스도가 사신다면 내가 교수하는 그 시간에도 내가 어떻게 예수 그리스도와 떨어져서 강의할 수 있단 말인가? 아무리 크리스천 교수라 해도 클래스에서 교수하는 것과 내 안에서 살아서 역사하시는 성령님과는 관계가 없는 것 같이 산다면 지식을 전달하는 것 외에 어떻게 학생들의 삶에 영향력을 끼칠 수 있겠는가?

사업도 마찬가지이다. 내 심장 안에 계시는 예수님과 떨어져 사업할 수 있겠는가? 그리스도인이 사업하는 곳에 예수님이 안 계신다고 생각하기 때문에 돈을 벌기 위해서 속이고, 탈세하고…, 수단과 방법을 가리지 않는다. 내 안에 계시는 그리스도와 내가 하는 사업이 구별되어 있다면 어떻게 내 사업에 성령님이 역사하실 수 있겠는가?

의사도 마찬가지이다. 크리스천 의사가 의사의 직업을 그 안에 계시는 그리스도의 심장으로 하지 않는다면 환자의 병을 치료할 수는 있겠으나 그 영혼은 구할 수는 없을 것이다. 그러나 의사의 직업을 그리스도의 대사, 왕 같은 제사장의 위치에서 내 안에 계시는 성령님과 함께 수행한다면 환자의 육신과 감정과 정신과 영혼을 고치는 전인 치유의 의사가 될 것이다. 우리가 모든 분야의 직업에서 우리 안에 계셔서 역사하시는 성령님을 제쳐놓고 믿지 않는 사람과 다름없이 일한다면 어떻게 하나님의 살아 계심과 성령님의 생명력 있는 역사를 증거할 수 있겠는가?

어떤 직업에 종사하든 우리는 그리스도의 대사이다. 내가 사는 곳에서 가까운 실리콘 밸리(Silicon Valley)에도 실력 있는 수많은 크리스천 엔지니어들이 일하고 있는데 그들이 믿지 않는 다른 엔지니어와 똑같은 삶을 살기 때문에 아무 영향력 없이 패잔병처럼 사는 것을 나는 많이 본다. 나는 그들이 크리스천인데도 불신자와 똑같이 불안, 심한 경쟁에서 오는 스트레스, 실패에 대한 공포, 우월감, 열등감이 연속되는 사이클 속에서 살고 있는 것을 많이 목격하고 있다. 우리가 일하는 삶의 현장에서 하나님을 온전히 의지하고 성령님께서 그 안에서 능력으로 역사하시도록 믿음으로 산다면 우리는 능력과 기쁨과 감사를 누리는 엄청난 승리의 삶을 살 것이다.

나는 내가 섬기고 있는 대학교를 내 학교라는 주인 자격(ownership: 이것은 개인 소유, 즉 possession과는 뜻이 다르다)으로 기도하며 최선을 다해 섬긴다.

"하나님, 우리 대학교가 저 때문에 복을 받아야 합니다. 제 학생들이 저 때문에 복을 받아야 합니다. 하나님 저희 가정에 복을 넘치게 주시어서 저희 가족이 가서 일하는 곳마다 하나님의 복이 넘치게 하소서. 제가 하나님의 기름 부음을 받은 왕 같은 제사장이 아닙니까? 그리스도의 대사가 아닙니까? 하나님의 아들 후사가 아닙니까?"

나는 위와 같은 축복의 기도가 나와 내 가족을 통하여 이루어지는 것을 보면서 하나님께서 당신의 약속을 성실히 이루어 가시는 것을 체험을 통해서 수없이 깨달아 간다.

나는 알라스카 대학교에 2,300만 달러 이상의 펀드(fund)를 들여왔고, 주로부터 2,500만 달러를 들여와 경영 교육관을 지었다. 경영 교육관을 지을 때는 그 프로젝이 주 의회에서 통과되었지만 주지사가 거부권(veto)을 행사하려고 해서 내가 최선을 다해 그를 설득하여 불가능했던 건물이 지어졌다.

나는 그 많은 액수의 돈을 대학교에 들여왔고, 알라스카 주의 띵크 탱크를 포함해서 3개의 연구소를 내가 책임하여 연구교수, 연구원, 스태프 등 50명과 같이 운영했으나 나는 1달러도 개인 수입에 들여온 일이 없다. 믿기 힘든 일이다. 그것은 전적으로 하나님의 은혜 때문이다.

나는 대학교나 주의 일로 해외 여행을 할 때도 공식적인 비용 외에는 일 불도 내 개인을 위해서 쓴 일이 없다. 예를 들면, 한국을 방문 중 내가 사적으로 전화를 쓰거나 택시를 타더라도 지출 명세를 할 때 반드시 그것을 명시하여 갚았다. 사실 나의 행정 보좌관과 내 스케줄을 다루는 보좌관은 지출 명세를 할 때마다 돈에 관한 나의 정직에 늘 감탄과 존경을 표했다. 나의 정직한 삶이 모범이 되어 우리 연구소의 스태프들은 모든 지출에 공과 사를 구별하여 정확하게 보고하게 되었다. 지금 나를 돕고 있는 비서도 똑 같은 경험을 하고 있으며 돈을 초월한 나의 삶에 큰 영향을 받고 있다. 우리가 그리스도의 대사로 산다면 이렇게 사는 것이 마땅한 일이 아니겠는가?

교수는 학기말이면 평가를 받는다. 나는 학기말이 끝날 때마다 학생들로부터 과분한 평가를 받는다.

"김 교수는 가장 훌륭한 선생이다. 그의 강의는 매우 흥미롭다. 최고의 클래스 중 하나이다. 정말 영감 있는 동기를 부여하는 교수이다. 최고의 선생 중의 한 사람이다…" 등등 내가 감당할 수 없는 높은 평가를 받고 있다. 이것은 내가 다른 교수보다 잘나거나 실력이 있어서가 아니다. 전적으로 하나님의 은혜이다. 늘 그리스도의 전권대사로서의 위치를 마음에 새기며 성령님께서 나의 가르치는 일에 능력으로 역사하시도록 온전히 맡기고 의지해서 얻은 결과라고 믿는다.

그리스도의 대사로서의 멘토(Mentor)

나는 장래 지역사회와 미국의 신앙적 인격과 실력을 갖춘 영향력 있는 지도자를 훈련시키기 위해서 매년마다 5-7명의 학생들을 뽑아 멘토링(mentoring)을 한다. 그들을 무한한 능력의 원천이 되시는 하나님을 알게 함으로서 그들의 텔런트와 능력을 최대한으로 개발시키려는 목적이다. 나는 이 일을 20년이 넘도록 해오고 있다. 이것은 내가 예수님의 제자도(discipleship)를 토대로 하여 개발한 것인데 "삶에서 삶으로의 멘토링(life on life mentoring)" 방법이다. 나는 1년 동안 매주 2시간씩 그들과 만나서 인격개발과 리더십을 중심으로 그들을 훈련한다. 내가 매주 나의 멘티들(mentees-멘토를 받는 제자들)과 같이 만나는 2시간은 일반 학생들을 위해서 매주 정해 놓은 나의 정규적인 근무 시간이 아니다. 근무시간 외에 그들을 위해서 따로 내는 시간이다. 학교에서 요구하는 것도 아니고 교수가 얼마나 바쁜데 그 몇 학생을 위해서 그렇게 하느냐고 묻는 동료교수들도 있다. 하지만 리더십을 가르치는 나로서는 훌륭한 리더의 영향력이 얼마나 큰 지를 잘 안다. 나는 이 일에 대해 신념과 확신이 있다. 내가 그들을 신앙을 토대로 한 인격자, 영향력 있고 실력 있는 지도자들로 훌륭히 길러서 내 보내면 그들이 지역사회와 미국 사회의 주류 속에서 얼마나 크게 공헌할 것인가? 나는 지금 그 열매를 보고 있다. 그들이 벌써 각 분야에서 놀랍게 영향력을 발휘하고 있다.

내가 멘토링 팀에 선발하는데는 원칙이 있다. 첫째, 대학교 3학년 중간이나 4학년 초의 학생이어야 하고, 둘째, 다양한 문화와 민족적 배경(ethnic background)을 가진 학생들이어야 한다(예를 들면, 남녀를 선택할 뿐만 아니라 백인, 흑인계, 히스패닉(Hispanic)계, 그리고 동양계 학생 중에서 한 사람씩 선택한다). 셋째, 물론 어느 정도 지적인 능력이 있어야 하지만 공부만 잘 하는 학생보다는 오히려 성실하고 나와 함께 최선을 다한다는 헌신이 있어야 한다. 마지막으로는, 리더가 되겠다는 결심과 그 잠재력(potential)을 가진 학생이어야 한다.

나는 나의 멘티들과 처음 만나면 그들에 대한 나의 기대와 책임에 관해서, 그리고 그들이 나의 멘토링을 통해서 기대할 수 있는 유익과 책임에 관해서 얘기하고 앞으로 1년 동안 운영을 위한 구체적인 계획을 함께 의논하여 세운다. 그리고 나는 그 시간부터 나의 삶

전체를 그들의 삶의 그릇에 담아 붓는 마음으로 내 삶의 모든 것을
그들 앞에 적나라하게 내놓는다. 나의 삶의 가치와 태도뿐만 아니
라 성공도 실패도 모든 것을 그들과 나눈다. 내 삶의 구석구석을 구
체적으로 그들에게 보여주지 못한다면 '삶에서 삶으로(life on life)'
의 멘토링이 될 수 없기 때문이다. 그들의 삶에 대한 내 삶의 영향
력은 이렇게 해서 전달되기 시작한다. 대단히 중요한 책임이라고
생각한다.

나는 대부분의 경우 리더들이 가장 많이, 그리고 가장 효과적으
로 영향력을 줄 수 있는 제목들을 그들과 나눈다. 비전 훈련, 의사
결정(decision-making), 갈등과 해결방법(conflicts and conflict
resolution), 커뮤니케이션, 동기부여(motivation), 팀웍과 팀웍 형성
(teamwork and team building), 멘토링, 효과적인 시간관리, 영향력
있는 리더십의 이론과 실제, 지도자의 인격 형성(integrity), 세계관,
하나님과 나와의 관계, 신앙, 결혼 등이 함께 나누어진다. 나는 1년
동안 이 내용들을 나의 생생한 체험을 바탕으로 그들과 나누면서
나의 삶 전체를 그들에게 부어준다.

각 제목에 따라서 생생한 삶의 케이스를 다룰 때는 나는 서로 다
른 민족과 문화적 배경을 가진 각 멘티들에게 "이 케이스의 경우
너의 문화적 관점에서는 그것을 어떻게 관찰하며 어떻게 해석하는
가? 또 그것을 어떻게 해결하겠는가?"라는 질문을 준다. 그들은 서
로 토론을 통해서 다양한 역사적, 문화적, 정치적, 사회적, 그리고
전통적인 배경과 가치를 배우게 되고 그것을 바탕으로 멘티 각자는

지도자로서 사건과 사물에 대한 자기의 가치와 태도를 세우게 된다.

이들은 멘토링하는 과정에서 크게 동기 부여를 받기 때문에 각 클래스에서도 모범생이 되어 클래스를 이끌어 간다. 그 결과 이들은 자신들의 위상을 높일 뿐 아니라 클래스를 면학 분위기로 만들고 전체의 성적도 크게 향상시킨다. 이런 고무적인 일이 이들을 통해 일어난다. 클래스에서 케이스를 토의할 때도 에스노 센트릭 관점(Ethnocentric perspective : 자기가 자란 문화와 가치관이 다른 문화와 가치관보다 우월하다는 관점)을 넘어 다양한 문화적 관점에서, 그리고 세계(global)적인 관점에서 사건들을 관찰하고 해석하도록 훈련되어 그들이 클래스의 리더가 된다.

이렇게 멘토링을 받은 학생들이 20년, 30년 후에는 지역사회 뿐만 아니라 미국과 세계를 움직이는 리더들이 될 것을 기대하기에 나는 이들을 개인적으로 훈련하는 것을 후회하거나 피곤해 하지 않는다. 나는 그들에게 가끔씩 식사를 대접하며 깊은 휄로십을 갖는다. 교수가 학생들의 대접을 받으면 관계에 있어서 부담감이 느껴진다. 미국에서는 교수들이 학생들에게서 선물이나 특별한 대접을 받지 않는 것이 교수 품행의 중요한 원칙이다. 이것은 교수들이 지켜야 할 대단히 중요한 인격이다. 그들이 학교를 졸업하고 찾아 와서 점심을 사주면 나는 기꺼이 그 대접을 받는다. 그 때는 입장이 다르기 때문이다.

멘토링하는 과정에서 나는 자연스럽게 하나님과 나와의 관계를 소개하면서 꼭 간증하는 시간을 갖는다. 몇 개월이 지나서 이제 서로를 이해하고 완전히 마음을 열 수 있는 관계가 되면 나는 그들과 나의 신앙을 나눈다. 내가 섬기는 학교가 주립대학교이기 때문에 공개적으로 직접 예수님을 영접하라고는 못하지만 나의 간증을 들은 이후에는 모든 제목을 다룰 때마다 하나님 편에서 사건과 사물을 보도록 지도한다. 지금까지의 경험에 의하면 이미 예수님을 믿는 학생은 삶 속에서 역사 하시는 예수님을 더 강하게 체험하게 되고, 믿음이 미지근한 학생은 예수님이 구주이시요 하나님이신 것을 확신하게 되었다. 믿지 않는 학생이나 다른 종교를 믿는 학생일지라도 케이스를 다룰 때 부담 없이 마음을 열고 자신의 종교적 관점도 발표하게 한다. 결국은 멘토링이 끝날 무렵이 되면 거의가 다 예수님을 믿게 된다.

　2001년 5월 26일 졸업식에서는 내 멘티 중 한 학생(Nile Dupstadt)이 명예스러운 총장상을 받고 졸업 연설을 했고, 또 다른 학생은 성적이 전체 졸업생 중에서 가장 높아 학사담당 부총장의 상을 받았다. 졸업식 전 졸업생들을 위해서 시상하는 어워드 뱅큇(Award Banquet : 수상자들을 위한 연회)에 아내와 내가 초청을 받았다. 그 자리에서 그들은 "김춘근 교수의 삶에서 삶으로의 멘토링(Life on Life mentoring)"에 대한 자신들의 경험을 얘기하면서 나에게 '진실한 인격의 사람(A Man of True Integrity)'의 상패를 주었다.

2001년 졸업생들을 위한 연회에서 나에게 상패를 주었다.
맨 왼쪽에 있는 학생이 총장상을 받았다.

　전혀 기대하지 않았던 바였다. 큰 박수를 받으니 눈물이 나왔다.
"하나님을 찬양합니다!", "또 하나님이 하셨군요!" 나는 하나님께
영광을 돌렸다. 새학기가 되면 나는 다시 새로운 멘토링을 시작하
는데 그들과 또 1년을 함께 보낼 것을 생각하면 마음이 설렌다. 나
는 그들을 위해 기도한다.

　"하나님, 나를 통하여 멘토링을 받은 제자들이 자신들의 직업과
지역사회 뿐 아니라 이 나라와 세계를 위해서 더욱 지경을 넓히면
서 크게 봉사하게 하소서."

"하나님! 그리스도의 대사로서 이렇듯 멘토링을 할 수 있게 하심을 감사하며 찬송과 영광을 돌리옵나이다. 아멘."

북태평양 어업관계 그리스도의 대사

내가 살았던 앵커리지에서 러시아(구 소련)를 가거나 한국, 일본, 중국을 가려면 알루시안 열도를 지나 북태평양을 건너야 한다. 북태평양 연안의 도우넛 홀(Doughnut Hole)을 중심으로 해서 러시아 연안과 미국 알라스카 연안에는 엄청난 어족들이 서식하고 있다. 이곳은 세계에서 가장 큰 어장이다. 나는 알라스카에 살면서 내 전문분야는 아니지만 북태평양 어업문제에 계속해서 관심을 가져왔다.

특히 알라스카에서 수산업은 원유 생산 다음으로 중요한 산업이다. 매년 많은 양의 생선을 수출하고 있다. 그중 일본에 가장 많은 양을 수출하는데 연어, 광어, 대구 등 그 좋은 생선들을 품질관리를 잘 하지 못하고 뿐만 아니라 대부분 생선을 가공하지 않은 채 그대로 수출하기에 값을 제대로 받지 못하고 있었다.

나는 알라스카 전역에 생선 품질 향상과 개발 캠페인을 벌렸다. 생선의 품질을 향상하고 새 제품들을 개발하면 고용이 창출될 뿐 아니라 상품의 경쟁력이 높아져서 주민들의 소득을 올릴 수가 있었다. 이런 일들로 인해서 알라스카 수산업자들이 나의 리더십 때문에 수출의 밸류(value)가치가 2배나 뛰었다고 나를 칭찬하기도 했다. 그러나 하나님께서는 나에게 알라스카만의 유익보다는 더 크게 북태평양과 그 연안국 전체의 유익을 위한 비전을 주셨다.

나는 알라스카 주지사 경제개발 국제통상 고문으로서 알라스카 각 분야의 산업을 관찰하고 분석했다. 나는 알라스카의 미래의 발전을 위한 총체적인 전략을 세우는 과정에서 알라스카 어업은 북태평양 어업과 뗄 수 없는 관계인 것을 발견했다. 하나님께서는 나에게 북태평양 전체와 그 연안 국가의 협력 관계에 대한 총체적인 안목과 그에 대한 구체적인 비전을 보여 주셨다. 바로 그 무렵(1988년 봄) 알라스카 주정부는 소련 연방 대통령 고르바초브(Gorbachov)의 비서실장 소련 극동지역 출신 그나디 글라스노브(Gnadi Glasnov)와 그 일행을 앵커리지에 초청하여 알라스카와 소련 극동지역과의 협력을 위한 시베리안 게이트웨이 프로젝트 컨퍼런스(Siberian Gateway Project Conference)를 열었다. 고르바초브의 비서실장 그나디 글라스노브는 소련을 대표하는 연설에서 다음과 같은 충격적인 말을 했다.

"우리 소련 연방 공화국은 1917년 볼셰빅 혁명 이후 계급 없는 사회, 모두가 다같이 잘 사는 사회를 만들려는 꿈을 가지고 그 목적지를 향해 소망의 닻을 달고 출항했습니다. 그러나 71년이 지난 오늘 그 목적지에 도달하기도 전에 배는 다 파선되고 배에 탄 모든 사람들은 춥고 배고프고 헐벗게 되었으니 이 어찌된 일입니까? 출항할 때의 소망은 다 산산조각이 났습니다. 누가 오늘 이 모양의 소련이 될 줄이야 상상이나 했습니까?" 소련 공산당 총 지도자 고르바초브의 비서실장이 알라스카에 와서 공산주의가 완전히 실패했다는 것을 선포한 충격적인 순간이었다. 그 후 나는 알라스카 주의 일로 한국과 일본을 방문할 때마다 비행기 아래 보이는 북태평양을 바라보면서 깊은 상념에 빠지곤 했다.

이 일을 곰곰이 생각하고 있는데 갑자기 하나님께서 내 마음에 북태평양 어업협력 회의를 개최하라는 비전을 주셨다.

"하나님, 저 같은 사람이 어떻게 이념이 다른 나라들(소련, 중국, 북한은 공산주의 국가들이요, 미국, 캐나다, 일본, 한국은 민주주의 국가들이다)을 같이 모아서 협력회의를 할 수 있겠습니까? 더구나 나 같은 위치에서 어떻게 여러 국가의 대표들을 모이게 할 수 있습니까?"

사실 그 때까지는 국가와 국가가 정부 차원에서 개별적으로 만났을 뿐(Bi-lateral meeting)이지 전체 연안국가 대표들이 한자리에 모인(multi- lateral meeting) 일이 없었다. 그렇기 때문에 만약 북태평양 어업협력 회의를 열어 그 회의에 모든 연안국가가 참석한다면 그것은 참으로 역사적인 회의가 아닐 수 없었다.

북태평양 어업을 연구하는 학자들은 매년마다 모여 연구자료를 발표하면서 학술회의를 개최해오고 있었다. 과연 북태평양 어장에는 어떤 종류의 생선이 얼마만큼 서식하고 있으며, 어떻게 수산 자원을 관리하고, 어떻게 보호되어야 하며, 매년 얼마만큼 생산할 수 있는가를 연구하는 학자들이 연구결과를 발표하면서 자료를 교환하기도 하고 특별한 문제가 있을 때는 학자들의 이름으로 성명서도 발표하면서 가능한 한 연안국가의 정책 수립과 어업 회사들에게 학자들의 입장을 반영하려고 노력하고 있었다. 또 원양어업 회사들은 그들대로 조인트 벤처(joint venture) 등 여러 가지 방법으로 협력도 하고 경쟁도 하면서 북태평양 어장으로 계속 진출하고 있었다.

그런 와중에 1977년 미 연방 국회는 매그누선 법(Magnuson Act)을 통과시켰다. 이 법이 완전히 실행되기 전에는 일본, 한국 등의 어업 회사들이 알라스카 연안에서도 생선을 잡았으나 그 법이 실행되면서부터는 더 이상 고기잡이도, 조인트 벤처도 할 수 없고 생선을 직접 미국의 배에서 사야만 하게 되었다. 한편 미국과 소련은 도넛 홀에 관한 정책이 서로 다름으로 인하여 양쪽 대표들이 협상해 오고 있었고, 미국과 캐나다도 어업권에 대한 분쟁이 심각한 상황이었다. 일본과 한국은 북태평양 어장의 진출이 점점 위축이 되어 가고 있었으며, 중국은 국내에서 생선을 직접 양식하여 어마어마하게 생산을 하고 있었으나 역시 북태평양 어장으로의 진출이 대단히 중요한 때였다.

이러한 상황에서 하나님께서 나에게 북태평양 어장을 관리하고 생산하고 사고 파는 연안국가의 협력에 대한 총체적인 비전을 주신 것이다. (현재 북태평양 연안국가에는 인구수가 무려 20억이나 되는데 이 북태평양 어장은 그들에게 대단히 중요한 양식, 즉 생선을 공급할 수 있기 때문에 이 어장이 그들에게 중요하지 않을 수가 없었다) 하나님께서 나에게 주신 비전은 북태평양 연안국가의 각 정부 대표들과 수산업에 종사하고 있는 회사 리더들, 그리고 연구하는 학자들을 한자리에 모으는 것이었다. 그렇게 해야만 상호 공동 협력을 통해서 서로의 유익을 극대화시킬 수가 있었다. 나는 이 역사적인 모임을 어떻게 시작해야 할지 암담했다.

비전을 보면 먼저 비전을 채택(buying-in)할 수 있는 실력자들을 만나는 것이 중요하다. 나는 이 비전을 주지사와 나누었다. 주지사가 좋다고 찬성하면서 알라스카 수산업계 리더들을 소개해 주었다. 나는 그들과 만났다. 몇 사람은 찬성했지만 몇 사람은 부정적이었다. 부정적인 견해를 가진 사람들은 "수산업은 너무 민감한 산업이기 때문에 각 정부마다, 학자마다, 업계 대표마다 각각 자기들의 유익을 꿈꾸고 있는데 어떻게 같이 협력할 수 있겠는가? 지금까지 이러한 모임이 없었고 한다 해도 기적이 아니면 성공할 수 없을 것이다."라는 입장이었다.

나는 얼마 후 알라스카 수산업계의 몇몇 리더들이 이 일을 강력하게 반대하면서 자기들의 입장을 주지사에게 알렸다는 후문을 듣기도 했다. 나는 그 소식을 들었을 때 마음 속으로 '어업문제는 당신들의 일이다. 내가 왜 비싼 밥 먹고 당신들이 싫어하는 일을 진행할 필요가 있겠는가?' 라는 생각이 들어 그만 두고 싶었다. 그러나 이 비전을 하나님께서 주신 것을 다시 확인하고 일부 리더들이 반대를 한다 해도 나는 적극적으로 찬성하는 리더들을 중심으로 일을 추진하기로 마음을 정했다.

나는 주지사 어업관계 특별 보좌관 클렘 틸리언(Clem Tillion)과 만나 비전을 나누었다. 그는 내 비전을 듣더니 이것은 국가와 국가의 관계니까 알라스카 주에서는 어떻게 할 수 없고 국무성 어업관계 에드 월프(ED Wolf) 대사를 만나야 일이 될 것이라고 조언을 해 주었다. 나는 월프 대사와 개인적으로 친분이 있는 사이가 아니었지만 나의 비전을 정중히 편지로 써서 속달 우편으로 그에게 보냈다.

이틀 후 월프 대사에게서 전화가 왔다. 아이디어는 너무 좋은데 조금 생각을 해야겠다는 것이다. 나는 기회를 놓치지 않았다.

"월프 대사님, 알라스카에 오시면 어떻습니까? 지금이 7월 초인 데 낚시도 하고, 바다에 나가 광어(Halibut)도 잡고, 그리고 클램 틸 리언과 함께 만나서 북태평양 어업협력 회의에 대해서 같이 상의합 시다. 공무 중에 어려우면 휴가를 얻어서 오십시오. 모든 비용은 이 쪽에서 부담하겠습니다."

그리고는 당장 그를 초청했다.

월프 대사는 "김 교수님, 대단히 좋습니다. 내 일정을 보고 가능 한 한 빨리 가도록 하겠습니다." 하고 전화를 끊었다. 며칠 후 월프 대사의 비서가 그의 여행일정을 알려주었다.

월프 대사가 공항에 도착하는 그 시간에 나는 이미 선약이 된 중 요한 모임에 참석해야 했다. 나는 아내와 아들을 공항에 보냈다. 아 내와 아들은 '에드 월프 대사님'이라고 이름을 쓴 큰 종이를 들고 기다렸단다. 아내와 아들이 나를 대신해서 그를 맞아 그를 호텔로 안내했다. 그 날 밤 우리는 저녁식사를 같이 하면서 내 비전과 그 동기를 더 자세히 나누었다. 다음날 우리는 케치맥 베이(Ketchmak Bay)에 가서 주지사 어업관계 보좌관의 안내로 낚시를 하면서 함께 시간을 보냈다. 우리는 서로 좋은 관계를 맺을 수 있었다. 그날 밤 은 그 보좌관 집에서 시간을 보내고 그 다음날 호텔에 돌아와 어업 관계 리더들과 만난 자리에서 월프 대사는 이렇게 말했다.

"나는 김 교수님의 그 큰 꿈에 감동했습니다. 나는 워싱턴 D.C.에 돌아가 이 일이 이루어질 수 있도록 연방 정부 차원에서 추진하겠습니다. 미국과 알라스카 수산산업 발전에 큰 영향을 줄 수 있는 중요한 회의가 되리라고 믿습니다. 각 나라의 수산 리더들(수산청장, 장관, 차관, 차관보 등)이 내 초청에 어떻게 반응할 지는 의문입니다. 물론 나는 백악관의 허락도 받아야 합니다. 클렘이 나와 가까운 사이인데 주지사에게 상세하게 보고할 뿐만 아니라 이 일에 적극 힘쓰도록 조언하겠다고 했습니다. 알라스카의 유익을 위해서도 좋을 줄 믿습니다. 같이 협력합시다."

그 다음날 그는 워싱턴 D.C.로 돌아갔다. 비행장에 가는 중에 자동차 안에서 "김 교수님, 내가 8월 초에 참치 협상(Tuna Negotiation) 때문에 남태평양을 가게 되는데 돌아오는 길에 호놀루루에서 이틀 쉬려고 합니다. 김 교수께서 하와이로 내려올 수 있겠습니까? 그 때 구체적으로 나의 초청장의 내용, 행사 일정, 그리고 초청 대상, 예산을 상의하는 것이 어떻습니까?"라고 제의했다. 나는 호놀루루에서 만날 것을 약속했다. 나는 하와이대학교 경영대학에서 가르치는 서 교수(Dr. K. K. Seo)를 이 회의를 위해서 코디네이터로 추천했다. 그는 좋다고 했다.

8월 초 우리는 호놀루루 힐튼 호텔에서 투숙하면서 구체적인 계획을 세웠다. 그 때 월프 대사는 백악관에서 그 계획에 대해 이미 승낙했다는 소식을 전해 주었다. 그 후 회의 준비는 잘 진행되었다. 서 박사와 내 스태프들의 치밀한 준비와 노력으로 결국 역사상 처음으로 미국, 일본, 중국, 한국, 캐나다, 소련의 정부 대표들(소련에서는 차관, 한국에서는 수산청장이 참석했다)과 수산업계 대표들,

그리고 과학자들이 한데 모이는 북태평양 수산협력 회의가 앵커리지 틴 쿡 호텔(Captain Cook Hotel)에서 열렸다. 160명의 대표들이 참석했다. 나는 소련의 질라노브(Dr. Zilanov) 수산부 차관을 맞으려 앵커리지 공항으로 나갔다. 소련 정부의 차관이 앵커리지에 오는 것은 처음 있는 일이었다. 그를 영접하면서 나를 소개했더니 그 차관보가 반가이 맞으면서 "바로 당신이 김 교수님이시군요. 그런데 어떻게 이렇게 좋은 아이디어를 생각하셨습니까?"라고 물었다. 나는 그 차관에게 그 배경을 설명했더니 그는 나에게 너무 감사하다는 표현을 여러 번 했다. 소련의 참여가 없이는 회의가 별 의미가 없었기 때문에 질라노브 차관의 참여와 열렬한 호응은 협력회의 장래에 중요한 역할을 했다.

한국에서는 수산청장과 원양어업협회 회장 등이 대표로 참석하였고, 수산업계에서도 다수의 대표들이 참석했다. 월프 대사와 질라노브 차관을 공동의장으로 세우고 회의는 잘 진행되었다. 이 일을 반대했던 일부 알라스카 수산업자들도 나에게 고맙다는 표현을 하면서 이 역사적인 회의를 기뻐했다. 쿠퍼 주지사는 아주 흐뭇해했다. 알라스카대학교 총장과 전체 총장도 참석하여 대학이 중요한 국제회의를 주도하게 된 것에 대해서 무척 기뻐했다. 마지막 날 만찬은 참석한 모든 대표들과 알라스카 유지들을 초청해서 대접했다. 나는 그날 밤 주제 연설을 하면서 회의를 열게 된 배경과 앞으로의 방향에 대한 비전을 제시하였다. 모두가 만장일치로 찬성했다.

하나님께서 다시 한 번 새로운 역사(history: His Story)를 나같이 부족한 사람을 통하여 만드셨다. 한국은 원양어업이 대단히 중요하기 때문에 이 회의를 통하여 한국의 수산업계와 한국정부의 정책과 입장을 밝히는 것은 대단히 중요했다. 나에게는 이러한 모임을 통하여 한국을 도울 수 있다는 것이 큰 기쁨이었다.

마지막 날 아침 회의에서 차기 대회 개척지를 논의했다. 소련 정부 대표들이 차기 회의는 블라디보스톡(Vladivostock)에서 하자고 제의했으나 결정이 유보되었다. 단지 사무국을 당분간 우리 대학교 안에 두기로만 결정했다.

그리스도의 대사로 소련 방문

제2차 북태평양 어업협력 회의를 논의하기 위하여 소련 수산부 장관이 윌프 대사와 나를 모스크바로 초청하였다. 윌프 대사와 나는 이 초청에 응해서 1987년 7월 9일에 모스크바를 방문했다. 내 보좌관도 나를 돕기 위해 동행했다.

앵커리지에서 만났던 질나노브 차관이 우리를 마중 나왔다. 그는 우리를 영접하여 귀빈실로 안내했다. 나는 형편없는 모스크바 국제공항의 모습을 보고 깜짝 놀랐다. 시내로 들어오는데 덥기도 하고 공기 오염도 말이 아니었다. 우리는 모스크바 호텔에 여장을 풀고 그 날 저녁 호텔에서 수산부 차관보 레오나드 쉐펠(Leonard Shapel) 씨와 같이 식사를 하면서 일정을 브리핑 받았다. 그는 영어를 아주 잘 했으며 우리가 소련에 있는 동안 우리를 위해서 계속 동행한다고 했다.

다음날 우리는 수산부(Ministry of Fisheries)로 안내되어 수산장관과 차관, 그리고 몇 명의 차관보들과 인사를 나누고 공식으로 모임을 시작했다. 회의는 약 1시간 정도 진행되었다. 회의를 하는 중 수산장관은 제2차 북태평양 어업회의를 소련이 브라디보스톡에서 꼭 개최하기를 원한다는 것을 강조하면서 그 일이 이루어질 수 있도록 도와 줄 것을 신신당부했다.

오후에는 시내를 구경했다. 한 곳을 지나는데 수천 명의 사람들이 줄을 서 있었다. 나는 레오나드 차관보에게 "사람들이 왜 저렇게 모여 있느냐?"고 물었다. 그는 '맥도널드(McDonald) 햄버거를 사먹기 위해서'라고 대답하면서 자기도 며칠 전 딸을 데리고 줄을 서서 무려 3시간을 기다려 햄버거를 사 먹었다고 했다. 우리는 너무도 놀랐다.

다음날 정오에는 붉은 광장에 가서 레닌(Lenin)의 무덤을 지키는 가―드(guard)들이 교대하는 것을 보았다. 그곳에는 수많은 사람들이 모여 있었다. 관광객들도 많았다. 특히 소련 공산주의 대부인 레닌 무덤 앞에는 가―드들이 기계 같이 정확하게 걸으며 총을 다루는 것을 보기 위해서 수많은 관광객들로 꽉 차 있었다. 레닌의 무덤 뒤에는 크레믈린도 보였다. 광장 건너편에는 옛날에 유명했던 굼마(Gumma) 백화점이 있었고 그 백화점 앞 창문에는 레닌의 초상화가 커다랗게 걸려 있었다. 그리고 백화점 양 옆쪽 길에서는 수많은 사람들이 구호를 외치고 있었다. 레오나드 차관보가 저들이 먹을 것과 직업을 달라고 소리 지르고 있다고 우리에게 귀띔을 해주었다.

굼마 백화점에 걸린 레닌 초상화

　우리가 그곳에 있는 동안에 마침 크레믈린 문을 통해서 수천 명의 대의원들이 전국 공산당 지도자회의를 마치고 나오고 있었다. 얼굴들이 모두 침울하고 웃음이 없었다. 그 날 오후 늦게 안 일이지만 그 당시 모스크바 시장이었던 엘친과 레닌그라드(지금은 St. Petersberg) 시장이 동시에 공산당 지도층에서 탈당했기 때문이었다. 나는 그 때 여러 상황들을 보면서 소련이 머지않아 망하겠구나 하는 것을 직감으로 느꼈다. 그렇게 무섭고 치밀하게 통제하며 다스리는 소련 공산국가의 위기를 그 나라를 방문한지 불과 3일 만에 느낄 수 있었던 것이다. 이 나라가 머지않아 무너질 것이라는 강한 느낌을 갖게 되었다.

  그 날 밤 우리는 11시 반에 소련 비행기(Aeroflot)를 타고 브라디
보스톡으로 가기 위해서 국내선 터미널로 갔다. 터미널 안은 비참
할 정도로 더러웠다. 차관보가 우리를 귀빈실로 안내했지만 그곳
또한 형편이 말이 아니었다. 밖에는 소낙비가 쏟아지고 있었다. 브
라디보스톡은 군사 요충지이기 때문에 외국인이 그곳에 가기 위해
서는 또 하나의 비자가 필요했다. 우리는 첵인(check in) 수속을 마
치고 비행기를 타기 위해 안내를 받아 건물 아래층으로 내려갔다.

앞에는 관광객들이 서 있고 뒤에는 소련 공산당 리더들이 밖으로 나오고 있다.

비행기가 멀리 활주로 가까운 곳에 대기하고 있었다. 국내선은 그렇게 걸어가서 타야 한다고 했다. 소낙비가 거세게 쏟아지고 있는데 그 비를 맞고 어떻게 가야 할지 정말 한심했다. 희미한 불빛이어서 사방이 분명하게 보이지도 않았다. 나는 차관보와 같이 우산을 쓰고 갔지만 옷이 다 젖었다. 비행기 안에 들어와 보니 우리 보다 먼저 갔던 월프 대사와 내 비서가 없지 않은가? 우리가 탄 비행기는 분명히 브라디보스톡에 간다고 했다. 레오나드 차관보는 나를 정해진 자리에 안내해 주고 월프 대사와 내 비서를 찾으러 다시 비행기에서 내렸다. 그들을 빨리 찾아야만 했다.

창문 밖에는 소낙비가 계속해서 억수로 내리고 국내선 비행기들의 신호 불들이 깜빡거리고 있었다. "하나님, 제발 레오나드가 제 일행을 찾아 같이 갈 수 있도록 도와주십시오." 간절한 기도를 했다.

불과 약 20분 동안이었지만 참으로 기가 막혔다. 적대국인 공산주의 나라 소련에 와서 말도 제대로 통하지 않는데…, 비가 억수로 쏟아지는 한밤중에 터미널에서 멀리 떨어진 비행기 안에서 옷은 비에 흠뻑 젖은 채로 혼자서 애타게 동료를 기다리는 나의 모습을 보자니 정말 심정이 착잡했다. 만약에 레오나드 차관보가 그들을 찾지 못하거나 그들이 다른 비행기를 타고 다른 곳으로 가고 나만 브라디보스톡에 간다면 어떻게 될까 걱정도 되었다.

얼마 후 세 사람은 비에 흠뻑 젖은 몸으로 비행기 안으로 들어왔다. 예측한 대로 안내하는 사람이 잘못하여 월프 대사와 내 보좌관을 다른 국내선 비행기로 안내한 것이다. 그들은 자신들이 다른 지역에 가는 비행기에 탄 줄도 모르고 나와 차관보를 기다리면서 걱정하고 있었단다. 차관보가 월프 대사와 내 비서를 안내했던 공항 관리를 만나 결국 그들을 찾게 된 것이다.

소련의 국내선은 보안 문제 때문에 모두가 거의 자정이 되어야 떠난다고 했다. 우리는 다음날 브라디보스톡에 도착했다. 나는 한국을 방문하고 일주일 만에 다시 극동에 돌아온 셈이다. 우리는 그날 밤 프리모스키(Primoski : 브라디보스톡이 소재한 주) 주지사 만찬에 초대를 받았다. 그들은 즉시로 1991년 10월에 브라디보스톡에서 북태평양 어업협력 회의를 하자고 제안했다. 나는 여러 가지 조건을 제시하면서 호텔과 회의할 수 있는 장소를 보여 달라고 제의했다.

그 날 밤 만찬에서 그들은 나에게 술을 권했다. 우리가 아는 대로 그들은 술을 아주 즐긴다. 내가 술을 못 마신다고 했더니 이해가 안 간다고 하면서 주지사가 내게 강제로 술을 따르면서 내가 마셔야 그 마신 잔으로 자기도 마실 수 있다고 우겨댔다. 나는 전연 술을 들지 않으면 무례한 일인지 알면서도 사정을 했다. 먼저는 술을 마시면 몸에 두드러기(rash)가 나서 병원에 가야하고, 그리고 내 신앙이 술을 허락할 수 없다고 했더니 섭섭해하면서도 내 청을 받아 주었다. 조금 있다가 내가 오페라 풍의 노래를 불렀다. 그들은 모든 것을 다 잊고 즐거워하고 폭소하면서 마음을 열었다.

아침에 회의가 열릴 장소와 호텔을 방문했다. 그곳의 시설은 빈약했다. 다음날에는 정부가 운영하는 소련에서 가장 큰 수산업체인

달러바(Dalyba-3,000척의 배로 고기 잡는 정부 소유 기업)의 총재와 점심을 같이 했다. 그도 브라디보스톡에서 회의를 하는 것이 얼마나 중요한 지를 강조했다. 그 날 오후 우리는 틴로(Tinro)라는 유명한 수산연구센터로 안내되어 브리핑을 받고 브라디보스톡 방송국의 리포터와 인터뷰를 했다. 우리 일행은 영빈관에 투숙하고 있었는데 그 건물은 1975년 브레즈네프 소련 수상과 포드 미국 대통령의 브라디보스톡 정상 회담을 위해 지었다고 했다. 월프 대사는 포드 대통령이 묵었던 방에서, 그리고 나는 전 국무장관 키신저(Kissinger)가 묵었던 방에서 묵었다. 그 날 밤 영빈관에서 저녁식사를 마치고 우리 일행은 영빈관 리빙룸에 앉아서 그 날 인터뷰한 TV 프로그램을 보았다. 한참 담화를 나눈 후 월프 대사와 내 비서는 각자 방으로 들어가고 나와 레오나드 차관만 남게 되었다.

나는 모스크바에서 그를 처음 만났을 때부터 그에게 특별하게 내 마음을 주었다. 성령님께서 나에게 그를 가슴에 안을 특별한 마음을 주시면서 기회를 얻어 그에게 예수님을 소개하고 싶은 감동을 주셨기 때문이었다. 모스크바에서 브라디보스톡까지 9시간 반 동안 비행기를 타고 가면서도 나는 일부러 그와 같이 앉았다. 내가 가지고 갔던 마른 과일을 비롯한 여러 가지 것들을 그와 함께 나누어 먹으면서 많은 대화도 나누고 좋은 시간을 가졌다. 며칠을 함께 보내면서 마음을 주었더니 그도 나를 아주 좋아하는 것 같았다.

드디어 기회가 왔다. 그 동안 계속 뜸을 들이면서 때를 기다렸는데 우리 둘만이 리빙룸에 남아 있는 이 밤이 그에게 복음을 전할 수 있는 절호의 '기회' 라는 확신이 들었다.

"레오나드 차관보님, 내가 오면서 탱(Tang)과 디저트(dessert)를 가져왔는데 내 방에 가서 같이 들지 않으시겠습니까?"라고 그를 초청했더니 그는 쾌히 받아들였다. 나는 그를 내 방으로 안내했다. 혹시나 방에 도청장치라도 있지 않을까 염려가 되기도 했지만 이 기회를 놓치고 싶지 않았다. 나는 박스로 가지고 갔던 생수를 잔에 붓고 탱을 넣고 저은 후 마시라고 권했다. 또 맛있는 과자와 마른 과일을 내놓았다.

한참동안 가족 관계며 학교 등 여러 가지 개인적인 대화를 나누다가 내가 문득 "레오나드 차관보님, 예수 그리스도를 아십니까?"라고 물었다. 그는 모른다고 하면서, "그러나 나는 평생 동안 영을 찾고 있었습니다. 왜냐하면 내 인생의 삶에 있어서 내 육체와 정신이 발란스(balance)를 맞추지 못하고 살아왔기 때문입니다."라고 대답했다. 나는 "그 영(spirit)의 s가 대문자(Spirit)입니까, 소문자(spirit)입니까?"라고 물었다. 그는 모른다고 했다. 그 때 나는 영어로 된 사영리를 가방에서 꺼내 같이 읽을 수 있겠느냐고 했다. 그는 쾌히 승낙했다. 같이 다 읽은 후 예수님을 그의 구주로, 하나님으로 영접하고 나를 따라 기도를 할 수 있겠느냐고 물었다. 그는 "내가 확신할 수 없군요."라고 하면서 조금 어색한 표현을 했다. 나는 "당신의 입장을 이해할 것 같습니다. 염려하지 마십시오. 그러나 오늘 밤 당신이 나에게 1시간만 더 시간을 줄 수 있겠습니까?"라고 청했더니 그렇게 하겠다고 했다.

나는 내가 간병으로 죽음을 선고받고 죽게 되었을 때 주님을 만났던 간증을 그에게 들려주었다. 그의 두 눈에는 눈물이 흐르고 있었다. 그는 "당신을 살려주시고 역사하신 하나님을 나도 믿을 수 있겠습니까?"라고 물었다. "물론이지요. 그러면 같이 무릎 꿇고 내가 하는 기도를 따라 하십시오." 그는 내가 하는 기도를 따라했다. 기도를 끝낸 후 그는 예수 그리스도를 그의 구주, 그의 하나님으로 영접했다. 브라디보스톡 영빈관에서 소련 공산주의 국가의 차관보가 예수 그리스도를 영접한 것이다. 우리는 너무도 감격하여 서로를 꺼안았다. 북태평양 어업협력 회의를 위해서 일하면서 천하보다 귀한 생명을 주께로 인도한 것이다. 나는 이것이 바로 그리스도의 대사의 역할이라고 믿었다. 하나님께서 다시 그의 스토리(His story)를 만들고 계셨다.

"당신은 공산당원입니까?"

"공산당 간부가 아니고서는 차관보가 될 수가 없지요."

"만약에 오늘밤 당신이 예수 그리스도를 구주로 영접하지 않았다면 오히려 나에게는 어려움이 닥칠 수도 있었겠습니다."

"김 교수님, 당신이 소련 공산주의 국가에 와서 공산당 간부인 차관보에게 포교하려 했으니 정보기관에 보고되면 큰 어려움을 당할 수도 있지요. 당신은 대단한 모험을 한 것입니다."

이 말을 들을 때 등이 오싹했다. 나는 성령님이 명령해서 했다고 했더니 "당신은 담대한 믿음을 가진 것 같습니다."라고 말하면서 아직은 누구에게도 이 사건을 말하지 말라고 부탁했다. 나는 그렇게 하겠다고 약속했다.

내 오른쪽에 서 있는 사람이 바로 레오나드 차관보이다.

그는 나와 대화를 나누면서 자기가 캐나다에서 2년 동안 소련 수산 관계 책임자로 나가 있었는데 캐나다 사람들이 왜 자기에게 예수님의 복음을 전하지 못했는지 알 수 없다고 했다.

우리가 다시 모스크바로 돌아오는데 그는 비행기 안에서 나에게 "곧 UN을 대표하는 대서양 어업관계 디렉터(Director)를 선정하여 임명한다고 하는데 내가 그 디렉터로 임명받을 수 있도록 나를 위해서 꼭 기도해 주십시오."라고 기도를 부탁했다. 나는 그의 손을 굳게 잡고 그를 격려하면서 기도하겠다고 약속했다.

나는 모스크바를 떠나기 전에 그를 내 호텔 방에 들어오게 하여

같이 무릎 꿇고 손을 잡고 조용하게, 그러나 간절하게 그를 위해서
기도했다. 약 2년이 지난 후에 그는 나에게 직접 전화해서 자기가
그 디렉터(Director) 자리에 임명되었다는 소식을 알려 주었다. 레
오나드 차관보를 하나님의 자녀로 삼아 그로 하여금 대서양의 어장
을 담당케 하시려고 하나님께서 나를 소련에 그의 대사로 보내신
것으로 믿어졌다.

우리는 모스크바 수산장관실에 다시 모여 브라디보스톡에서
1991년 10월 중에 북태평양 어업협력 회의를 개최하기로 한다면 소
련이 먼저 실행해야 할 중요한 몇 가지를 상의한 후 질라노브 차관,
레오나드 차관보 등 여러 명의 환송을 받으며 스칸디나비아 항공
(SAS)을 탔다.

월프 대사는 "김 교수님, 나는 지금 12일 동안의 감옥생활에서 풀
려난 기분이요. 소련이 그렇게 가난한 줄은 정말 상상조차 못했습
니다."라고 하면서 소련 방문의 소감을 말했다. 비행기에서 주는
음식이 너무나 맛이 있었다. 우리는 코펜하겐에서 하룻밤을 묵고
아침을 맞았다. 호텔에서 제공하는 아침식사가 브런치(brunch)였
는데 나는 무려 네 차례나 먹었다. 우리는 오랜만에 음식을 맛있게
먹었다. 우리는 그 날 공원에서 하루를 보내며 새삼스럽게 마음껏
자유를 누렸다. 자유가 그렇게 좋은 것을 다시 생각하게 되었다.

나는 월프 대사에게 진정으로 감사를 표했다. 그는 공원에서 함
께 조용한 시간을 보내면서 자기 아내와의 문제를 털어놓았다. 나
에게 조언을 구하면서 기도를 부탁했다.

나는 그리스도의 대사로서 미연방 월프 대사에게 부부 사이의 관계를 예수 그리스도의 사랑으로 결합(bonding)하라고 권하면서 남편이 아내에게 해야 할 중요한 몇 가지를 일러 주었다. 그리고 우리는 코펜하겐에서 헤어져 그는 워싱턴 D.C.로 가고 우리는 앵커리지로 돌아왔다.

그 뒤 제2차 북태평양 어업협력 회의는 여러 차례의 협상을 거쳐 1991년 10월 13일부터 브라디보스톡에서 개최되었다. 6개 국에서 280명의 대표가 참석한 성공적인 컨퍼런스였다. 그 뒤로 3년마다 북경, 일본, 한국 등에서 회의를 계속해 오고 있다. 지금도 사무국은 알라스카 대학교에 두고 이 회의를 주관하고 있다.

월프 대사와 내가 서로 상의하면서 북태평양 어업협의회 회의를 진행하고 있다.

이 컨퍼런스가 한국과 소련의 수산 관계에도 큰 영향을 주었다. 한국 수산업자들은 이 컨퍼런스를 통해서 소련에 마찰 없이 진출하게 되었다.

월프 대사는 그 후 정부의 일을 그만두고 변호사로서 시애틀 지역에서 국제 수산 조인트 벤처(joint venture)에 크게 관여하고 있다.

"오, 하나님! 나로 하여금 수산 관계에 있어서도 그리스도 대사의 임무를 멋있게 수행할 수 있도록 비전을 주시고 인도하심을 감사드립니다. 찬송과 영광을 돌립니다. 아멘."

그리스도의 대사로서 말씀 선포 : 앵커리지 시장 조찬기도회

1990년 11월 13일 오전에 팻(Pat)이라는 여자에게서 전화가 왔다. "굿 모닝 김 박사님! 안녕하십니까?"라고 물었다. 나는 "잘 있습니다."라고 대답하면서 누구냐고 물었다. 그녀는 "저는 김 박사님을 알지만 김 박사님은 저를 모르실 것입니다."라고 말했다. 나는 가슴이 섬뜩하며 당황스러웠다. 아무 일도 없었지만 세상이 험한 세상이어서….

내가 전화를 받고 당황해하며 말이 없자 팻은 크게 웃으면서 "김 교수님, 죄송합니다. 염려마세요. 나는 앵커리지 시장 조찬기도회 위원장입니다." 나는 마음이 놓였다. "사실 이번 조찬기도회에 미국 인도양 총 사령관이신 킥라이터(Kicklighter) 장군이 기조(keynote) 메시지를 전하게 되어 있는데 갑자기 아버지가 심장마비로 입원하게 되어 앵커리지로 못 오시고 급히 조지아로 가게 되었습니다. 우리는 김 교수님을 내년 강사로 내정했는데 일이 급하게 되어 이번에 김 교수님을 그분 대신 초청하려고 이렇게 전화를 했습니다. 허락해 주시기 바랍니다."라고 부탁했다.

나는 대타 강사가 되는 것이 조금 언짢았지만 "언제입니까?"라고 물었다. 금주 토요일이라고 했다. "아니, 오늘이 13일인데 17일에 조찬기도회를 갖는다는 말씀입니까? 언제 말씀을 준비하지요?"라고 걱정하면서 어떻게 나에 대해서 알게 되었냐고 물었다.

"김 교수님께서 학교와 알라스카 주를 위해서, 그리고 커뮤니티를 위해서 많은 일을 하시는 것을 신문과 TV를 통해 잘 알고 있었으나 당신이 복음을 전하는 교수인지는 몰랐습니다. 내가 당신을 엘리베이터에서 볼 때마다 (그 당시 내 연구소는 캠퍼스 밖 건물에 있었다) 그 웃는 모습 속에서 예수님을 본 것 같았습니다. 당신이 바로 그 김 교수인 것을 알고 제가 위원회에 추천해서 내년도에 강사로 모시려는 내정이 되어 있었는데 이렇게 급한 상황이 되어 전화를 드렸습니다. 꼭 허락해 주시기 바랍니다."

나는 잠깐 기도할 수 있도록 말미를 달라고 하고 전화를 끊었다. 나는 즉시 무릎을 꿇고 "하나님, 어떻게 하면 좋습니까? 시장 조찬 기도회에서 말씀을 전한 적도 없고 40~50분 동안 무슨 말을 해야 합니까?" 하나님께 간절히 기도했다. 나는 어느 때든지 급하면 무조건 무릎 꿇고 하나님께 기도한다. 기도하자 하나님께서 즉시로 마음에 확신을 주셨다. "네가 하는 거야? 내가 하는 거지!"

나는 곧 팻에게 전화해서 초청을 수락했다. 팻은 굉장히 기뻐했다. 그녀는 이틀 후 목요일(15일)에 시장 부부와 우리 부부, 그리고

자기 부부와 호스트 하는 분의 부부가 같이 저녁식사를 하며 서로
교제하는 시간을 갖고, 저녁식사가 끝날 무렵에 시장 조찬기도회
위원들이 동석해서 후식을 나누고 기도 시간을 갖는 것이 전통이라
고 전해 주었다.

　목요일 밤, 나는 내 아내와 같이 저녁을 대접하는 호스트 목사님
댁을 찾아갔다. 여덟 명이 상에 둘러앉아 즐거운 시간을 가졌다. 특
히 탐 횡크(Tom Fink) 앵커리지 시장 부인이 우리를 얼마나 웃겼는
지 모른다. 내가 시장 조찬기도회 팻 위원장과 처음 전화 통화를 할
때의 상황을 이야기하자 모두 폭소를 터뜨렸다. 식사가 끝난 후 약
20여 명의 위원들이 들어왔다. 서로 인사를 나누었다. 참으로 기쁘
고 화기애애한 분위기였다. 내가 아는 분들도 있었다. 강사가 시장
조찬기도회에서 말할 내용을 간략하게 요약하여 10여분 정도 그 위
원들과 쉐어링 하는 것이 관례였기 때문에 나는 관례대로 내가 말
할 내용을 간추려 그들과 나누었다. 모두가 감동을 받은 것 같았다.
그들은 나를 그들 가운데 무릎 꿇게 하고 모두 둘러서서 내 머리와
어깨에 손을 얹고 나를 위해 간절히 기도해 주었다. 뜻 깊고 감격스
러운 시간이었다. 성령님께서 벌써부터 크게 역사하시고 계시는 것
이 느껴졌다. 참 좋은 신앙인들이었다. 그들은 700명의 표가 이미
다 예매되었다고 내게 전해주었다.

　드디어 11월 17일 아침이 되었다. 밖을 내다보니 눈이 무릎까지
찰 정도로 많이 내렸다. 조금은 실망되었다. 이렇게 눈이 많이 왔는

데 몇 사람이나 오겠는가? 인간은 할 수 없다! 사랑하는 아내와 나는 8시에 집을 나섰다. 8시 30분까지 캡틴 쿡 호텔(Captain Cook Hotel)에 도착해야 하는데 눈이 많이 왔으므로 조금 일찍 출발해서 천천히 호텔로 갔다. 호텔에 도착하여 나는 다소 긴장이 되어서 아래층에 있는 화장실로 내려갔다. 화장실에서 일을 보고 있는데 키가 큰 백인이 활짝 웃으면서 "굿 모닝!" 하고 인사를 했다. 내가 먼저 세면대에 와서 손을 씻고 있으니까 그도 내 옆에 와 손을 씻으면서 나에게 "오늘 날씨가 대단히 좋습니다."라고 말했다. 나는 "밤새도록 눈이 무릎에 닿도록 왔는데요?"라고 대꾸하면서 "당신 오늘 조찬기도회에 왔느냐?"고 물었더니 그렇다고 했다. "그러면 오늘 시장 조찬기도회 강사가 바뀐 것을 아느냐?"고 했더니 안다고 하면서 "오늘 당신이 강사라고 해서 나는 지금 와실라(Wassilla)에서 60마일의 눈길을 달려왔습니다."라고 대답하지 않는가?

그 날 아침 눈도 많이 오고 내가 긴장하니까 하나님께서 나를 격려할 사람을 화장실에까지 보내어 나를 격려(cheerleading)해 주셨다. 하나님은 정말 자상하시다. 내 마음의 상태를 정확하게 아시고 순간순간마다 내가 필요한 것을 다 채워주시는 것을 다시 한 번 깨닫게 하셨다. 하나님은 나의 응원단장이시다. 나는 큰 힘을 얻었다. 우리는 기쁜 대화를 나누며 위층 볼룸(ballroom)으로 올라갔다.

볼룸 입구에서 시장 부부와 순서를 맡은 분들이 헤드 테이블(headtable)에 앉는 순서대로 줄을 서고 있었다. 우리도 그들과 같이 줄을 서서 볼룸으로 들어가 헤드 테이블에 앉았다. 온 볼룸이 조찬 기도회에 참석한 사람들로 꽉 찼다. 단상(podium)을 중심으로 오른쪽에는 시장과 나, 순서를 맡은 몇 사람이 앉고, 왼쪽에는 사회자, 시장 부인, 내 아내, 그리고 순서를 맡은 다른 몇 사람이 앉았다. 헤드 테이블에 앉아서 보니 주의원과 시의원들을 비롯해서 내가 아는 사람들도 많이 보였다. 새로 당선된 월터 힉클(Walter Hickel) 주지사가 새로 임명된 비서실장과 같이 맨 앞자리 테이블에 앉아 있었다. 앵커리지 미국 교계 리더들도 많이 참석했단다.

조찬이 거의 끝날 무렵 사회자의 인도로 음악에 맞춰 기도회가 시작되었다. 개회기도(invocation)를 드린 후 모두가 일어나 찬송가를 불렀다. 시장을 위한 기도, 주지사를 위한 기도, 시와 주의 여러 지도자들을 위한 기도, 나라를 위한 기도 등 순서를 맡은 분들이 각각 나와서 하나님께 기도했다. 주 하원 대표와 상원 대표들이 구약과 신약에서 말씀을 골라 각각 봉독했다. 엘멘도프(Elmendorf) 공군 사령관(중장)도 순서를 맡았으며, 앵커리지 미국교회협의회 회장도 순서를 맡았다. 같이 몇 곡의 찬양을 드린 후 내 친구 젝스탯(Dr. Steve Jackstadt)이 나를 소개했다.

소개가 끝난 후 나는 박수를 받으며 연단(podium)에 섰다. 머리가 벗어지고 수염을 기른 동양계 교수가 앵커리지 시와 알라스카의 각계 지도자들이 지켜보는 가운데 그들 앞에 서게 된 것이다. 입추의 여지도 없이 꽉 찬 장내는 바늘이 땅에 떨어져도 들릴 정도로 조용했다. 내가 무슨 말을 할지 호기심을 갖는 것 같았다. 1963년 시장 조찬기도회를 시작한 이래 알라스카 주민을 강사로 모신 일이 없는데, 주의 여러 태스크(task)를 위해서 같이 일하고, 같이 가르치고, 이웃에서 늘 만나는 내가 강사로 전 알라스카 리더들 앞에 서게 되었으니 더 호기심과 관심을 갖기도 했을 것이다.

나는 인사를 정중히 하고서 말문을 열었다. "나는 야구 경기의 핀치 히터(pinch hitter) 같이 대타로 여기에 섰습니다. 핀치 히터인 내가 스트라이크 아웃(strikeout), 플라이 아웃(flyout), 또는 그라운드 아웃(groundout)을 당할 수도 있습니다. 그러나 일루타를 칠 수도 있을 것입니다. 혹시 2루타(double), 3루타(triple)를 칠 지 누가 압니까? 만루 홈런(home run)을 칠지도 모릅니다."

장내는 웃음바다가 되어 버렸다. 이제는 모두가 마음 문을 다 열고 말씀을 받을 준비가 되었다.

나는 잠깐 하나님이 나를 붙드시고 큰 도구로 사용하여 주실 것과 아울러서 시장과 주지사를 비롯하여 여기에 모인 모든 지도자들에게 성령님의 은혜가 충만하게 임하기를 간절히 기도한 후 '한 번 사는 인생 어떻게 살아야 할 것인가?' 라는 제목의 말씀을 그들과 나누었다.

나는 1967년 유학생으로 미국에 온 이야기부터 시작했다. 예수 그리스도를 통하여 변화되기 전과 후의 삶을 적나라하게 비교하면서 간병으로 사형선고를 받았을 때의 상황을 나누었다. 마지막 죽음 선상에서 내가 하나님 앞에서 내 모든 죄를 뿌리 채 뽑은 것과 심장이 터질 듯한 말할 수 없이 고통스러운 회개를 통하여 하나님의 용서함을 받고 다시 한 번 살려주신다는 확신을 받은 후 하나님께서 나를 기적적으로 치료해 주신 하나님의 역사를 간증했다.

덧붙여서 나는 하나님께 "한 번만 더 살려주시면 주님이 무엇을 원하시든지 내 인생을 바치겠습니다. 나를 불쌍히 보시고 자비를 베푸셔서 한 번만 살려주세요."라고 얍복강가의 야곱처럼 하나님을 붙들고 기도한 결과 하나님이 다시 한 번 생명을 주신 것을 증거했다.

30년 동안의 간병 리서치를 하고 있었던 닥터 헌든(Dr. Herndon)이 "나는 당신 같은 상태에서 지금까지 완전히 나은 케이스를 발견하지 못했는데 김 교수가 이렇게 완치된 것은 정말 기적입니다. 당신은 오래 살겠습니다."라고 말했을 정도로 전혀 나을 소망이 없었던 나를 하나님께서 기적으로 다시 살려주셨음을 증거했다.

그래서 그 일을 계기로 내 인생을 나를 향해 가지신 하나님의 뜻을 이루는데 바치기로 마음을 정했다는 것과 철저한 회개를 통해서 내 영혼이 주님의 피로 깨끗하게 씻음 받았을 뿐만 아니라 내 육신의 건강도 완전히 회복하게 되었다는 것을 간증으로 나누었다. 많은 분들이 눈물을 흘리며 듣고 있었다.

나는 '이렇게 구원받은 삶을 어떻게 살 것인가?'를 놓고 하나님께 기도하는 중 'KAC(Korean-American-Christians)를 변화시켜 미국의 신앙을 회복하며 더 위대한 미국을 만들라'는 하나님의 비전을 받았다고 말하면서 그들을 도전했다.

"하나님께서 성경을 통하여 요셉, 다니엘, 사도 바울, 그리고 에스더의 삶을 보게 하시면서 그러한 인물들을 많이 훈련시켜 미국을 더 위대하게 만들 수 있다는 확신을 주셨습니다. 나는 이 사명을 가지고 대학교수로서 전국각지에 있는 대학생들에게 이 비전을 쉐어 링하면서 도전하며 훈련하고 있습니다.

나는 정말 미국을 사랑합니다. 미국을 내 심장에 넣고 이 나라가 청교도의 신앙을 회복하여 경제적, 군사적, 정치적, 학문적인 면에서보다는 신앙적인 면에서 더 위대하게 되기를 원하는 마음으로 늘 기도하고 있습니다.

얼마 전 내셔널 저널(National Journal) 사설에 '6천만 명이나 되는 중생한 어른 크리스천들은 다 어디로 갔는가?(Where are the so called 60 million born-again American adult Christians?)' 라는 제목으로 미국의 도덕과 사회적인 문제의 심각성을 지적하고 있었습니다. 나는 그 사설을 읽으며 심장을 에이는 듯한 아픔을 가지고 눈물을 흘렸습니다. 그 사설은 '당신 크리스천들은 세상의 소금이요 빛이라고 하면서 우리 사회에 거의 영향력을 발휘하지 못하고 있지 않은가? 우리 사회를 보시오. 마약, 알코올, 이혼, 강탈과 강간, 근친상간, 성병 등으로 타락하고 있는데 6천만 명의 어른 크리스천들이여, 당신들은 지금 어디에 숨어 있습니까?' 라고 호소하고 있었습니다.

여기에 계시는 알라스카 리더들이여, 우리가 빛과 소금의 역할을 감당해야 하지 않겠습니까? 나는 미국에서 태어나지도 않았고 여기서 자라지도 아니 했는데도 미국을 심장에 안고, 알라스카를 심장에 안고 기도하며 사랑하며 희생할 각오가 되어있는데, 여러분들은 어떻게 하시겠습니까? 우리 앵커리지 커뮤니티도, 알라스카 주도 영적으로 도덕적으로 타락하고 있는데, 여러분은 지금 어디에 서 있습니까? 나는 이미 마음을 정하고 일어났습니다. 여러분들도 오늘 이 시간부터 일어납시다!"

나는 이어서 "나는 알라스카 요셉의 비전을 가지고 10년 전에 이곳에 왔습니다. 하나님께서 저에게 교육, 경제, 자원개발과 환경보호, 정치, 사회, 인종관계 등 먼 장래를 바라보는 비전을 제시해 주셨습니다." 나는 그 비전들을 중점적으로 간략하게 쉐어링하였다. 참석자들의 눈들이 나에게로 총집중되었고 성령님께서 충만하게 역사하시는 것을 느낄 수 있었다.

나는 마지막으로, 맨 앞에 앉아 있는 새로 당선된 힉클(Hickel) 주지사를 주시하며 말했다. 나는 그와 가까운 사이였다. 왜냐하면 그가 추진하는 어마어마한 프로젝트 곧 알라스카 천연 가스를 일본, 한국, 대만에 수출하는 계획을 그 당시 쿠퍼 주지사가 전적으로 돕고 있었으며 내가 고문으로 그 프로젝트에 적극적으로 참여하고 있었기 때문이었다.

"힉클 주지사님, 이번 주지사 당선을 축하합니다. 제가 주님의 이름으로 권면하고 싶습니다. 주지사님께서는 화요일마다 각료회의를 하시기 전에 꼭 하나님께 기도하시기 바랍니다. 인간의 방법이나 생각이나 계획대로 알라스카 주를 다스리는 것이 아니라 하나님께 기도하여 하나님이 주시는 지혜와 능력으로 주를 다스리는 위대한 주지사가 되시기를 기도합니다." 주지사는 적극적인 반응을 보이면서 고개를 끄덕이고 있었다.

나는 눈을 돌려 횡크 시장을 보면서 말했다.

"오늘의 주인공이신 횡크 시장님, 아침에 시청에 등청하시기 전 꼭 교회에 들러 하나님께 무릎 꿇고 기도하시고, 인간의 마음이나 생각대로 하지 마시고 하나님께서 주시는 능력과 지혜로 이 시를 다스리시기 바랍니다. 그리하여 하나님이 사용하시는 위대한 시장이 되시기를 기도합니다."

나는 전체 회중을 둘러보면서 다음과 같이 도전했다. "여기 시장 조찬기도회에 모인 700명의 앵커리지 시와 알라스카의 리더 여러분, 오늘부터 여러분들 각자가 주지사와 시장을 위해서 각각 1분씩 매일 기도해 주실 것을 부탁합니다. 여러분들이 공화당이든 민주당이든 또는 독립당이든지 간에 이제 우리 주의 지도자는 힉클 주지사요, 앵커리지 시의 지도자는 횡크 시장입니다. 우리가 이 분들을 위해서 매일 700명이 1분씩 기도한다면 700분의 기도가 됩니다. 매일 11시간 이상을 기도한다는 의미입니다. 하나님께서 매일 우리가 합주곡으로 드리는 11시간 이상의 주지사를 위한 기도와 그리고 또 11시간 이상의 시장을 위한 기도를 기쁘게 받으신다면 내가 확신하기는 하나님께서 시장과 주지사에게 필요한 모든 능력과 지혜와 명예를 주실 뿐만 아니라 앵커리지 시와 알라스카가 하나님의 큰 복을 받게 되고 여러분들 한 분 한 분이 엄청나게 큰 복을 받을 것입니다. 중보기도의 복이 결국 우리 각자에게 충만하게 채워질 것입니다.

하나님의 크신 은혜와 복이 여러분들과 가정과 섬기는 교회와 직장과 사업터와 앵커리지 시와 알라스카에 충만하시기를 기도합니다. 하나님을 사랑합니다. 찬양합니다. 경배하며 영광을 돌립니다. 감사합니다."

메시지를 마치자 우레와 같은 박수가 터져 나왔다. 힉클 주지사를 선두로 해서 모두가 환호성을 지르며 나에게 기립박수(standing ovation)를 보냈다. 성령님께서 모든 참석자들의 마음을 사로잡으신 것을 볼 수 있었다. 글로 다 표현할 수 없는 장면이었다.

나는 "땡큐, 땡큐!" 하면서 두 손을 하늘을 향해 올렸다. "하나님께서 또 하셨습니다!"라고 하였다. 기립박수가 계속되자 나도 모르게 눈물이 쏟아졌다. "하나님, 참으로 감사합니다. 모든 찬양과 존귀와 영광을 오직 하나님께 돌립니다."라고 조용히 속삭였다. 다들 앉으라고 한 다음 내 자리에 걸어오는데도 그들은 계속해서 나에게 기립박수를 보냈다. 시장과 나는 서로를 꼭 껴안았다.

기조 메시지가 끝나면 시장이 나와 답례를 하는 것이 관례였기 때문에 시장이 단상에 서게 되었다. 그는 잠시 침묵을 지킨 후 나를 향해 바라보면서 "김 박사님, 내가 무슨 말을 할 수 있겠습니까? 그렇게 하겠습니다."라고 말했다. 참석한 모든 분들이 시장을 향해 우레와 같은 박수를 보냈다. 시장 조찬기도회는 영적 흥분의 도가니가 되었다. 조찬기도회 위원장이 인사말을 하면서 나와 아내에게 북극의 노아 방주 그림을 선물로 주었다. 다같이 일어나 찬송을 드린 후 축도로 모든 프로그램이 끝났다. 헤드 테이블에 앉았던 리더들과 서로 껴안으며 인사를 나누었다. 나는 시장 부부와 내 아내를 꼭 껴안아주었다.

새로 당선된 힉클 주지사가 단상에 오르며 나를 꼭 껴안으면서 "존, 당신은 내 새 정부의 팀입니다(John, you are on my team!)."라고 했다. 내가 내 전문 지식을 자랑한 것이 아니고 하나님을 자랑하고, 주님께서 나를 위해 행하신 일을 자랑하고, 비전을 제시하고, 그 이름을 찬양했더니 새 주지사가 나에게 다시 새 행정부에서 자기와 팀으로 일하자는 것이 아닌가? 사실 나는 두 주 후면 임기가 끝나는 쿠퍼 주지사를 위한 경제, 국제통상 고문직을 그만 두게 되어 있었다. 내가 "좋습니다."라고 대답하자 주지사는 자기 비서실장을 통해 연락해서 곧 만나자고 했다.

시장 조찬기도회가 끝났는데도 참석자들 대다수가 볼룸을 떠나지 않고 서로 환담을 나누고 있었다. 위원 중 한 분이 나에게 오더니 참석자들이 가지 않고 당신과 악수한 후에 떠나겠다고 한다면서 우리 부부를 볼룸 입구로 안내하여 서게 했다. 나는 그들과 일일이 악수도 하고 껴안기도 하며 대화도 잠깐씩 나누었다. 지금도 가끔씩 그 때의 장면을 생각하면 감격이 새로워진다. 하나님께 감사를 드릴 뿐이다.

위원들만 남고 다 떠난 것 같았다. 위원들이 나를 둘러싸며 너무도 기뻐했다. 한 위원이 갑자기 "김 교수님, 당신 말씀 중에 중요한 것 한 가지를 빠뜨렸습니다." 나는 궁금하여 무엇이냐고 물었다. "당신은 오늘 만루 홈런(grand slam home run)을 쳤습니다. 만루 홈런을 빠뜨렸습니다."라고 했다. 주위에 있던 위원들도 그렇다고 하면서 다시 박수를 쳐주었다.

내가 어떻게 평신도라는 자격으로 이런 일을 할 수 있었겠는가? 나는 그리스도의 대사로서 알라스카의 리더들을 각성시키며 그들에게 영향력을 줄 수 있었던 것이다.

그 후 많은 사람들이 1990년 11월 17일을 알라스카 영적 부흥의 새로운 분수령을 이룬 날로 기억했다. 사실 하나님께서 이 사건을 통해서 미국을 위한 예수 각성(JAMA)을 보게 하시며 이 일에 대한 확신을 주셨다. 그 날 시장 조찬기도회의에 참석했던 많은 분들과 만난 그들은 그 때 받은 감격들을 쉐어링하곤 했다.

횡크 시장은 취임 이후 내가 도전한 대로 매일 등청하기 전에 꼭 교회에 들러 기도했다고 한다. 힉클 주지사도 매주 화요일 각료회의 때마다 하나님께 기도하고 시작했다. 언젠가 주지사는 나에게 "죤, 많은 사람들이 나를 위해서 중보기도 하는 것을 내가 강하게 느낍니다."라고 고마움을 표시하기도 했다.

힉클 주지사는 나에게 새 행정부 상공장관직을 오퍼(offer)했으나 나는 그 장관직을 받을 수가 없었다. 두 가지 이유 때문이었다. 한 가지는 그 때 아들 폴이 대학 진학을 준비해야 할 시기인데 그 남은 1년 반 기간 동안 나는 아빠로서 아들 곁에 있으면서 아들을 보살피며 멘토링하는 일을 장관직 때문에 포기할 수가 없었다. 주정부는 내가 살고 있는 앵커리지에서 비행기로 1시간 20분이 걸리는 수도 쥬노(Juneau)에 소재해 있었기 때문에 내가 장관직을 수행하자면 앵커리지에서 쥬노로 이사를 할 수밖에 없는데 이 일이 아들의 대학 진학 준비에 이롭다고 판단되지 않았다. 또 다른 한 가지 이유는 건강이었다. 내 주치의는 내가 쥬노로 가면 건강에 지장이 있을 것이라고 했다. 쥬노는 1년에 8개월 이상 비가 오는 곳이기 때문이다. 나는 주장관직을 정중히 거절했다. 그러나 나는 쿠퍼 전 주지사를 섬기던 자격으로 다시 새 주지사의 경제, 국제통상 고문으로 임명되어 그 후 4년 동안 알라스카 경제개발과 국제무역에 많은 영향을 주면서 자유롭게 일할 수 있었다.

나는 내가 그리스도의 대사로서의 아이덴티티를 가지고 그리스도의 복음으로 사람들을 도전하고 하나님께 받은 비전을 행동으로 옮기며 그 열매를 통하여 하나님께 영광을 돌릴 때 하나님께서 나의 이름을 높여주시는 것을 많이 경험했다. 그리스도의 대사들이 살고 있는 지역은 변화되어야 하며 그 지역이 그들로 인하여 복을 받아야 한다. 우리가 섬기고 있는 교회가 존재하는 지역도 그 교회를 통하여 변화되고 복을 받아야 한다. 교회가 지역사회에 진리의 빛을 비추며 빛과 소금으로 그 지역사회를 변화시키는데 영향력을 주는 것은 너무도 자연스러운 일이다.

시장 경제개발 대사 : 구 소련 극동 지역(러시아)

1990년 여름 월프 대사와 같이 12일 동안 그 광대한 소련을 방문하면서 나는 소련이 머지않아 대변혁을 맞을 것 같은 예감을 강하게 가졌다. 코펜하겐에서 비행기를 타고 앵커리지로 오는 중에도 그 생각이 머리를 떠나지 않았다. 나는 비행기 안에서 소련 방문에 대한 나의 감상을 노트에 적어 내려갔다. 그들이 참으로 측은했고 불쌍했다. 공산주의가 실패했다는 것이 너무나 분명한데 내가 그들을 어떻게 도울 수 있을까를 하나님께 기도하면서 생각하고 또 생각했다.

1990년 소련은 공산주의 치하였고 아직도 미국의 적국이었지만 소련 극동 지역에서부터 그들을 돕는 일을 시작하면 좋을 것 같다는 생각이 아련히 들었다. 나는 그 동안 자유시장 경제를 연구하면서 그 이론과 실제가 그 나라의 여건에 따라서 다른 형태로 적용되고 실행되며, 그 결과도 현저하게 차이가 나는 것을 분석할 수 있었다. 이들을 위해서도 이들의 형편에 맞는 특별한 대안이 필요하다는 생각이 들었다. 물론 쉬운 일은 아니다. 특히 서방의 사고방식으로 공산주의자들과 협상한다는 것이 얼마나 어려운 일인 것을 나는 잘 알고 있었다. 1991년 10월에 브라디보스톡에서 열리게 될 제2차 북대평양 어업협력 회의를 준비하면서도 그들과 몇 차례 같이 모여 회의의 주제(Theme)와 프로그램, 예산과 협력 관계를 논의하는데 힘든 과정이 많았다. 그러나 그때마다 하나님께서 나와 함께 하시면서 필요한 지혜를 주셔서 하나하나를 잘 해결하게 하지 않으셨던가? 내가 그리스도의 사랑으로 그들을 진정으로 돕고자 한다면 하나님께서 나를 도우시며 나에게 필요한 지혜를 주시리라.

1991년이 되었다. 나는 기도하면서 소련 극동의 시장경제개발센터를 설립하기 위한 취지서(Prospectus)를 작성했다. 나는 그 취지

서를 가지고 워싱턴 D.C.로 갔다. 머코우스키(Murkowski) 알라스
카 연방 상원의원을 만나기 위해서였다. 나는 머코우스키 상원의원
과 그 비서들을 만나서 그들을 설득했다.

"만약에 소련이 붕괴된다면 소련 극동 지역의 시장경제개발을 위
한 센터를 알라스카 대학에 세워서 그들을 돕고 싶습니다. 이 일을
위해서 미연방 국제개발국(US Agency for International
Development : US AID)과 협력이 필요한데 US AID의 고위 책임자
들과 만날 수 있도록 길을 열어 주십시오. 물론 지금은 소련이 우리
의 적입니다. 그러나 소련이 붕괴되면 어차피 US AID가 먼저 들어
가 그들의 경제를 도울 것 아닙니까? 우리 알라스카는 소련 극동 지
역과 역사적으로 문화적으로 깊은 관계가 있을 뿐만 아니라 지리적
으로도 인접해 있어서 이 일에 제일 적합하다고 봅니다. 지금부터
그들과 협력하여 알라스카가 전략적으로 그때를 위해서 준비할 수
있도록 도와주시기 바랍니다."

머코우스키 상원의원은 그 보좌관에게 US AID 고위 지도자들과
김 교수가 만날 수 있는 날과 시간을 조정하라고 했다.

그는 나에게 소련이 어떻게 붕괴되리라고 예측하느냐고 물었다.
나는 지난 여름 소련 방문과 최근 2차 극동 방문을 통해서 직접 목
격한 것들을 예로 들면서 현 공산당 리더십이 소련을 연방사회주의
국가 형태로 지탱시켜 가기는 어려울 것이라는 나의 의견을 피력했
다. 그러면서 혹 지금 당장 아무 일이 일어나지 않는다 할지라도 알
라스카는 미리 준비하는 것이 좋겠다고 말했더니 그는 "내 사무실
에서 최선을 다하여 김 교수님을 돕겠다."라고 약속했다.

얼마 후 머코우스키 상원의원 보좌관에게서 전화가 왔다. 5월 중순에 US AID 고위 책임자들과 만날 수 있도록 조정을 했다는 내용이었다. 그들과 만날 구체적인 시간은 곧 알려주겠다고 했다. 그 후 날짜가 정해져 연락이 왔다. 나는 하루 전에 머코우스키 사무실에 들려 보좌관을 통하여 다음날 만날 US AID 고위 책임자들의 간략한 프로필과 안건에 관해서 브리핑을 받았다. 상원의원 사무실에서 미팅을 조정하니까 일들이 순조롭게 진행되었다.

다음날 그 보좌관과 같이 국무성에 있는 US AID를 방문하여 경제수석 담당관(Chief Economist)과 고위 책임자들을 만나 6차례에 걸쳐 회의를 했다. 나는 내가 미리 준비해 가지고 간 취지서를 그들에게 나누어주며 그 내용을 발표했다. 한 고위 책임자가 조금 비꼬는 투로 나에게 물었다. "김 교수님, 아이디어는 참 좋습니다. 그런데 소련은 지금 우리의 적인데 우리가 그들을 도와줄 수 있겠습니까?" 나는 내가 본 것과 들은 것을 좀더 구체적으로 말하면서 "만약에 소련이 갑자기 붕괴한다면 그것을 위한 대책이 서있습니까?"라고 되물었다. 그는 대답을 못했다.

나는 그날 US AID 회의실을 나오면서 내 취지서를 선반에 던져두고 먼지만 잔뜩 끼게 하지말고 앞으로 올 중요한 때를 위하여 잘 보관하라고 부탁했다. 오후 5시가 되었다. 사무실을 같이 나오면서 보좌관이 나에게 "다가올 위기를 전연 대비하지 않았다가 터지면 급히 대응하는 것이 미국 관료들의 멘탈리티(mentality)입니다. 김 교수님은 계속해서 그때를 위하여 준비하십시오."라고 격려해 주었다.

마침 딸 샤론(Sharon)이 워싱턴 D.C.에서 MBA를 공부하는 동안 워싱턴중앙장로교회(이원상 목사님) 영어부에 출석하고 있었기 때문에 나와 내 아내는 워싱턴 D.C.를 자주 방문했고, 워싱턴중앙장로교회에서도 여러 차례 집회를 인도했다. 내가 US AID를 방문한 그 기간 주말에도 그 교회에서 청년들을 위해서 집회를 인도했었다.

1991년 8월 19일이었다. 우리 가족이 여름방학을 이용해서 워싱턴 D.C.에서 딸과 함께 보내고 있는데 소련에 혁명이 일어났다. 소련 사회주의 연방국가가 붕괴된 것이다. 옐친이 모스크바에서 탱크 위로 올라가서 혁명가들과 같이 만세를 부르며 소리 지르는 모습도 TV 뉴스를 통해서 볼 수 있었다. 나는 머지않아 소련에 대변혁이 오리라 예측은 했으나 소련이 그렇게 빨리 붕괴될 줄은 몰랐다.

나는 곧바로 머코우스키 상원의원 보좌관에게 연락했다. 이제부터는 내 취지서를 구체적으로 발전시켜 소련 시장경제개발을 위한 계획안(proposal)을 준비하겠다고 하면서 US AID에 그 뜻을 전해 달라고 부탁했다.

1991년 10월 13일부터 16일까지 브라디보스톡에서 열린 제2차 북태평양 어업협력 회의는 큰 성과를 거두고 성황리에 끝났다. 나는 독감을 지독하게 앓으면서도 회의를 진행하기도 하고 발표도 했다. 회의가 끝난 후 나는 소련 지도자들, 특히 극동 지역(브라디보스톡이 있는 프리모스키 주 마가단, 하바르보스크, 치코카, 야쿠츠

크, 삭카린 등)의 지도자들과 만나 내가 준비하고 있는 프로포살 내
용을 그들과 같이 나누었다. 그들은 내 프로포살이 꼭 이루어졌으
면 좋겠다고 소원하며 나를 격려해 주었다.

나는 소련 극동에서 돌아오자마자 다음날 밤 헤브론교회(송용걸
목사님) 집회를 위해 시카고로 떠났다. 몸은 피곤했으나 하나님의
은혜로 잘 도착하여 집회를 인도했다. 나는 헤브론교회에서 주일까
지 3박 4일 동안 집회를 마치고 월요일에 워싱턴 D.C.로 갔다. 나는
집중적으로 캠페인을 벌였다. 알라스카 스티븐스(Stevens) 상원의
원과 그 보좌관들도 만났다. 나는 US AID의 몇몇 지도자들을 다시
만났다. 그들에게 좀더 구체적인 프로포살을 제출했다.

1992년 1월 소련 사회주의 연방 공화국은 완전히 붕괴되었다. 연
방 공화국은 15개의 국가로 나누어졌으며(Commonwealth of
Independent States) 러시아 공화국이 탄생했다.

1월 중순이 되자 US AID에서 연락이 왔다. 너무 갑자기 일어난
일이라 백악관에서도 미리 대비를 못했던 일이었다. 앞으로 러시아
를 어떻게 도와야 할 것인지 그 원칙과 노선이 분명치도 않았다. 그
래서 US AID에 아이디어를 준비하라고 명령이 떨어졌다는 것이다.
US AID는 백악관에 제출하는 보고서에 나의 아이디어 중 몇 개를
포함시키려고 하는데 양해해 줄 수 있겠냐고 묻는 것이었다. 나는
기꺼이 허락해 주면서 내가 제출한 예비 프로포살을 어떻게 할 것
인지 곧 응답해 달라고 부탁했다.

나는 US AID에 방문할 것을 미리 절충해 놓고 3월 12일 새벽 1시

비행기로 앵커리지를 떠났다. 그 날 밤부터 워싱턴중앙장로교회에서 영어권 청년 대학생들을 위해서 집회를 인도했다. 1988년 보스턴 집회를 갔을 때 만났던 앤디 임(Andy Yim, 당시 Harvard Kennedy School of Government에서 석사 공부를 하고 있었음)이 사회를 보고 있었다. 그때 그는 김춘근 교수에게 도전을 받아 오늘의 자기가 되는데 큰 영향을 받았다고 하면서 나를 소개했다. 하나님께 감사를 드렸다. 4년 만에 그는 워싱턴중앙장로교회 영어부에서 중요한 리더로 섬기고 있었고 벌써 미국 주류에서 크게 영향을 끼치고 있었다.

이 집회를 준비하면서 사회자가 내 딸에게 아빠를 어떻게 소개했으면 좋겠느냐고 묻자 "우리 아빠가 지금까지 많은 일을 성공적으로 이루었지만 그보다는 '그는 사랑의 사람이며 하나님의 사람(He is a man of love, and a man of God)' 이라고 소개하는 것이 좋겠다."고 말했단다.

사회자가 나를 그렇게 소개를 할 때 나는 눈물이 핑 돌았다. "하나님, 내 딸이 나를 그렇게 인정한다면 무엇을 더 바랄 것이 있겠습니까? 내 심장에 주님을 사랑하는 심장을 주셨사오니… 오, 하나님, 감사합니다!"

나는 단상에 올라가 바로 '하나님의 사랑' 이라는 제목으로 말씀을 전했다. 그 날 밤에도 많은 젊은이들이 회개하고 주님께 헌신하였다. 집회는 주일까지 매일 밤 계속 되었다.

월요일 아침 일찍 나는 국무성에 있는 US AID에 들렀다. 나는 그들을 만나 창의적인 몇 개의 아이디어만을 제시하고 포괄적인 계획

(comprehensive plan)의 중요한 내용들은 다음에 제출하겠다고 하면서 기대감을 갖게 하고 돌아왔다.

1992년 앵커리지 신문은 사설에 러시아 극동 자유시장 경제개발을 위한 프로포살 내용을 쓰면서 '김 존 교수의 꿈(JOHN KIM HAS A DREAM)'이라는 제목으로 나의 꿈과 비전을 상세하게 기사로 실었다. 사설은 내 꿈이 꼭 이루어지기를 간절히 바란다는 내용으로 끝을 맺었다.

얼마 후 US AID에서 연락이 왔다. 완전한 프로포살을 제출해 달라는 것이었다. 내가 지금까지 제출한 예비 계획안은 US AID가 요구하는 공적인 것이 아니기 때문에 US AID에 맞는 공적인 계획안을 제출해 달라는 것이었다. 덧붙여서 경쟁이 심할 것이라고 귀띔도 해주었다. 나는 하나님께 간절히 기도했다.

"하나님, 이 계획안을 잘 만들도록 지혜를 주십시오. 이 계획안이 주님의 지상 명령을 이루는데 큰 역할을 할 것입니다. 하나님, 제 마음과 동기를 잘 아시지 않습니까? 주님! 저에게 주님의 마스터 플랜(master plan)을 보여주십시오. US AID 자금을 받아 러시아 극동 시장경제개발을 위한 프로젝트를 수행하는 것 그 자체보다도 주님이 이 계획안을 도와주셔서 그 시행 결과가 좋으면 그 플랜을 텐트 메이커(tent-makers : 자비량 선교사)를 통한 세계 선교의 플랜으로 사용하겠습니다. 제가 어떻게 경쟁할 수 있습니까? 저로 하여금 살아 계신 하나님을 증거할 수 있도록, 그리고 하나님께 크게 영광을 돌릴 수 있도록 하나님의 플랜을 저에게 계시해 주셔서 예수 그리스도의 대사인 제가 승리하게 하옵소서."

나는 기도로 주님과 상의하면서 며칠 밤을 꼬박 새우며 프로포살을 작성했다. 그러는 중에 하나님께서 자유시장경제(Free Market Economy)의 정의를 분명히 해 주셨다. 어떤 일을 하자면 그 일에 대한 정의는 대단히 중요하다. 정의를 어떻게 하느냐에 따라서 그 행동의 효과가 좌우되기 때문이다. 하나님께서는 "삶의 질을 총체적으로 세우고 높이는 것이 자유시장경제의 목적(Free Market Economy is to build and enhance the quality of life)"이라고 정의해 주셨다. 지금까지 학자들이나 실무자들이 시장경제를 정의한 것과는 전혀 다른 관점이었다.

나는 '삶의 질을 총체적으로 세우고 높인다'는 의미를 깊이 생각하면서 이것이 성경적이라는 것을 깨달았다. 왜냐하면 삶의 질(quality of life)을 총체적으로 세우고 높인다는 것은 경제적인 면뿐만 아니라 문화, 사회, 교육, 과학, 기술, 후생, 환경 등 모든 면의 질을 포괄적으로 균형 있게 세우고 높이는 것이기 때문이다. 특히 생명이신 그리스도가 삶의 질에 센터가 되지 아니하면 그 삶은 무의미하다는 것을 깨달았다. 물론 연방 정부의 자금을 계약해야 하기 때문에 그리스도를 프로포살에 소개할 수는 없었다. 그러나 삶의 질을 총체적으로 세우고 향상시키는 것이 러시아 극동에 시장경제를 시행하기 위한 내 프로포살의 중심 내용이었다.

하나님께서 나에게 총체적인 계획의 구조, 즉 프레임웍(framework)을 비전으로 보여주셨다. 결국 그것을 세계 복음화를 위한 텐트 메이커 전략의 청사진으로 보여주신 것이다. 나는 정말 하나님이 보여주신 그 프레임웍에 흥분됐다. 먼저는 이 구조를 토대로 해서 러시아 극동 시장경제 개발 프로포살을 작성하면 분명히 US AID 자금을 유치할 수 있다는 확신이 들었고, 그 계획이 성공적으로 시행된다면 그 경험을 바탕으로 텐트 메이커 전략을 만들면 세계 선교에 엄청난 효과를 낼 수 있으리라는 분명한 확신이 주어졌다.

하나님이 주신 시장경제의 정의와 프레임웍을 토대로 해서 나는 집중적으로 프로포살을 쓰기 시작했다. 나는 내 센터의 스태프들을 모아 놓고 러시아 극동 시장 경제개발을 위한 지금까지의 진행 과정을 설명하면서 연구 교수들과 전문인들에게 특별 임무를 할당했다.

스태프 미팅이 끝나자 한 연구 교수가 나에게 말했다.

"닥터 김, 당신은 지금 도저히 불가능한 일을 시도하고 있습니다. 당신이 그 큰 US AID 자금을 우리 대학교로 들여 올 수 있겠습니까? 우리 대학교가 미국의 그 유명한 대학들과 어떻게 경쟁을 합니까?"

"미리부터 포기하지 말고 최선을 다 한 후 그 결과를 기다려 봅시다." 나는 등을 두드리며 그를 격려했다.

그 후 나는 스태프들이 모아서 제출한 모든 정보와 자료들을 그들과 함께 분석하고 정리한 후 필요한 것을 뽑아서 내 프로포살에 포함시켜 최종적으로 프로포살을 마무리했다.

그것을 운영할 센터의 이름은 TACME(Technical Assistance Center for Market Economy)이라고 붙였다. 그리고 스태프들과 다시 한 번 검토를 하고서 3년 동안 1,200만 달러를 요청하기로 했다. 이 계획

이 성공적으로 시행되면 더 많은 자금을 요청할 것이라고 덧붙이면
서….

나는 결론을 다음과 같이 썼다.

"F-16 전투기를 만드는데 3,600만 달러가 든다. 이제 미국의 적국
이었던 소련 공산주의가 붕괴되어 지배경제(command economy)가
시장경제(market economy)제로 전환해야 하는 과정에서 나는 지금
러시아 극동의 시장경제개발을 위해서 그 첫 단계로 F-16 한 대 만
드는 비용의 1/3인 1,200만 달러를 요청하고 있다. 이 첫 단계가 성
공하여 러시아 극동에 시장경제개발이 잘 이루어진다면 미국 국방
예산에 엄청나게 절약을 가져올 것이다. 3년 동안 1,200만 달러의
투자가 엄청난 이익(return)을 가져올 것을 확신한다. 이 펀드(fund)
야말로 소비가 아니고 투자다. 1,200만 달러의 투자가 수십 억의 이
익을 남길 수 있을지 누가 알겠는가?"

나는 프로포살을 제출하고서 1992년 8월 초에 US AID를 찾아가
러시아 담당 국장을 만났다. 그는 나를 격려해 주었다.

"지금 특별위원회가 구성되어 모든 프로포살을 심사하고 있는데
200대 1은 될 것 같습니다. 한 위원이 나에게 중간보고를 해왔는데,
당신의 프로포살과 다른 프로포살들이 1차, 2차의 심사를 거쳐 거
의 마지막 단계에 들어갔다고 합니다. 심사위원회가 제일 좋은 프
로포살을 택하여 추천을 하면 나는 거기에 내 의견을 첨부해서 내
상관에게 제출합니다. 결국은 내 보스(boss)가 최종 결정을 하게 될
것입니다. 나는 처음부터 당신 프로포살을 좋아했습니다. 당신에게

오늘 이 자리에서 당장 1천 2백만 불($12 million)의 수표를 써드리고 싶지만 그렇게 할 수 없는 것을 죄송스럽게 생각합니다. 잘 될 것 같습니다."

물론 편지로나 전화로 할 수 있겠으나 만나서 얼굴과 얼굴을 맞대고 대화를 나누는 것이 더 효과적인 것을 늘 체험하기 때문에 나는 일부러 워싱턴 D.C.까지 가서 직접 그를 대면한 것이다. 나는 내가 해야 할 일이 진정 하나님의 기뻐하시는 뜻이면 하나님께서 이루어 주실 것을 확신하면서 최선을 다해 노력할 뿐이었다.

9월 9일. US AID에서 나에게 전화가 왔다. 러시아 담당국장이었다. "김 교수님, 축하합니다. 당신의 프로포살이 모든 프로포살 중에 탑(top)입니다. 당신의 것이 만장일치로 선택되었습니다. 앞으로의 구체적인 일들은 실무자들이 할 것입니다. 3년 동안의 1천 2백만 불 예산도 같이 상의해야 할 것입니다. 다시 축하합니다." 나는 하나님께 감사와 영광을 돌리는 기도를 드리고 먼저 아내에게 연락했다. 그리고 곧 이어서 총장에게도 연락했다. 큰 경사가 아닐 수 없었다.

바로 다음날 알라스카 전체 대학교 역사상 가장 큰 상인 Edith R. Bullock's Prize for Excellence의 상을 나에게 전달하기 위한 리셉션이 준비되고 있었다. 바로 그 전 날에 이 기쁜 소식을 듣게 된 것이다. 다음날 나를 위해 베푼 리셉션에서 총장은 나에게 상패를 주고, 그리고 내 아내에게는 1만 5천 불의 상금을 전해 주었다. 총장은 그 자리에서 US AID 소식을 발표했다. 모두가 박수를 치면서 크게 기뻐했다. 그때 나는 내가 제출한 프로포살은 하나님이 주신 것이라고 간증하면서 모든 크레딧(credit)과 영광을 하나님께 돌렸다. 이 러시아 극동을 위한 시장경제개발 프로젝은 지금까지 시행한 프로젝 중에서 가장 성공적인 것으로 인정받으면서 지금도 매년 2백만 달러가 넘는 자금을 받으면서 계속 진행되고 있다.

내가 러시아 극동 지역의 시장경제개발을 위해서 2년 이상 그 많은 노력과 수고를 한 것은 무엇보다도 그 당시 소련 사람들이 너무도 불쌍하고 측은해서 그들을 돕고 싶어서였다. 그리고 극동 지역 시장경제개발이 성공적으로 이루어진다면 그리스도의 복음을 땅 끝까지 전하기 위한 자비량 전문 선교사(Tent-makers)의 전략이 마지막 때에 가장 중요한 선교 전략의 하나가 된다는 것을 확인할 수 있었기 때문이었다. 결국 하나님께서 나로 하여금 성공적으로 시행되는 러시아 극동 시장경제개발을 경험하게 하시면서 자비량 전문인 선교사를 통한 세계 선교의 비전을 확증해 주셨다.

나는 주지사 세 분을 섬기며 함께 수십 차례에 걸쳐 캐나다, 일본, 중국, 대만, 한국, 구 소련(러시아), 그리고 스칸디나비아 국가들을 방문하며 고문으로 일하면서도, 노던 포럼(Northern Forum: 36개 이상의 북방지역을 중심으로 조직된 포럼)을 같이 조직하여 고문 역할을 할 때에도, 세계 무역센터 협회(World Trade Centers Association)에서 개최하는 세계 대회에 알라스카 대표(Alaska World Trade Center 회장)로 참석할 때에도, 국제 경영 통상·무역

학회에서 발표하며 연설을 할 때에도, 알라스카 자원개발과 환경보호를 위해서 상충하는 수많은 갈등을 해결하는데 연방·주·원주민 리더들을 도울 때에도, 알라스카 각 지역에서 경제 개발을 위하여 10여 년 동안 300번 이상의 세미나를 할 때에도, 알라스카 국제 통상 팅크 탱크를 운영할 때에도, 교수로 학생들을 가르칠 때에도, 많은 나라를 방문하며 복음을 전할 때에도… 나는 언제 어디서 무엇을 하든지 평신도로서가 아니라 그리스도의 대사로서 하나님의 영광을 위해서 최선을 다하였다고 고백하고 싶다.

하나님의 자녀인 성도로서 그리스도의 대사, 하나님의 후사, 왕 같은 제사장의 아이덴티티를 가진 우리가 어떻게 우리의 일상생활에서, 직장에서, 사업장에서, 전문직에서, 지역사회에서, 나라와 세계 어느 곳에 가서 무엇을 하든지 그 아이덴티티를 버리고 살 수 있단 말인가?

이제는 평신도로서가 아니라 하나님의 아들과 딸, 그리스도의 대사라는 아이덴티티를 가진 성도로서 성령 충만의 능력에 힘입어 하나님께 영광 돌리는 영향력 있는 삶을 살아야겠다. 우리는 우리 자녀들에게 이 삶을 보여주자. 가정에서 교회에서 분명하게 가르치고 훈련시켜서 그들로 세상을 이기고 승리하는 그리스도의 대사와 왕 같은 제사장으로 살게 하자.

나로 하여금 이렇게 살게 하시는 성령님의 인도하심과 능력을 진심으로 감사 드리며 예수 그리스도의 이름으로 하나님께 영광을 돌립니다. 아멘.

제3부

비전
Vision

 비전

호델(Hodel) 장관 부부와의 인연

'우리의 신앙을 회복함으로 더 위대한 미국을 이루자!(Making America Greater!)' 는 비전은 전국적으로 우리 영어권 대학생들에게 충격적인 도전이 되어 왔다. 그러나 이 비전이 구체적으로 시행되어야 할 새로운 분수령 또는 신기원(epoch)이 필요하다는 것을 늘 느끼면서도 그것이 분명치 않았다. 나는 젊은이들을 위해서 복음을 전하고 비전을 제시하면서 동시에 다음 단계를 위해서 계속해서 기도하고 있었다.

1993년 8월, 북미주 한국 CCC가 주최하는 비전 '93 컨퍼런스가 뉴욕에 있는 허프스트라 대학교(Hofstra Univerity)에서 열리게 되었다. 그때 내가 주강사로 초청되었다. 또 다른 주 강사 한 분은 미국 레이건 대통령 재임시 동자부장관(Secretary of Energy)과 내무장관(Secretary of Interior-미국 내무장관은 그 역할이 한국과 전연 다르다. 미 내무장관은 미연방정부에 속한 모든 토지, 강물, 해안, 천연자원 · 야생동물 보호, 국립공원 등을 관리하는 총책임자이다.)을 7년 동안이나 지낸 바 있으며 신실한 그리스도의 대사인 던 호델(Don Hodel) 전 장관과 그 부인 바바라(Barbara)였다.

우리 부부가 호델 장관 부부, 신용한 장로,
아들 폴과 같이 기쁜 시간을 보내고 있다.

호델 전 장관은 하버드 대학과 하버드 법과 대학 출신이며 청교
도 가정의 피를 이은 유력한 변호사였다. 아내 바바라도 웰슬리
(Wellesly) 대학 출신으로 신앙이 돈독하며 실력 있는 분이었다. 나
와 호델 장관은 잘 아는 사이였다. 그가 동자부장관과 내무부장관
으로 재임하고 있을 때 그는 자주 알라스카를 방문했다. 알라스카
는 특히 원유와 천연가스가 많기 때문에 에너지 자원 개발을 위해
연방 정부를 대표해서 알라스카 주지사와 원주민 리더들과 자주 만
나 상반된 입장을 서로 논의하면서 해결해야 했기 때문이었다. 나
는 1983년부터 주지사 경제고문을 하고 있었기 때문에 (특히 에너

지 정책과 환경보호 정책 전문가로서) 호델 장관이 알라스카를 방문할 때 그를 만날 수 있는 기회가 많았다.

1993년 3월 알라스카 힉클 주지사 조찬기도회 때에는 호델 전 장관 부부가 강사로 초청되었고 나는 사회자(MC-Master of Ceremony)로 초청되었다.

호델 부부가 금요일에 도착했다. 그 날 밤 힉클 주지사는 앵커리지에 있는 자기 집(주지사 관저는 주노에 있음)에서 강사를 위해 큰 리셉션을 베풀었다. 물론 조찬기도회 위원들도 모두 참석했다. 리셉션 중에 나는 위원장에게 "왜 나를 또 사회자로 초청했습니까?"라고 물었더니 "김 교수가 1991년 조찬기도회를 너무 은혜스럽게 인도했어요. 얼마나 깊은 감명을 받았는지 몰라요. 사실 사회자가 기도회 전체 분위기를 이끄는 중요한 역할을 하기 때문에 우리 위원회에서 만장일치로 당신을 다시 사회자로 초청키로 결정했습니다."라고 대답했다. 사실 사회자의 역할이 중요하다. 나는 나를 위해 많이 기도해줄 것을 당부했다. 리셉션을 끝낸 후 순서를 맡은 분들과 위원들이 따로 모여 함께 간절히 기도하는 시간을 갖고 헤어졌다.

다음날 아침 쉐라톤 앵커리지(Sheraton Anchorage) 2층 볼룸(ballroom)에서 주지사 조찬기도회가 열렸다. 볼룸은 알라스카 지도자들로 꽉 채워졌다. 내가 섬기던 교회 이동규 목사님과 사모님도 그 자리에 모셨다. 조찬이 거의 끝나자 나는 기도회를 진행하기 위해서 단상 앞으로 나갔다. 말을 시작하려고 하는데 마이크가 작동하지 않았다. 호텔 책임자가 와서 점검을 하는데도 마이크가 작동되지 않았다. 정전이 된 것도 아니고 또 사전에 점검했을 때는 완벽하게 작동했다는데 예상치 않은 일이 벌어진 것이다. 주지사와 알라스카의 리더들이 보는 가운데 호텔 직원들과 엔지니어들은 진땀을 흘리며 애를 썼지만 마이크는 여전히 작동되지 않았다.

나는 말문을 열었다. "우리 주지사님 조찬기도회를 마귀가 좋아하겠습니까? 사탄이 커뮤니케이션을 못하도록 마이크를 끊어놓고 있습니다. 아무 데도 이상이 없다는데 왜 그러겠습니까? 이 시간에 우리가 마음을 모아 집중적으로 기도합시다. 나는 기도의 능력을 믿습니다. 통성으로 기도합시다."라고 부탁하면서 같이 통성으로 기도했다. 백인들의 통성기도는 너무도 조용했다.

기도가 끝나자마자 마이크가 작동했다. 모두가 환호하며 하나님께 힘차게 감사의 박수를 보냈다. 나는 "지금 여러분들에게 부탁드린 통성기도가 한국식(Korean style)입니다. 그런데 통성기도가 너무도 조용했습니다."라고 하면서 우리가 하는 통성기도의 모습을 보여주었더니 폭소가 터졌다. 기도가 즉시로 응답되는 것을 보면서 모든 참석자들이 시작부터 감사와 은혜로 충만해졌다.

여러 순서를 끝내고 그 날 강사로 오신 호텔 부부를 소개했다. 우레와 같은 박수를 받으며 호텔 부부가 단상에 섰다. 호텔 장관은 아내의 어깨에 손을 얹고 말씀을 시작했다. 바바라도 남편의 허리에 손을 얹었다. 남편이 말할 때는 아내가 남편 허리에 손을 얹고 사랑스럽게 남편의 얼굴을 쳐다보고, 아내가 말할 때는 키가 큰 남편이 아내의 어깨에 손을 얹고 사랑스럽게 웃으며 아내를 내려다보는 모습은 마치 그림과도 같이 아름다웠다. 그들의 말씀 증거는 모든 참석자들을 울렸다. 나도 울었다. 그들이 나눈 내용을 간단히 쉐어링하고 싶다.

  어느 날 저녁 늦게 경찰이 호델 변호사 집을 방문했다. 방안에 들어온 경찰이 부부에게 아들의 이름을 물었다. 아들의 이름을 말해주었더니 확인한 후, "당신 아들이 마약 중독자였는데 오늘 목을 매고 죽은 시체로 발견되었습니다."라고 통보해 주었다. 17세 된 맏아들이었다. 호델 부부는 아들이 마약 중독자인지도 몰랐다. 출세를 위해서 너무 바쁘게 세월을 보내느라고 아들에게 관심을 갖지못했다.

  호델 부부는 너무 큰 충격을 받고 실의에 빠졌다. 아들 장례를 치르기 위해 목사님들을 찾아가 부탁했더니 여러 가지 이유로 장례식집례를 거절했다. 어렸을 때 부모의 손을 잡고 교회는 다녔으나 그때는 호델 부부가 교회에 나가지 않고 있었다. 교회 목사가 죄에 대해서, 회개에 대해서 말할 때 자신들은 죄가 없다고 생각했기 때문에 그 뒤로 교회에 나가지 않았다고 고백했다.

  수십 년 동안 교회에 나가지 않았으니 아는 목사도 없고… 안타까운 마음으로 근처 몇몇 교회를 찾아다니며 부탁했으나 거절당했다. 그러다가 한 감리교 목사님을 만나 사정했더니 장례식을 해주겠다고 했단다. 그 목사님도 아들을 마약으로 잃은 경험이 있고 아들을 잃게 됨으로 인해서 자신이 구원을 받고 이제는 목사가 되어목회를 한다고 하면서 호델 부부의 처지를 이해하고 동정해 주었다.

장례를 치른 후 호델 부부는 그 목사님 교회를 다니면서 목사님을 통하여 하나님 말씀을 배우게 되었다. 자신들의 죄와 예수님의 십자가의 죽음과 부활을 배울 때 호델 부부는 심장이 찢어지는 고통(broken heart)을 체험하며 모든 죄를 다 회개하고 하나님의 새로운 피조물이 되는 체험을 하게 되었다. 그들은 자신들이 대단히 교만했는데 아들의 죽음을 통해 자신들이 하나님께 돌아오게 되었다고 고백했다.

그 뒤 호델 부부는 자신들의 신앙 체험을 쉐어링하면서 많은 사람들을 예수 그리스도께 인도했다. 각 분야의 리더들에게도 그리스도의 복음을 담대히 전하게 되었다. 사실 이 땅에 머리 좋고 실력 있는 사람은 많지만 그들은 교만하여 하나님을 경외하지 않기 때문에 그들이 리더가 되었을 때 오히려 나라를 타락하게 만든다고 호델 부부는 도전했다.

이 부부는 그리스도 안에서 새로운 피조물로 매일매일 구원의 감격을 갖고 살고 있다. 1980년 11월에 레이건 후보가 대통령에 당선되었다. 호델 변호사는 그 해 11월 말에 레이건 새 행정부 내무부장관으로 임명되었다. 호델 변호사는 대통령에 당선된 레이건과 만난 자리에서 "내가 내무장관이 되어도 그리스도의 복음을 전할 수 있도록 허락하겠습니까? 장관으로서 복음을 전할 수 없다면 저는 내무장관 임명을 받을 수 없습니다. 복음을 전할 수 있도록 허락해 주십시오."라고 했더니 레이건 대통령 당선자는 "물론이지요, 물론이고 말고요(of course, of course). 당신이 장관으로 복음을 전한다고 누가 막겠습니까? 마음껏 전하십시오."라고 흔쾌히 승낙해 주었다고 한다.

미국 헌법이 국가(State)와 종교를 분리하고 있지만 레이건 대통령은 호델 장관에게 복음을 전할 수 있도록 허락한 것이다. 호델 장관은 자신을 구원해 주신 그리스도의 복음을 전할 수 없는 장관이라면 장관해서 무엇하겠느냐고 도전했다. 세계의 중심인 미국의 장관직이 얼마나 대단한 자리인데 이렇게 담대하게 말할 사람이 과연 몇 명이나 될까? 우리 자녀들 중에서 이렇게 담대한 신앙인 장관이 나오기를 기대한다. 하나님께서 얼마나 기뻐하셨을까? 하나님을 기쁘시게 하고 하나님 마음에 합한 호델 장관에게 하나님께서 엄청난 지혜와 능력을 주셔서 그는 7년 동안이나 장관으로 나라를 섬기게 되었다.

그가 지금은 장관직에서 떠났지만 그는 세계를 무대로 동력자원 개발을 위한 컨설턴트(consultant)로 일하면서 여전히 그리스도의 대사로서 복음을 전하고 있다. 그는 그 날 조찬기도회에서 말씀 증거를 마치면서 "아직도 예수 그리스도를 모르거나 예수 그리스도를 알지만 마음에 예수님을 구주로, 하나님으로 모시지 못한 분들이나 또 예수님을 믿는다고 하지만 여전히 죄 문제로 고민하는 분들이 있습니까? 이 시간 일어나 죄를 회개하고 예수님을 구주로, 왕으로 영접합시다."라며 초청을 했다.

대다수가 눈물을 흘리며 일어나 죄를 회개하고 예수님을 그들의 구주로, 왕으로 영접했다. 은혜가 충만했다. 주지사 조찬기도회가 끝난 후 잠깐 만난 자리에서 나는 그에게 나의 간증을 간단하게 들려주었다. 나는 호델 장관 부부와 다시 만날 수 있는 기회를 만들기로 약속하고 헤어졌다.

1993년 8월 중순에 뉴욕에서 열리게 될 KCCC 주최 동부지역 비전 '93 컨퍼런스에 내가 주강사로 초청되었다. 나는 비전 대회를 준비하는 분에게 전화를 했다. 호델 장관 부부를 소개한 다음 내가 매일 밤 메시지를 전하는 것보다 호델 부부를 주강사로 같이 초청해서 나와 같이 메시지를 나누어 전하면 좋겠다고 상의했다. 주최 측은 이를 흔쾌히 승낙했다.

나는 즉시 콜로라도(Colorado) 주에 살고 있는 호델 장관 부부에게 연락했다. 8월 중순경에 동부에서 열리는 우리 대학생 비전 컨퍼런스에 강사로 오실 수 있냐고 했더니 그 부부는 쾌히 승낙했다. 이런 분을 강사로 모시려면 1년 전에 초청해도 어려운데 4개월밖에 남지 않았는데도 초청에 응해주었다. 꼭 부인 바바라와 함께 와서 간증해 줄 것을 부탁했고, 미국의 역사를 중심으로 우리가 이 시점에서 크리스천으로 어떻게 살아야 할 것인가 하는 내용으로 우리 젊은 2세들에게 도전해 달라고 부탁했다.

호델 부부는 4박 5일 동안 처음부터 끝까지 그 컨퍼런스에 참석했다. 허프스트라 대학교 캠퍼스에서 먹고 자면서 아침 일찍부터 저녁 늦게까지 갖는 컨퍼런스였다. 밤 메시지, 아침 전체 특강, 세미나, 워크샵, 소그룹 모임 등 다채로운 프로그램이 진행되었는데 특별히 경배와 찬양과 기도의 시간에 은혜가 넘쳤다.

호델 부부가 주지사 조찬기도회에서처럼 다정히 손을 잡고 사랑하는 눈으로 서로를 바라보면서 같이 간증할 때 학생들이 엄청난 감명과 은혜를 받았다. 호델 부부는 나의 간증과 메시지도 들었다.
그들은 학생들의 간증도 들으며 한국 스타일의 통성기도에도 무릎
을 꿇고 같이 참여했다. 찬양과 경배의 시간에도 손을 들고 손뼉을
치며 같이 주님을 찬양했다. 나는 호델 장관 부부에게 마지막 날 낮
특별 세미나를 부탁했다. 어떻게 하면 미국 행정부 장관이 될 수 있
는지 자신의 7년 동안의 경험을 우리 학생들에게 쉐어링 해달라고
했더니 기꺼이 수락했다. 우리 학생들이 많은 도전을 받았다.

호델 장관은 "장관이 되는 것에 목표를 두지 말고 장관이 된 후
무엇을 할 것인지 비전을 보아야 한다. 하나님의 특별한 뜻과 계획
(비전)을 성취함으로서 하나님께 영광 돌리는 장관이 되어야 한
다."고 도전했다. 호델 부부는 우리 학생들의 롤 모델이 되었다.

이 부부는 마지막 날 밤에 우리 학생들이 헌신하는 것을 보고 너
무도 감격했다. 밤늦도록 학생들과 어울려 같이 눈물을 흘리면서
기도하고 찬양했다. 4박 5일 동안 우리 영어권 젊은 대학생들과 같
이 보내는 동안 호델 부부는 오히려 자신들이 엄청난 은혜와 도전
을 받는 것 같았다.

호델 부부가 금요일 오후에 떠나는데 우리는 그를 환송하기 위해
공항에 나갔다. 사례금을 드리자 호델 장관은 자신들이 너무나도
큰 은혜를 받았고 잊을 수 없는 감격스런 시간을 가졌다며 오히려
금일봉을 주최측에 전달했다.

비행기를 기다리는 동안 호델 부부는 내 소매를 끌고 조용한 구
석으로 갔다. 호델 장관이 나에게, "죤, 나는 똑똑하고 실력 있고 하
나님을 경외하고 성령이 충만한 코리언-아메리칸 젊은이들이 이렇

게 많은 줄은 정말 몰랐소. 이 젊은이들을 어떻게 하겠소?"라고 물었다.

나는 구체적으로 무엇 의미인지를 몰라서 무슨 생각으로 그 말을 하느냐고 되물었다. "죤, 오늘 미국이 도덕적으로, 정신적으로, 영적으로 이렇게 타락하고 있는데 성령이 충만하고 실력 있는 코리언-아메리칸 2세들을 미국 정치, 경제, 사회, 문화, 종교, 교육, 과학, 예술, 기술, 통신, 정보 등 모든 분야의 주류 속에 보내 미국을 신앙으로 다시 한 번 새롭게 변화시켜야 하지 않겠습니까?"라고 도전했다.

충격적인 도전이었다. 미국 장관을 7년이나 지낸 신앙적 엘리트 백인이 미국의 현재와 장래를 깊이 염려하면서 우리 젊은 2세들에게 소망을 걸고 그들을 동원하여 미국을 새롭게 해야 하지 않겠느냐는 그 엄청난 도전, 그 넓은 지도자의 마음에 감동하지 않을 수 없었다.

다음날 비행기를 타고 알라스카로 돌아오는데 호텔 장관의 도전이 계속 마음에 남아 나를 설레게 했다. 뿐만 아니라 성령님께서도 자꾸 내 마음에 "무얼 좀 시작하라!(Do something about it!)" 말씀하시며 큰 부담을 주셨다. 나는 앵커리지에 돌아와 호텔 장관의 도전을 놓고 기도하면서 하나님의 뜻을 찾았다. 마침 새 학년 강의가 시작되기 전이어서 기도할 수 있는 시간을 많이 가질 수 있었다.

나는 미국에 영적 각성운동을 시작하라는 하나님의 소원을 알게 되었다. 불가능하다고 생각할 수밖에 없었으나 어쨌든 나는 미국의 영적 각성운동을 역사적으로 공부하기 시작했다. 조나단 에드워드 (Jonathan Edwards)의 영적 각성운동은 나에게 대단히 큰 도전을 주었다. 영국의 죠지 횟필드(George Whitefield), 뉴욕의 예레미아 랜필드(Jeremiah Lanfield)와 1858년부터 시작된 제3차 영적 각성운 동, 영국 웨일스(Wales) 지역의 영적 각성운동, 요한 웨슬리(John Wesley)의 영적 각성운동, 그리고 1907년 평양에서 시작된 대 영적 부흥, 20세기 미국 각지에서 대학을 중심으로 소규모로 일어났던 영적 각성운동들을 공부해 나갔다. 그러는 중 하나님께서 나로 하 여금 미국의 영적 현실을 더 깊이 보게 하셨고 말할 수 없이 큰 부 담감을 내 마음에 주셨다.

북미주예수대각성운동(JAMA : Jesus Awakening Movement for America) 탄생

나는 뉴욕 강용원 간사님(KCCC 대표)과 LA 강순영 목사님(당시 LA KCCC 대표), 박수웅 장로님을 비롯한 몇 신앙 동지들에게 내 마 음에 일고 있는 미국을 위한 영적 각성에 대한 부담과 비전을 전화 로 나누면서 같이 모여서 기도하는 시간을 갖자고 제안했다.

1993년 10월 28일부터 5일 동안 여섯 명이 남가주 샌버나디노 (San Bernadino)에 있는 애로헤드 스프링스 크리스천 컨퍼런스 센 터(Arrowhead Springs Christian Conference Center)의 이사회실 (Board Room)을 빌려 서로 부담을 나누며 전심으로 간절히 기도했 다. 과연 우리가 미국의 영적 각성운동을 시작할 수 있는지 하나님의 뜻을 확인하기 위하여 계속 말씀을 보면서 전심으로 기도했다.

그 당시 상황을 보면 1992년에는 LA 폭동이 있었고(한인들이 엄청난 피해를 입었음), 993년 10월 중순에는 남가주 지역에 있는 라구나 비치(Laguna Beach) 도시 전체가 완전히 불에 타버렸고, 우리가 기도하는 기간에는 남가주 지역 산과 특히 내가 전에 가르쳤던 페퍼다인 대학 주위의 말리부 계곡(Malibu Canyon) 일대가 산불로 다 타고 있었다. 남가주 지역이 많은 피해를 겪고 또 불로 도시까지 다 태워 버리는 바로 그 무렵에 하나님께서 우리를 모여 기도하게 하신 것이다.

우리는 함께 기도하는 동안 미국의 영적 부흥과 각성을 시작하라는 성령님의 강한 도전을 받았다. 나에게 먼저 깨닫게 하신 하나님의 뜻이 다시 확인되었다. 그러나 한편으로 두려운 마음은 여전했다. 우리가 우리의 처지를 알기에…. 우리는 북미에서 가장 작은 소수 민족 중의 하나이다. 이민 역사도 짧다. 코리언-아메리칸들이 미국의 각계 주류 속에서 리더십을 가지고 활약하는 수도 극히 적다. 과연 우리가 어떻게 미국을 위해서 이 엄청난 영적 각성과 부흥 운동을 시작할 수 있을지 너무나 큰 도전이었다.

우리는 말씀을 보고 전심으로 기도하며 서로 쉐어링 하는 중 이 비전이 분명히 코리언-아메리칸 크리스천들을 향한 하나님의 뜻과 계획인 것을 확실하게 믿게 되었다.

나는 기도하는 중에 환상(vision)을 보았다. 미국 전체가 산불처럼 타오르고 그 불이 미국의 죄를 다 소멸하고, 그리고 그곳에 그리스도의 영광이 충만해지는 그런 환상이었다. 지금도 그때 본 환상을 기억하면서 "미국의 죄를 성령님의 불로 다 태워 주소서. 미국을 고쳐주시고 다시 부흥시켜서 이 땅에 주님의 영광이 충만케 하옵소서."라고 매일 기도한다.

우리는 이 새로운 운동의 이름을 무엇으로 할 것인지를 상의했다. 미국을 위한 영적 각성운동(Spiritual Awakening Movement for America)으로 하자는 의견이 있었다. 약자로 하면 '사마(SAMA)'인데 일본말 같기도 하고, 샤머니즘 같기도 하고…, 또 요사이는 영으로 불리는 잡신이 너무나 많아 우리가 의미하는 '영'이 혼동될까 싶기도 해서 S를 다른 말로 바꾸었으면 좋겠다고 했다. 한 분이 '영적(Spiritual)'을 '예수(Jesus)'로 바꾸면 좋겠다고 했다. '미국을 위한 예수 각성운동(Jesus Awakening Movement for America)'으로 부르자는 제안이었다.

나는 두 가지 면에서 좋다고 생각했다. 첫째는, '예수 각성운동'이라고 하면 '예수님'의 이름이 제일 먼저 불려지게 되기 때문에 다른 영적 운동과 혼동할 필요가 없어서 좋았고, 둘째는, 그 약어가 '사마'가 아니고 '자마'로 불려져서 좋았다. '자마'는 '잠 와(sleepy)'가 아니고 예수로 잠자는 크리스천들의 영혼을 깨워 각성시킨다는 의미이기에 너무 좋았다. 박수웅 장로님께서 '자마(JAMA)'의 약자는 'Journal of American Medical Association(미국의사협회 저널)'의 약자와 같아서 문제가 있을 것 같다고 했다. 나는 로고(logo)를 다르게 디자인하면 되지 않겠느냐고 하고서 우리의 이름을 '자마(JAMA)'로 결정했다.

또 하나의 이슈는 우리 한인 소수민족이 어떻게 감히 이 운동의

이름을 '미국을 위해서(for America)' 라고 할 수 있겠느냐는 것이
다. '미국 안에서(in America)' 또는 '미국의(of America)' 로 바꾸는
것이 좋겠다는 의견이 있었다. 1.5세 신학생 전도사가 이 의견을 강
하게 제시했다. 우리 한인들이 누구이길래 감히 '미국을 위한' 예
수 각성운동을 할 수 있다고 생각하느냐고 열을 올리며 반대했다.
나는 대답했다. "예수 각성운동을 LA 안에서, 록키 산맥 계곡 안에
서, 알라스카 안에서, 미국 어느 구석 안에서 시작하려는 것이냐?
우리가 비록 아주 작은 소위 '소수민족' 이라고 하지만 예수님이 누
구이신데…, 예수님을 조그마한 구석 안에, 도시 안에, 소수민족 안
에 넣고 각성운동을 하려고 하느냐? 하나님이 우주를 창조하시고,
세계를 창조하시고…, 우리에게 생육하고 번성하여 땅에 충만하라,
땅을 정복하라, 다스리라고 하셨을 뿐만 아니라 우리를 영원한 죽
음에서 영원한 생명으로 살려주신 부활이요 생명이신 그 예수님을
그렇게 작은 분으로 취급할 것이냐? '미국을 위한(세계를 위한)' 예
수 각성운동이라고 하자. 예수님께서 우리에게 성령님의 초자연적
인 능력을 주시고, 우리를 사용하시면 우리가 세상이 감당할 수 없
는 일을 능히 할 수 있다고 나는 믿는다."고 담대하게 도전했다. 그
젊은이도 결국 수긍했다.

　우리는 결국 이 새로운 운동의 이름을 'Jesus Awakening
Movement for America(JAMA : 북미주예수대각성운동)' 으로 결정하
고 강순영 목사님께서 제안한 역대하 7장 14절 "내 이름으로 일컫
는 내 백성이 그 악한 길에서 떠나 스스로 겸비하고 기도하여 내 얼
굴을 구하면 내가 하늘에서 듣고 그 죄를 사하고 그 땅을 고칠지

라" 하나님의 약속을 이 운동의 기초로 삼기로 했다. 또한 나는 1995년 자마 전국대회를 위해 준비위원장으로 수고해 달라는 부탁을 받고 인간으로서는 도저히 불가능한 일임을 알면서도 하나님의 뜻이면 하나님이 친히 하실 것을 믿고 형제들 앞에서 겸손히 준비위원장직을 맡았다. 총무는 강순영 목사님이, 그리고 재정위원장은 박수웅 장로님이 맡았다.

강순영 목사님(오른쪽), 박수웅 장로님(중앙)과 함께

기존 조직도 없고, 필요한 재정도 전혀 없고…, 어디서부터 어떻게 시작해야 할지 막연한 상태에서 다만 이 일이 하나님의 뜻인 것만을 분명히 믿고 주님이 인도하시는 대로 준비해 나가기로 했다.

1994년 2월 25일 애로헤드 스프링스(Arrowhead Springs)에서 국제대학생선교회 총재이며 미국에서 존경받는 영적 지도자 중 한 분인 빌 브라잇 박사님(Dr. Bill Bright)과 저녁식사를 같이 할 기회를 가졌다. 우리가 받은 이 비전을 미국의 영적 리더가 어떻게 생각하는가를 알고 싶었다. 나는 미국과 세계를 향한 비전을 브라잇 박사님과 나누었다.

브라잇 박사님는 그 큰 손을 내 어깨 위에 얹으시며 "내 심장의 피가 뜁니다. 너무도 감격적이고 흥분할만한 계획입니다. 한국인들은 참으로 놀라운 사람들입니다. 미국의 백인 젊은이들 3,000명이 모여서 미국을 사랑하고 미국의 영적 부흥과 각성을 위해서 회개하고 기도한다 해도 대단한 일인데 코리언-아메리칸 젊은이들 3,000명이 한 곳에 모여 자신들의 죄와 미국의 죄를 회개하고, 이렇게 도덕적으로 영적으로 타락해 가는 미국을 치유하기 위해서 하나님의 얼굴을 찾고 기도하는 영적 각성과 부흥 운동을 벌인다면 전 미국뿐만 아니라 세계가 주목해야 할 것입니다. 참으로 역사적인 사건이 될 것입니다. 나는 백인으로서 오히려 부끄럽습니다. 미국 이민자 가운데 청교도 이래로 백인 외에는 자기 민족의 이름으로 미국을 위해서 기도하며 예수 각성을 촉구한 일이 없는데 코리언-아메리칸들이 한 자리에 모여 '주여, 이 땅을 고쳐 주시옵소서' 하나님께 부르짖어 기도하며 미국의 예수 각성운동을 시작한다면 미국에 살고 있는 모든 이민 민족들에게 큰 충격을 줄 것입니다. 그리고 그들도 이 운동에 같이 동참할 것입니다. 참으로 감격스러운 운동이 될 것입니다. 앞으로 이 나라에 백인보다 유색인종이 더 많아질 텐데 코리언-아메리칸들이 이 운동을 시작한다면 모든 이민자들과 그 자손들에게 큰 영향을 줄 것입니다. 나는 최선을 다하여 협조하겠습니다."라고 하면서 우리를 격려해 주셨다.

브라잇 박사는 그 날 밤 큰 충격을 받으셨다. 소식에 의하면 그것이 계기가 되어서 그 해 여름에 74세의 나이에 미국을 위해서 40일간 금식기도를 하셨다고 한다. 1994년 12월에는(5～7일) 미국의 영적 리더 600명을 올랜도(Orlando)에 초청해서 2박 3일 동안 나라를 위해 금식하며 기도하는 운동을 시작하셨다. 이것이 미국의 역사적인 '금식기도운동(Fasting and Prayer)' 이다.

나도 이 모임에 초청을 받았다. 미국 역사상 처음으로 모든 영적 리더들이 같이 모여 금식하며 기도하는 모임이었다. 감격스러운 금식기도 모임이었다.

그 후 나는 강순영 목사님과 같이 김의환 목사님(전 총신대 총장, 전 나성 한인교회 시무)을 찾아뵙고 자마에 대해 설명을 드렸더니 너무 감격해 하시면서 같이 무릎을 꿇고 기도해 주셨다. 기도 후에 김 목사님은 "우리 한인들을 미국에 보내주신 목적이 바로 이것이다."라고 하시면서 같이 동참할 것을 쾌히 승낙했다. 뉴욕 퀸즈장로교회 장영춘 목사님, LA 영락교회 박희민 목사님도 만나 뵙고 똑같은 감격의 시간을 가졌다.

우리 준비위원회는 자마 전국대회(JAMA '96 National Conference) 대회장으로 빌 브라잇 박사님, 김준곤 목사님, 장영춘 목사님, 김의환 목사님, 박희민 목사님을 공동대회장으로 추대하기로 하고 전국적인 캠페인을 본격적으로 시작했다.

미국을 위한 예수 각성 부흥 운동을 시작하려고 하니까 반대하는 사람들도 많았다. 사실 인간적으로 생각한다면 그럴 수밖에 없었다. 그리고 사탄이 이 운동을 좋아할 리 만무하다. 그러나 나는 자마는 하나님이 주신 뜻이며 하나님의 비전인 것을 확신했기에 서로 동지들을 격려하고 위로하면서 하나님 얼굴을 바라보며 전진하기로 했다.

자마 전국대회를 위하여 준비를 책임 맡은 나로서는 미국의 영적 각성과 부흥 운동사에 깊은 관심을 갖고 계속해서 연구해 나갔다. 미국이 어려움에 처할 때마다 기독교인들의 회개와 영적 각성을 통해서 하나님께서 이 나라를 치유한 사실을 알게 되었고 영적 각성을 통해서 미국이 위대한 나라로 지속될 수 있었다는 것도 알게 되었다.

영적 각성과 부흥은 어느 부흥사가 부흥 집회를 통하여 일으키는 것이 아니었다. 하나님을 믿는 백성들이 자신들의 죄뿐 아니라 나라의 죄를 회개하면서 하나님의 얼굴을 찾고 구할 때 하나님께서 친히 부흥사가 되셔서(God Himself is the Reviver) 하나님의 방법으로 우리에게 초자연적인 각성(awakening)과 부흥(revival)을 주신다. 나는 이런 사실들을 역사를 통해서 배울 수 있었다.

자마 운동을 시작하려는데 우리에게는 단 1불도 없었다. 어떻게 헌금을 모을 수 있을 지 전혀 앞이 보이지 않았다. 빌 브라잇 박사님을 만난 후 LA에 내려왔는데 박수웅 장로님께서 인도하는 의사 부부 성경공부에 나를 초대했다. 한 의사 댁에서 월요일마다 모여서 성경공부를 하고 있었는데 이 날도 여러 의사 부부들이 모여 있었다.

나는 먼저 간증을 하고 계속해서 자마에 대한 비전을 나누었다. 질문하고 대답하는 시간도 가졌다. 저녁 8시부터 밤 12시까지 4시간을 같이 보냈다. 자마에 대한 비전을 듣고 나이가 많으신 의사 한 분이 눈물을 흘리셨다. 그분이 바로 박종식 장로님이셨다.

박 장로님은 "나는 1955년에 미국에 왔습니다. 오하이오 주에서 백인 의사들과 동업해서 병원을 잘 하다가 최근에 은퇴하고 캘리포니아로 이사왔습니다. 내 자녀들은 이미 다 장성했습니다. 그러나

왼쪽에서 두 번째와 세 번째가 박종식 장로 내외

나는 늘 마음에 품은 꿈이 있었는데 우리 2세 자녀들 가운데 미국 주류사회에 들어가 영향력을 끼칠 수 있는 실력 있고 성령 충만한 큰 인물들을 많이 배출하는 것이었습니다. 오늘 김 장로님 말씀을 듣고 자마의 비전에 너무나 감격했습니다. 내가 이 일을 위해서 5만 불을 헌금하겠습니다." 나는 이 말씀을 듣는 순간 눈물이 왈칵 쏟아졌다.

사실 1994년 2월말이 되었는데도 재정적으로 너무나 어려워서 자마 대회를 준비에 별 진척이 없었다. 비전은 좋았지만 재정적으로는 무일푼이었다. 준비위원장을 맡은 내가 알라스카에 살고 있었기 때문에 같이 만나서 대회를 준비하는 것마저도 여의치 않았다. (알라스카에서 LA에 내려오려면 7시간, 동부에 가려면 10시간이 걸린다) 게다가 재정마져 없으니 정말 하나님만 바라볼 수밖에 없었다. 그러던 차에 하나님께서 박수웅 장로님을 통해서 박종식 장로님을 만나게 하신 것이다.

LA CCC를 센터로 해서 강순영 총무님이 중심이 되어서 자마 대회 준비를 시작할 수 있게 되었다. 콜로라도 주립대학(Colorado State University, Fort Collins)을 교섭해서 1995년 7월 초로 대강 대회 일정을 잡았다(나중에 1996년으로 연기됨). 나는 알라스카에서 팩스와 전화를 통해서 잘 아는 목사님들과 장로님들에게, 그리고 친구들에게 자마를 알리기도 하고 또 주말에는 계속 전국 각 지역에서 미국을 깨우기 위한 예수 각성 부흥 집회를 인도했다.

JAMA 제1차 대회를 위한 미 전국 기도 순회

여름방학이 되었다. 아들 폴도 방학이어서 집에 돌아와 있었다. 알라스카는 겨울에 비해 여름이 짧기 때문에 여름방학은 대단히 소중하고 아까운 기간이다. 기도하는 중에 전국을 자동차로 한 바퀴 순회하면서 이 나라를 내 심장 속에 넣고 기도하고 싶은 강한 감동이 주어졌다. 성령님께서 주신 감동이라고 믿었다. 그때까지는 교회들과 대학들의 초청을 받아 복음을 전했는데, 이제는 직접 자동차를 운전하며 전 미국을 한 바퀴 돌면서 이 나라의 영적 각성을 위하여 기도해야 할 도전을 받은 것이다.

내가 근무하던 알라스카대학교 여름방학은 5월 초 졸업식이 끝나자마자 시작된다. 한국과 미국에서 몇 군데 집회를 끝냈더니 벌써 7월 초가 되었다. 박종식 장로님 내외분과 이테리(Terry Lee) 의사 내외분이 7월 셋째 주일에 알라스카를 방문하기로 되어 있었기 때문에 그때까지를 계산하니 방학의 3분의 2를 보낸 셈이었다. 7월 초 나는 아내와 폴에게 미 전국을 순회하며 기도하라는 하나님의 도전을 나누었다.

"여보, 기도하는 중에 자마 대회를 준비하는데 준비위원장인 내가 먼저 각성하고 부흥해야 할 것과 직접 전국을 자동차로 운전하고 돌면서 미국의 각성과 부흥을 위해서 우리 가족이 먼저 기도하라고 성령님께서 강하게 도전하시는데…, 당신 사업도 바쁘고 집안일도 있지만 나와 함께 동참하지 않겠소?"

나는 폴과도 의논했다.

"폴, 우리 같이 미국의 영적 각성과 청교도 신앙의 부흥을 위해서 42일을 주님께 바치자. 2세인 네가 주인 의식을 가지고 동참하면 좋겠다. 우리 셋이 바치면 126일이 된다."

아내와 폴은 기꺼이 동참 의사를 밝혔다. 폴은 방학 동안 친구들과 같이 알라스카의 여름을 즐길 수 있었는데도 미국을 위한 영적 각성 기도 크루세이드(crusade)를 하자고 하니까 기꺼이 받아들이고 나의 운전을 돕겠다고 했다.

폴과 나는 전국 순회를 위하여 지도를 놓고 계획을 세웠지만 막연했다. 어느 날 어느 도시에 도착해서 누구를 만나고 무엇을 할 것인지를 계획을 세우고서는 각 곳에 연락을 취했다. 다행히도 그 동안 집회를 한 곳이 많아서 많은 분들이 환영했다.

우리는 함께 간절히 기도한 후 모든 것을 하나님께 맡기고 7월 26일 아침 7시 비행기로 시애틀로 향했다. 세 사람이 42일 동안을 밖에서 보내야 하니 입을 옷을 비롯해서 필요한 용품들이 많아서 짐이 만만치가 않았다. 시애틀에 도착한 후 밴(van)을 빌려 짐들과 먹을 것을 사서 싣고 그 날부터 미 전국 예수 각성 기도 크루세이드를 시작했다.

미국을 내 심장에 안고 전국을 한 바퀴 돌면서 흙 냄새, 풀 냄새, 꽃 냄새, 소똥 말똥 냄새를 맡으며 미국의 예수 각성을 위해 사랑하는 아내와 장래 미국의 주인공이 될 아들과 함께 혼신을 다해 기도하고 싶은 부담을 하나님이 주셨기 때문이다.

우리는 가는 곳마다 교회 지도자들과 영어권 목사님들, 특히 젊은이들을 만나서 자마를 설명하고 간단히 집회도 가졌다. 시애틀, 타코마, 포트랜드, 샌프란시스코, LA, 피닉스를 거쳐 동으로 동으로 달렸다.

나는 금식기도 중이신 빌 브라잇 박사님을 격려하기 위해서 순회 도중에 전화를 드렸다. 사무실에서 조용히 말씀을 읽으며 기도하고 계셨다. 금식기도를 통하여 체험한 간증을 들려주시고 또 역대하 29-30장을 읽으라고 권해주셨다.

그리고 국제 CCC에서 1995년 7월 한 달 동안 콜로라도 주립대학교 강당을 쓰게 되었다고 하시면서 1년을 미뤄서 1996년에 자마 대회를 하면 어떻겠냐고 하셨다.

나는 이 중요한 일을 놓고 사랑하는 아내와 아들 폴과 같이 기도하고 준비위원들과 상의한 후 대회를 미국 독립기념일인 7월 4일을 포함해서 하면 좋겠다고 제안했다. 브라잇 박사 부부께서도 꼭 대회에 참석해서 같이 시간을 보내겠다고 하시면서 좋은 강사들을 소개하겠다고 하셨다.

우리는 다시 뉴멕시코(New Mexico) 주 알바커키(Albuquerque)에서 친구인 리브스 교수(Dr. Reeves) 부부를 만나 같이 점심을 먹고 달라스로 향해 가다가 투쿰카리(Tucumcari)라는 곳에서 하룻밤을 묵었다. 중화요리집이 뉴멕시코 주 사막촌에도 있었다. 우리가 주문한 음식을 먹으면서 고추장을 꺼내서 같이 먹었다. 주인 여자가 그것을 보고 좀 달라고 하여 주었더니 무척 좋아했다.

그랜드캐년에서 아내와 아들과 함께

다음날 새벽 우리는 달라스(Dallas)를 향해 달렸다. 달라스로 가는 길에 텍사스(Texas) 주 아마리오(Armarillo)라는 도시가 있는데 우리가 그곳에 도착하기 몇 마일 전부터 소똥 냄새가 코를 찔렀다. 막연히 소똥 말똥 냄새를 맡으면서 미국의 영적 각성을 위해서 기도하겠다고 했는데 정말 지독한 소똥 냄새가 코를 찔렀다. 냄새가 보통이 아니었다. 아마리오는 텍사스, 오클라호마(Oklahoma) 등에서 기른 소들을 모으는 집합소로 거기에 소가 수십만 마리나 있었다.

달라스에 도착하여 김상진 장로님의 안내를 받아 여러 목사님들과 지역 리더들을 만났다. 영락교회에서 집회를 하고 그 날 오후 알 칸사스 주 리틀 락(Little Rock)으로 달렸다. 먼 거리였다. 밤이 되었 다. 주위는 나무로 꽉 차 있고 전혀 사람이 살지 않는 곳 같아 보였 다. 프리웨이(freeway- 한국의 고속도로 : 편집자 주) 외에는 아무것 도 없는 삭막한 곳이었다.

갑자기 소나기가 쏟아졌다. 벼락이 무섭게 내리치고 천둥이 온 천지를 진동했다. 평생 그렇게 요란한 벼락은 처음이었다. 만약에 이 한적한 프리웨이에서 자동차 사고가 나거나 무슨 일이 생기면 어떻게 하나 염려가 되기도 했다. 아내는 뒤에서 열심히 기도하고 있었다. 우리는 자정이 되어서야 호텔에 도착하여 저녁밥을 먹을 수 있었다. 달라스에서부터 등에 조금 이상이 있는 것 같았는데 등 이 곪지 않았나 싶었다. 등이 몹시 쑤셔왔다. 다음 날에는 운전을 하는데 등을 기대기가 불편했다.

테네시(Tennessee) 주에 들어가 멤피스(Memphis)와 내쉬빌 (Nashville)을 거쳐 낙스빌(Knoxville)에서 잠을 잤다. 다음날 아침 스모키 마운틴(Smoky Mt.)을 구경하고 워싱턴 D.C.를 향해서 계속 달려가 그 날 밤 늦게 딸이 사는 아파트에 도착했다. 우리는 딸을 껴안고 울었다. 거기까지 인도하신 하나님께 감사와 찬송을 드리면 서….

내 등은 점점 더 아프기 시작했다. 곪고 있었다. 만약 아내에게 알리면 수술하기 위해서 당장 알라스카에 돌아가자고 할까봐 그냥 입을 꼭 다물었다. 아직도 갈 길은 먼데 걱정이 되었다.

그 동안 우리는 보통 새벽 5시에 일어나서 5시 30분이 되기 전에 여행을 시작했다. 도시에서 잠을 자고 그 도시를 빠져 나오는데 츄래픽(traffic)에 걸리면 많은 시간을 도로에서 소비해야 하기 때문에 츄래픽이 생기기 전에 도시를 빠져나와야 했다. 새벽에 3-4시간 동안 운전을 한 후야 아침을 먹곤 했다.

새벽을 달리면서 우리는 미국과 그 지역을 위해서 간절한 마음으로 기도했다. "주여, 이 땅을 고쳐주옵소서." 우리 세 식구는 기도도 하고 찬양도 하면서 서로를 깊이 사랑하며 도왔다. 육체적으로는 힘이 들었지만 하나님의 동행하심을 몸으로 느끼면서 잊을 수 없는 은혜의 시간을 가졌다. 우리는 그리스도 안에서 완전히 자마 비전으로 하나가 되었다.

동부에 도착하기까지는 하루에 6-7백 마일을 달려야 했다. 음식과 잠자리 때문에 힘든 때도 많았다. 그러나 우리는 어려운 중에도 기쁨을 주신 하나님께 감사했다.

다음날부터 3일 동안 버지니아(Virginia) 주 린치버그(Lynchburg)에서 젊은이들을 위한 집회를 인도했다. 자마 지방 준비대회였다. 다시 딸 집에 와서 하루를 쉬고 다음날은 뉴욕을 거쳐 한국에 갔다. CCC 나사렛 형제 여름 수련회를 인도하게 되어 있었다. 한국의 여름은 한없이 무더웠다. 3일 동안의 집회를 마치고 곧바로 뉴욕으로 돌아왔다. 전국 순회를 계속하기 위해서….

뉴욕과 한국을 15시간씩 왕복하는 중 내 왼쪽 등이 더 곪아서 몹시 아파왔다. 등을 의자에 기댈 수도 없었고 잠을 잘 때도 그쪽으론 누울 수가 없었다. 참으로 고통스러웠다. 돌아오자마자 주일 오후에 퀸즈장로교회(장영춘 목사님)에서 자마 집회를 가졌다. 내가 한국에 나가 있는 동안 딸 샤론이 뉴욕으로 이사를 했다. 마치 아내와 아들이 곁에 있어서 감사한 일이었다.

비가 오는 월요일 아침, 우리는 사랑하는 딸을 뒤로 하고 뉴욕을 떠나 폴이 다니는 코넬대학교로 향했다. 도중에 뒤에 오던 택시가 우리 차를 들이받아서 3시간 동안 경찰이 오기를 기다리기도 했다. 화장실에는 꼭 가야하는데 차량 통행이 빈번한 도로에서 어떻게 할 수 없어 비상 방법을 쓰는 웃지 못할 에피소드도 있었다. 오후 늦게 폴이 사는 코넬대학교 근처의 아파트에 도착해서 짐을 내려놓았다. 그 날 밤 우리는 그 날까지 인도하신 하나님께 감사 기도를 드리며 함께 기쁨의 눈물을 흘렸다.

다음날 아내와 나는 아들의 환송을 받으며 나이아가라 폭포(Naiagara Falls)를 향해서 달렸다. 이제는 아들의 도움 없이 혼자 운전을 해야 했기에 등이 몹시 아픈데도 참을 수밖에 없었다. 나이아가라! 하나님이 만드신 폭포의 아름다움을 어찌 글로 다 표현할 수 있을까. 찬송이 절로 나왔다. 뉴욕(New York) 주 버팔로(Buffalo)에서 잠을 자는데 내 몸짓이 이상했던지 아내가 "여보, 당신은 왜 그 쪽으로만 누워요?"라고 불평을 했다. 나는 "이쪽으로 자는 것이 편해요."라고 말하면서도 그 사정을 말하지 못했다.

버팔로에서 캐나다(Canada)로 건너갔다. 캐나다 쪽 나이아가라 폭포에서 토론토에서 온 신앙의 동지들과 같이 아침식사를 하면서

자마 비전을 설명했다. 미국을 위한 예수 각성 운동이지만 캐나다
를 위한 예수 각성 운동도 필요하니 같이 시작하자고 했다. 같이 기
도하는 시간을 가진 후 간단히 점심을 먹고 미시간을 향해서 달렸
다. 나는 처음으로 아내에게 등이 곪고 있는 사실을 말했다.

온타리오(Ontario) 캐나다를 지나 5대 호수의 하나인 휴런(Huron)
호를 지나 디트로이트(Detroit)로 향했다. 의사이신 유태평 장로님
을 만나 저녁식사를 하고 그 날 밤 몇 분 장로님들과 자마 비전을
나누었다. 다음 날은 이른 새벽에 출발해서 일리노이(Illinois) 주 시
카고(Chicago)로 달렸다. 디트로이트에서 등을 수술했으면 했는데
시간이 여의치 않아서 시카고에 가서 수술하기로 마음을 먹었다.
시카고에 도착하자마자 의사이신 고응보 목사님의 사모님에게 전
화를 했다. 사정을 들으시고는 고 목사님께서 직접 운전하시고 우
리를 즉시로 스웨덴 병원(Swedish Hospital)에서 근무하시는 닥터
노(Dr. Noh)에게 데리고 가셨다.

닥터 노는 내 등에 난 등창을 보고 깜짝 놀라면서 "김 교수님, 어
떻게 그동안 참으셨습니까? 지금 당장 수술해야 합니다." 그는 나
를 바로 수술대에 눕히고 간호사를 불러 돕게 하면서 등창을 다 도
려냈다. 등창이 1.5인치나 곪았다고 했다. 닥터 노는 위험할 정도로
곪았다고 하면서 심지를 박고 거즈로 싸매 주었다. 수술을 받으니
까 정말 시원했다. 시카고에서 일정을 하루 더 늦추고 월요일 아침
에 꼭 닥터 노를 다시 보고 떠나라고 했다. 호텔로 돌아왔다. 수술
한 지 몇 시간도 되지 않았지만 이미 부탁 받은 그 날 밤 감리교회

의 특별 금요기도회를 취소 할 수가 없었다. 아내는 "금방 등을 수술했는데 집회를 취소해도 그 교회에서 이해하지 못하겠어요? 전화해서 못 가겠다고 하세요."라고 극구 반대했다. 나는 "여보, 수술하고 났더니 지난 보름 동안의 고통이 다 걷혔어요. 등이 아주 시원합니다."라고 말하면서 아내를 설득시켰다. 집회할 교회 권사님이 오셔서 아내와 나를 교회로 안내했다.

나는 그 날 밤 수술한 것도 잊어버리고 전심을 다하여 말씀을 전했다. 두 시간 동안 팔과 몸을 마음껏 움직였다. 땀이 쏟아져 내렸다.

집회를 마치고 호텔로 돌아오는데 수술한 등에 무엇인가 흥건하게 고인 것이 느껴졌다. 호텔 방에서 아내가 붕대를 풀고 거즈를 열어보니 안에 있는 불순물들이 심지를 통해서 빠져 나와서 가제가 빨갛게 흠뻑 적셔져 있었다. 두 시간 동안 아픈 줄도 모르고 손발과 몸을 움직이면서 말씀을 전했더니 불순물들이 피와 섞여서 빠져 나온 것이다. 아내는 정성껏 내 등의 드레싱(dressing)을 매일 몇 번씩 갈아주었다. 그 정성이 정말 보통이 아니었다.

시카고에서 주일 집회를 하고 월요일 아침 닥터 노 사무실에 들러 체크업(check up)을 했다. 아주 잘 치료되고 있다고 했다. 다시 깨끗하게 소독을 한 다음 새 드레싱으로 잘 갈아주었다. 병원에서 나오자마자 우리는 프리웨이 80번을 타고 서쪽으로 달리기 시작했다. 우리는 메콤(Macomb)에 있는 웨스턴 일리노이스 대학(Western Illinois University)에서 박 교수와 학생들을 오후 7시쯤 만나기로 했기 때문에 지체할 수가 없었다.

끝없이 펼쳐진 무성한 옥수수 밭…. 우리는 그 가운데로 난 길로
질주해 갔다. 우리가 메콤에 도착했을 때는 밤 9시가 다 되었었다.
병원에 들른 일 때문에 몇 시간이 지연되었다. 박 교수와 학생들이
그 때까지 우리를 기다리고 있었다. 저녁을 먹을 시간이 없어서 바
로 미팅을 했다. 우리는 자정까지 함께 비전을 나누고 기도했다. 모
텔에 돌아오니 몹시도 배가 고팠다. 수술 후라 등도 따끔따끔 아팠
다. 같이 고생하는 아내에게 무척이나 고맙고 미안했다. 우리는 다
음날 새벽에 다시 그곳을 떠나 다음 목적지를 향했다. 우리는 그 다
음날 오후 1시까지 자마 대회 장소인 포트 콜린즈(Fort Collins) 콜
로라도 주립대학에 도착해야했다.

며칠을 달려도 끝없이 펼쳐진 중서부지역 옥수수와 콩밭

아이오와(Iowa) 주 대본포트(Davenport)를 지난 후 아내와 나는 너무 배가 고파서 '그레미 레스토랑(Grammy Restaurant)'에서 아침식사를 했다. 지금까지 먹어 본 팬케익(pancake) 중에서 가장 맛있는 팬케익을 먹었다. 나중에 알고보니 배가 고파서 무심코 들렀던 그 레스토랑이 아침식사로 굉장히 유명한 곳이었다. 아내와 나는 다시 프리웨이 80번을 타고 서쪽을 향해 달렸다. 데모인(Des Moines, 아이오와의 주도)을 지나 이제는 남서쪽으로 가는 프리웨이 70번을 타고 오마하(Omaha) 쪽으로 향했다. 오마하는 미 국방부 북방 최고 전략 본부가 있는 곳이다. 오마하에서 미리 점심을 먹고 미식 대학 축구로 유명한 네브래스카대학(University of Nebraska)이 소재한 링컨(Lincoln, 네브래스카의 수도)으로 향했다.

우리는 링컨을 지나 서쪽으로 계속 달렸다. 가도가도 끝이 없는 콩밭과 옥수수 밭, 그리고 그와 어울려 지평선으로 지는 해는 너무나 아름다웠다. 우리는 에머전시 파킹(emergency parking)에 차를 세우고 한참을 넋을 잃고 그 풍경에 빠졌다. 이런 것을 황홀경이라고 하나보다. 왈칵 울음이 터져 나왔다. 우리는 손을 잡고 한참이나 울었다. 저렇게도 황홀한 자연의 아름다움을 보면서도 어떻게 창조주 하나님을 인정하지 않고 믿지 않을 수 있는지. 이 패역한 세대여! 이 패역한 미국이여!

이 패역한 나라의 신앙을 회복시키시려고 믿음의 사람을 두루 찾으시며 우리 같이 작은 사람이라도 들어 쓰시는 하나님의 마음을 헤아리는 데까지 이르니 마음에 감사와 감격이 새로웠다. 그러나 다른 한편으로는 너무나 외롭고 측은한 마음이 밀물처럼 스며들었다.

"하나님, 너무도 외롭습니다. 너무도 힘이 듭니다. 하나님이 우리의 마음을 아시지 않습니까? 도와주세요. 우리는 당신이 절대로 필요합니다."

우리는 울면서 같이 기도했다. 해가 지평선으로 넘어갔다. 메콤에서 새벽 5시 30분에 떠나 저녁 9시쯤 네브래스카 주 커-니(Kearney)라는 도시에 도착하여 여장을 풀었다. 15시간 이상을 운전한 셈이다. 등창을 수술한지 며칠도 안 되었는데 계속해서 운전을 하니까 몹시 아프기도 했다. 우리는 다음날 새벽에 출발해서 포트 콜린즈로 향했다. 마침 박수웅 장로님이 그 지역에 사는 닥터 송을 소개해 주어서 우리가 그곳에 1시까지 도착하기로 했다. 등 수술한 곳을 마지막으로 첵크업해야 했다. 오후에는 1996년도 자마대회 장소를 결정하기 위해서 콜로라도 주립대학이 있는 포트 콜린즈에 가서 컨퍼런스 책임자를 만나야만 했다. 우리는 약속 시간보다 5분이 지난 오후 1시 5분에 닥터 송 댁에 도착했다.

도착하자마자 닥터 송은 내 등을 검사했다. 내 등의 살을 조금 자르고 심지를 빼고 마무리해 주었다. 잘 치료되었다고 했다. 점심식사를 잘 대접받은 후 우리는 콜로라도 주립대학을 방문했다. 대학교 컨퍼런스 책임자와 만나 1996년 6월 29일부터 7월 4일까지 자마전국대회를 갖기로 결정하고 세부사항을 상의했다. 함께 저녁식사를 하고 호텔에 들어왔다. 정말 피곤했다.

다음날 우리는 사우스 다코다(South Dakota) 주 러쉬모어 산(Mt.

Rushmore)을 가기 위해 포트 콜린즈에서 새벽에 출발하여 북쪽으로 향했다. 안개가 짙게 끼었다. 갈수록 안개가 더 짙어지며 앞이 거의 보이지 않았다. 그렇다고 프리웨이에 돌아설 수도 없었다. 조심스럽게 언덕을 오르고 있었다. 오른 쪽은 낭떠러지 같았다. 순간 큰 황소가 내 앞에 서 있는 것을 보고 갑자기 차를 멈추었다. 황소를 들이받았거나 뒤에 오는 차가 갑자기 멈춘 내 차를 받았더라면 어찌했을까? 등에 식은땀이 났다. 나는 경적(horn)을 울리며 천천히 황소를 비켜 나갔다. 나는 안개 속을 식은땀을 흘리며 운전하고 있는데 사랑하는 아내는 옆에서 잠을 자고 있었다. 얼마나 피곤했을까?

블랙 포레스트(Black Forest)를 지나 오후 4시 30분쯤에 러쉬모어 산(Mt. Rushmore)에 도착했다. 미국의 위대한 대통령 4명, 조지 워싱턴(George Washington), 토머스 제퍼슨(Thomas Jefferson), 아브라함 링컨(Abraham Lincoln), 테오도르 루스벨트(Theodore Roosevelt) 대통령의 얼굴을 러쉬모어 산 높은 바위 위에 새긴 곳이다. 부슬비가 내린데다 안개가 덮여 있어서 대통령 얼굴들을 볼 수가 없었다.

우리는 실망했다. 안개 때문에 프리웨이에서 사고를 당할 뻔하면서도 위험을 무릅쓰고 하루종일 운전해 왔는데 전망대에는 부슬비가 내리고 산에는 안개가 끼어 대통령 얼굴들을 볼 수 없다니…. 우리는 관광객들과 같이 혹시 안개가 걷히지 않을까 기대하면서 기다렸다. 한참을 기다렸는데도 안개가 걷히지 않자 대부분 관광객들은 버스를 타려고 떠나고 있었다. 우리는 조금만 더 기다리자고 했다.

"하나님, 전국을 돌아 여기까지 왔는데 미국의 위대한 대통령 얼굴들을 볼 수 없으니 실망스럽습니다. 안개가 걷히게 하시고 잠깐이라도 볼 수 있게 해주세요. 하나님이 원하시면 하실 수 있지 않습니까? 잠깐 동안만이라도 볼 수 있게 해주세요."

좀더 기다렸다. 그러나 안개는 그대로 머물고 있었다. "여보, 갈 길이 머니 돌아갑시다." 뒤돌아서 자동차 쪽으로 가려는데 아내가 갈 길이 멀기에 화장실에 다녀온다고 했다. 잠깐 동안의 용무가 아니라 긴 화장실 용무였다. 나는 아내를 기다리는 동안 '저 안개가 잠깐만 걷혀도 얼마나 좋을까' 하는 아쉬운 마음으로 그 산 쪽을 바라보고 있었다.

순간이었다. 갑자기 안개가 걷히고 대통령들의 얼굴이 나타나는 것이 아닌가? 그 광경은 정말 장관이었다(What a spectacular view! Majestic!). 나는 화장실 쪽을 향하여 아내에게 소리쳤다. "여보, 안개가 걷혔어요. 빨리 나와요!" 아내가 급히 나왔다. 우리는 서로를 껴안으며 기뻐서 뛰었다. 가던 사람들이 다시 돌아왔다. 나는 아내의 손을 잡고 산을 바라보며 기도했다.

"하나님, 언젠가는 우리 코리안 아메리칸 자녀들 중에서 성령 충만하고 하나님을 경외하는 저렇게 위대한 대통령이 꼭 나오게 하옵소서. 우리 자녀들 중에서 청교도 신앙으로 이 나라를 회복시키는 하나님을 경외하는 21세기의 대통령과 각 분야의 리더들이 나오게 하옵소서."

5분쯤 지났을까. 안개가 다시 덮혔다. 우리는 하나님께 감사 드렸

러쉬모어 국립공원에 있는 미국의 위대한 대통령 얼굴들

다. 비록 5분간의 짧은 시간이었지만 하루종일 이곳에 온 보람이
있었다. 우리는 저녁때가 되어 러쉬모어 국립공원을 떠나 와이오밍
(Wyoming) 주 옐로스톤(Yellowstone) 국립공원을 향해서 달렸다.
중간에서 하룻밤을 자고 다음날 옐로스톤에 도착했다. 오랜만에 사
랑하는 아내와 나는 편안한 마음으로 이틀 동안 공원 안에서 즐거
운 시간을 보냈다. 정말 엄청나고 신비스러운 곳이었다.

이틀 후 우리는 옐로스톤 북문을 통과하여 몬타나(Montana) 주로
들어가 프리웨이 90번을 타고 서쪽으로 달렸다. 저녁때가 되어 어
둑어둑해지는데 갑자기 소나기가 퍼붓기 시작했다. 너무 갑작스럽

게 소나기가 쏟아지므로 운전하기가 어려웠다. 그렇다고 프리웨이에서 멈출 수도 없는 노릇이었다.

갑자기 프리웨이 90번이 내리막길이 되면서 험악해지기 시작했다. 물이 홍수를 이루어 험악하게 프리웨이로 몰려드는데 자동차가 운전하는 대로 가지를 않고 제 멋대로 물 위로 떠내려갔다. 우리는 당황하며 어쩔 줄을 몰랐다. "어! 어! 어!" "하나님 도와주세요." 다급하게 하나님께 부르짖었다. 도로공사를 하느라고 길 양쪽에 낮은 시멘트벽을 놓아두었던 모양이었다. 그 시멘트벽 때문에 물이 길옆으로 빠지지 못하고 벽 사이 도로로 모아드니 그만 홍수를 이룬 것이다. 나는 식은땀을 흘리면서도 최선을 다해서 운전을 했다. 겨우 내리막길을 지나고 평지에 도달했다. 마침 휴게소가 보여서 들어가 자동차를 세우고 잠시 쉬었다. 몸과 옷이 식은땀으로 흠뻑 젖어 있었다.

벼락 천둥의 위험도 무사히 지났다. 등창 수술도 잘 되었다. 지척을 분간할 수 없는 짙은 안개에서도 안전했고, 이제 프리웨이 홍수(torrential rain)의 위험에서도 벗어났다. "하나님 감사합니다."

휴게소라 하지만 음침했고 사람의 흔적마저 찾아볼 수가 없었다. 배는 고팠고 준비해 가지고 간 밥은 있었지만 먹고 싶지가 않았다. 친구 가정이 기다리는 워싱턴(Washington) 주 스포켄(Spokane)을 향해 달렸다. 내가 운전을 계속하는 동안 아내가 옆에서 음식을 입에 넣어주었다. 우리는 몬타나를 지나 아이다호(Idaho) 주에 들어왔다.

그날 밤 늦게 스포켄에 도착했다. 오랫동안 만나지 못했던 짐과

베티(Jim and Betty, 우리의 가장 친한 백인 부부로 딸 샤론을 자기 딸같이 길렀다)를 만날 생각을 하니 가슴이 벅찼다. 옛날에 우리가 글렌데일(Glendale)에서 살 때 같은 교회를 섬겼으며 우리 가정을 가장 많이 도와준 백인 친구 가정이다. 그 가정의 자녀들과 우리 자녀들은 친형제같이 자랐다. 우리 딸 샤론을 길러주면서 너무나 정이 들어 자기 딸이 둘이나 있는데도 한국에서 어린 여자아이를 입양하여 그 이름을 우리 딸의 중간 이름(middle name)을 따라 폴라(Paula)라고 이름을 지었던 그들이다. 폴라를 친딸과 다름없이 잘 길렀다. 벌써 폴라가 대학교를 졸업하여 이제는 어엿한 숙녀가 되었다. 그들이 스포켄으로 이사간 이래로 만나지 못해 무척이나 보고 싶었다.

스포켄에는 밤늦게 도착했다. 우리는 오랜 친구를 반갑게 만나 피곤함도 잊은 채 그 동안의 회포를 풀었다. 다음날이 주일이어서 같이 하나님께 영광스러운 예배를 드렸다. 다음날 아침 우리는 아쉬운 작별을 하고 시애틀(Seattle)로 향했다. 그 날 저녁 무렵 우리는 시애틀 공항 옆 마지막 숙소에 도착했다. 할렐루야! 나는 우리 여행을 염려하는 딸과 아들에게 무사히 도착했음을 알렸다.

잠깐 휴식을 취한 뒤 자동차를 돌려주었다. 자동차 렌탈 회사 직원이 마일리지(mileage)를 보더니 깜짝 놀라면서 "어디를 다녀왔습니까? 이 자동차 마일리지가 이제 2만 마일이 넘었습니다."라고 했다. "전국을 돌았다."고 했더니 정말이냐며 놀랬다.

그 날 밤 아내와 나는 근처 중국 음식점에서 전국 순회를 무사히 마치게 하신 하나님께 감사하면서 자축하는 저녁식사를 했다. 우리는 42일 동안 12,000마일을 달리면서 위험한 고비도 여러 번 있었지만 그때마다 우리를 도우시고 인도하신 하나님, 우리의 기도를 들으시고 응답하신 인자하신 하나님께 감사와 찬송을 드렸다.

다음날 아침 일찍 우리는 비행기를 타고 앵커리지로 향했다. 1994년 9월 6일 우리는 드디어 집에 돌아왔다. 그 다음날부터 나의 강의가 시작되었다.

나는 이 전국 순회를 마치면서 다음 몇 가지를 정리(reflection) 했다. 첫째는, 우리 가족이 그리스도 안에서 한 비전과 한 소망을 갖는 중요한 계기가 되었다. 우리는 진정한 의미의 동역자가 되었고 한 사명을 갖게 되었다. 29일 동안은 아내와 아들과 같이, 그리고 나머지 13일 동안은 아내와 같이 우리는 한 마음으로 기도했다. 미국과 미국의 지도자들을 위해서, 우리가 방문하는 주와 도시를 위해서, 지나가는 마을과 그 지역의 지도자들을 위해서, 교회의 회개와 부흥을 위해서, 가정과 자녀들을 위해서, 목회자들을 위해서, 각 단체들과 학교와 대학교를 위해서 우리는 그리스도의 심장으로 열심히 중보기도를 했다. 우리는 찬송도 했다. 우리는 지난날의 삶을 되돌아보며 즐겁고 어려웠던 때의 일들을 얘기하면서 하나님의 은혜와 인도하심을 감사했다. 그리고 앞으로의 꿈과 비전을 나누었다. 이번 전국 순회는 우리 가정이 주 안에서 한 비전과 한 소망과 한 사명을 갖는데 너무나도 귀한 시간이었다.

둘째는, 미국을 내 심장에, 아내의 심장에, 아들의 심장에 넣게 되었다. 예수 각성운동이 그리스도인들에게서 일어나야 함에도 불구하고 그 필요성을 느끼기는 하지만 미국을 가슴에 안고 마음에 큰 부담감을 갖고 회개하고 기도하는 코리언-아메리칸 크리스천들에게 극히 적은 것이 사실이다. 대부분 미국이 내 나라라는 인식이 부족해서 미국의 영적 각성과 부흥을 위한 심각성을 거의 갖지 못하고 산다. 이번 기회는 나부터, 우리 가정부터 이 나라를 심장에 넣고 위하여 기도하며 사랑하고 희생하며 가꿀 수 있는 중요한 계기가 되었다.

셋째는, 우리 부모들 중에 많은 사람들이 자녀들을 위해서 미국에 왔다고 말하지만 사실은 우리에게 2세를 위한 안목과 투자가 부족하며(심지어 교회도 그렇다), 1.5세, 2세들이 이 나라에서 무엇을 위해서 어떻게 살아야 할 것인가를 보여 줄 롤 모델이 1세 중에서 너무 드물다는 것과 1.5세, 2세들에게 아이덴티티가 심각한 문제인 것을 발견했다.

넷째는, 이러한 이유들 때문에 1.5세, 2세 목사님과 전도사님들의 역할이 1세 중심의 교회에서 분명치 않고, 그들에게 1세에 대한 갈등과 불신이 큰 것도 발견했다.

다섯째, 이 엄청나게 광대하고 부강한 미국이 영적으로 타락해서 망한다면 세계는 소망이 없다는 것을 더욱 깊게 확신하게 되었다. (이에 대해서는 물론 의견을 달리하는 사람들도 있을 것이다) 따라서 자마의 필요성을 더 강하게 믿게 되었다. 시작은 정말 미약하지만 이 나라의 예수 각성과 신앙 부흥을 위해서 끝까지 헌신하기로 다짐하면서 하나님의 도우심을 간곡히 기도했다.

비전(Vision)과 야망

1995년 8월 17~19일, 한국 CBMC(기독실업인회) 전국 수련회에 강사로 초청되었다. 용평에서 열린 CBMC 전국 수련회에는 약 1,800명의 기독실업인들이 참석했다. 나는 성령님을 의지하고 담대히 메시지를 전했다. 하나님께서 참석자들에게 크신 은혜를 주실 것을 기도하면서….

나는 8월 21일 오후 7시 10분 대한항공편으로 서울을 떠나 앵커리지로 돌아오고 있었다. 나는 비행기 안에서 남들처럼 잠을 자지 못하는 습관 때문에 비행기를 탈 때마다 늘 하나님께 묻는 질문이 있다. "하나님, 내가 이 비행기 안에서는 어떻게 시간을 보내시기를 원하십니까?"

비행기 안에서 제공하는 저녁식사를 마친 후 나는 하나님께 똑같은 질문을 했다. 하나님께서 성령님을 통하여 "네 자신의 모든 것을 다 나에게 바쳐라!(Surrender everything to me!)"라고 강하게 도전하셨다. 나는 "하나님, 내가 하나님께 이미 다 헌신했지 않습니까? 주님이 비전으로 주신 자마에 헌신하고 있지 않습니까? 하나님이 제 마음을 아시지 않습니까?"라고 대답했다.

그러나 하나님께서 다시 나에게 "네가 가지고 있는 모든 것을 다 내게 바치기를 원한다."라고 말씀하셨다. "하나님, 무엇을 바치라는 말씀입니까?"라고 물었더니 하나님께서는 "네 개인적인 야망을 다 나에게 바치라"고 말씀하셨다. 그리고는 성령님께서 그것이 무엇인지 점점 생각나게 하셨다. 나는 그것들을 하나, 둘… 적어 내려갔다.

첫째로 총장이 되고 싶은 야망을 바치라고 하셨다. 사실 1994년 봄에 총장 경선의 마지막 단계까지 갔다가 탈락된 이후로 늘 마음 한구석에 총장이 되고 싶은 꿈이 잠재해 있었다. 언젠가는 총장이 되어 우리 2세들의 롤 모델이 된다면 그것이 얼마나 명예스러운 일인가를 늘 생각했다. 하나님께서 이 야망을 포기하고 하나님께 바치라는 것이었다.

알라스카의 주지사와 상원의원이 되고 싶은 내 야망도 바치라고 하셨다. 나는 "하나님, 알라스카를 위해서 그 많은 공헌을 했는데 한인 1세로 미국 역사상 처음으로 주지사가 된다면 얼마나 우리 후손들에게 격려가 되며, 또 하나님을 중심으로 성령님의 능력에 힘입어 알라스카 주를 다스린다면 그것이 얼마나 하나님께 영광이 되겠습니까?"라고 했더니 그것은 나의 개인적 야망이라고 지적해 주셨다.

사실 나는 다음 차례에 총장이 되면 대학교를 크게 발전시킨 후 알라스카 주지사나 상원의원이 되고 싶었다. 총장이나 주지사, 상원의원이 되고 싶어서 그 동안 내가 최선을 다 한 것은 절대로 아니었지만 주위의 많은 권고를 받으면서, 특히 알라스카의 많은 지방유지들과 주민들의 적극적인 지지를 받으면서 내 마음에 그러한 생각을 갖게 되었다.

알라스카 인구는 65만명 정도이며, 투표를 할 수 있는 유권자는 30만 명밖에 안 된다. 그 중 60%인 18만 명이 투표하면 투표율이 아주 높은 편이다. 18만 명 중 9만 명이 조금 넘으면 과반수로 주지

사나 상원의원에 당선된다. 내가 사는 앵커리지를 중심으로 중남부
지역에 알라스카 인구의 거의 2/3가 살고 있고, 특히 백인들과 원주
민들이 나를 무척 좋아해서 그들이 나에게 출마하도록 강력히 권하
는 터였다.

　내 마음에 가지고 있는 그 열정을 다 쏟아 붓고 효과적인 전략과
행동으로 3~4년 동안 복음을 전하는 식으로 전 알라스카 지역을
순회하며 선거운동을 한다면 극히 가능한 일로 믿고 있었는데 (이
미 알라스카 각 지역을 수십 번 방문했다) 하나님께서 그것을 아시
고 나에게 다 내놓으라는 것이었다. 물론 당선 여부는 선거를 치러
보아야 알 일이지만….

　1987년 5월에 김의환 목사님(당시 나성 한인교회 담임, 전 총신대
총장)께서 앵커리지 지역교회 연합부흥집회차 앵커리지에 오셨다
가 나의 활동을 목격하시고는 나에게 꼭 알라스카 상원의원이 되라
고 하시며 "미국 50개 주를 다 보아도 한인 1세가 미국 상원의원이
될 수 있는 주는 알라스카 외에는 없다."고 큰 용기를 주셨다. 그
후 1990년 6월 초 나성 한인교회 대학부 초청 집회를 하는 중 LA에
서 저녁식사를 하고 김 목사님과 사모님, 그리고 나와 내 아내가 같
이 자동차를 타고 교회로 돌아가는 길에 김 목사님께서 갑자기 자
동차를 길가에 멈추시더니 차 속에서 나의 머리에 손을 얹으시고
미국 상원의원이 되게 해 달라고 간절히 기도하시지 않는가?

　1993년에 나는 한국을 방문하도록 초청 받았다. 그들은 미국 50
개 주를 조사한 결과 1세로서 미국 상원에 당선될 수 있는 사람은
알라스카 김춘근 교수뿐이라고 하면서 적극적으로 협조할 터이니

출마하라고 권고했다. 나는 그들에게 "한국에서처럼 돈을 받고 선거 운동을 하면 나는 감옥에 갑니다."라고 말한 적도 있었다. 이런 저런 사연으로 내 마음에 주지사나 상원의원에 대한 꿈이 늘 있었다. 사실 알라스카 주류사회에서 크게 인정을 받고 있었으니 내가 손을 내밀면 잡을 만한 것이었다. 하나님께서 나를 꿰뚫어 보시고 그것이 내 개인적인 야망인 것을 지적하셨다.

또 하나님께서는 주지사 경제 고문직도 내놓고, 내가 원장 (Executive Director)으로 섬기고 있었던 주의 띵크 탱크(Think Tank)인 알라스카 국제 경영 센터, 알라스카 월드 트레이드 센터 (World Trade Center Alaska) 회장직, 그리고 미-러 센터(American-Russian Center)의 책임을 다 내놓으라고 하셨다. 대학교 총장의 국제 프로그램 수석 고문직도 내놓고, 은행의 이사직도 내놓으라고 하셨다.

13가지 항목을 적었더니 하나님께서 그것들은 하나님의 비전이 아니고 다 나의 개인적인 야망이라고 지적하시면서 그것들을 다 포기하고 바치라고 하셨다. 마지막으로 나는 교수직을 적으면서 "이 교수직은 어떻게 할까요?"라고 여쭈었더니 하나님께서 "그것은 그대로 지켜라(keep it)"고 하셨다. 충격이 컸다. 그것을 다 포기한다는 것이 나에게는 너무나 힘이 들었다. 인간적으로는 도저히 포기할 수가 없었다. 바로 눈앞에 보이며 금방 잡을 것 같은 꿈들인데…. 그러나 하나님께서 그것들은 다 개인적인 야망이므로 배설물 같이 버리라고 하셨다.

"하나님, 1세의 성공을 2세에게 롤 모델로 보여 준다면 얼마나 2

세에게 도움이 되겠습니까?"라고 아뢰었으나 하나님은 내가 그것들을 다 내놓기를 원하셨다. 나는 하나님께 다시 여쭈어 보았다. "하나님, 그러면 비전과 야망이 어떻게 다릅니까? 분명히 구별해 주십시오." 서울에서 앵커리지 사이 37,000피트 공중을 나는 비행기 안에서 내 인생을 좌우하는 중대한 대화가 주님과 나 사이에 일어나고 있었다. 그때 하나님께서 비전과 야망의 차이점을 분명히 계시해 주셨다. 나는 노트에 그것들을 적었다.

꿈(dream)은 크게 비전(vision)과 야망(ambition)으로 나눌 수 있다.

야망은 내 자신으로부터 나오고(self-originated), 내 중심적이며 (self-centered), 내 자신을 통하여 동기 부여를 받는다(self-motivated). 그러나 비전은(vision) 하나님께로부터 나오고(God-originated), 하나님 중심이며(God-centered), 하나님을 통하여 동기를 부여받는다(God- motivated). 그렇기 때문에 야망이 이루어지면 그것을 통해서 자신이 영광을 이루지만 (self-glory), 비전이 이루어지면 그 일을 통해서 오직 하나님께서 영광(God's glory)을 받으신다. 따라서 내 야망이 이루어진다 해도 그것은 하나님과 전혀 관계가 없음을 분명히 깨닫게 하셨다.

덧붙여서 "비전은 하나님의 뜻과 계획을 하나님의 자녀들에게 계시해 주는 것(Vision is the revelation of God's will and His plan upon His children)이기 때문에 비전은 하나님의 자녀들에게만 속해 있으며 반드시 성경적이고(Biblical) 역사적(Historical)이어야만

한다."라고 성령님께서 강하게 가르쳐 주셨다.

나는 깨닫게 하시는 것들을 노트에 적으면서 이 충격적인 성령님의 도전에 마음과 눈이 번쩍 뜨였다. 비전의 참 의미가 전에는 희미했는데 이제는 너무나도 분명해졌다. 정말 나에게 비전에 대한 각성(Awakening)의 순간이었다.

나는 후일 제이 오스왈드 센더즈(J. Oswald Sanders)의 글을 읽으면서 나의 확신을 재확인했다. 그는 "그 당대를 영구적으로 강하게 영향력을 주는 사람들은 보는 사람들(seers)이다. 다른 사람보다 더 많이, 그리고 더 멀리 보는 사람들, 즉 신앙의 사람들이다. 왜냐하면 신앙은 비전이기 때문이다."라고 했다.

하나님께서 "이제는 네 어깨에 있는 별들을 다 떼어라. 그리고 네가 총장, 주지사, 상원의원, 주지사 경제 고문이 되고 유명한 학자가 되는 것보다 네 자신을 내가 기뻐하는 거룩한 산 제물로 바쳐라. 예수 그리스도의 심장으로 젊은이들을 위해서 네 인생 전체를 바치는 것이 나의 소원이다. 네 혼자 크게 되는 것보다 많은 젊은이들을 성령 충만하고 실력 있는 변화의 사신(Transforming agents)으로 훈련시켜서 미국의 정치, 경제, 문화, 사회, 과학, 교육, 종교, 기술 등 모든 분야의 리더들로 만들고 그들로 주류사회를 변화시키고 영향력을 주게 하는 과업을 위해서 네 자신을 희생하라. 내 심장을 가지고 그 젊은이들을 위해서 네 열정을 다 쏟으라."고 강력하게 도전하셨다.

이렇게 밤을 꼬박 새웠다. 8월 21일 아침, 비행기가 앵커리지에

착륙했다. 이 중대한 하나님의 소원과 도전을 완전히 정리하지도 못하고 어떤 결단도 하지 못한 채 비행기에서 내려 마중 나온 아내와 아들을 만나 집으로 돌아왔다.

집에 도착하자마자 나는 금식기도를 시작했다. 8월 29일부터 시작되는 새학기 강의를 준비해야 했고, 9월 9일에 있을 딸의 결혼식 준비도 해야 했지만 나에게는 비행기 안에서 받은 하나님의 충격적인 도전을 해결하는 것이 더 급했다. 인간적인 생각으로는 도저히 결단할 수가 없었다. 나는 하나님의 뜻에 순종할 수 있는 믿음을 달라고 하나님께 기도했다. 점점 내 마음에 평강이 찾아왔다. 하나님의 강권적인 역사를 체험하게 되었다.

나는 모든 것을 다 하나님께 순종하며 바치기로 마음을 정했다. 교수직만 남겨 놓고 사정상 모든 직위를 그만 둔다는 편지를 썼다. 나는 아내에게 그 편지들을 타이핑해 주도록 부탁했다. 편지 내용들을 읽어 본 아내는 정색을 하면서 자기는 타이핑을 못 하겠다고 했다.

"여보, 당신이 그 많은 고통과 시련 가운데서 모든 것을 극복하고 여기까지 왔는데…, 그리고 앞으로 더 큰 일들을 더 많이 할 수 있는데 왜 눈앞에 보이는 것들을 전부 다 포기해야 합니까? 자마를 하면서도 당신의 꿈을 이룰 수 있는데 왜 포기하느냐 말이에요? 나는 타이핑 할 수 없어요."라고 아내는 힘주어 말했다.

나는 아내의 손을 잡고 "여보, 내가 하나님께 약속을 했지 않아요? 내가 죽을 병에 들었을 때 하나님께 매달리면서 주님이 무엇을 원하시든 순종하겠으니 한 번만 살려달라고 얼마나 애타게 울부짖었습니까? 그래서 하나님의 은혜로 오늘까지 우리가 이렇게 잘 살아왔는데 이제는 하나님께서 나에게 교수직만 갖고 나머지 모든 것들은 다 바치기를 원하십니다. 다 내 야망이래요. 내가 약속을 지켜야지요. 다 포기하십시다. 하나님께서 우리를 더 크게 인도하실 줄 믿습니다. 편지를 타이핑해 주시오."라고 부탁하면서 같이 눈물을 흘리며 서로를 껴안았다. 아내의 마음도 평안해졌다.

편지를 다 보냈다. 여러 분들이 편지를 받고 내 사임을 재고하라고 강력하게 권했다. 내 마음은 이미 정해졌기 때문에 재고할 것이 없었다. 내가 운영하던 3개 연구소의 연구 교수들, 프로젝트 책임자들, 그리고 50여 명의 스태프들을 모아 놓고 사임을 발표하였을 때 충성을 다해 나를 섬겼던 스태프들이 큰 충격을 받는 모습을 보는 것이 가장 힘들고 어려웠다. 50여 명의 스태프 한 사람 한 사람을 내가 직접 다 채용했고, 그들을 섬기는 자세로 리더하면서 한 가족같이 일했기 때문에 거의 다가 울음을 터뜨렸다. 나도 목이 메었다. 자기들을 두고 어떻게 사임하느냐고 야단이었다. 나는 지도자로서 그들을 하나하나 멘토링도 하고 코치도 하면서 한 가족처럼 최선을 다했었다. 알라스카 대학교에서 공로상을 받고 그 많은 인정을 받은 것은 사실 내 스태프들이 나의 비전에 공감하면서 최선을 다 했기 때문이었다.

나는 그 자리에 모인 스태프들에게, "사람은 정상에 올랐을 때 바로 그 때가 그만 두어야 할 때이며 다음 도전과 함께 다시 전진해야 하는 것입니다. 이제 나의 사명은 완수했으며 더 큰 사명을 위해서 나는 계속 전진할 것입니다. (중략) 10년 전부터 내가 택한 여러분이 한 사람도 도중에 그만 두지 않고 오늘 이 시간까지 헌신적으로 최선을 다해 나와 함께 수고한 여러분께 충심으로 감사 드립니다. 하나님의 축복이 여러분 각자에게 늘 함께 하시기를 기도합니다." 라고 고별인사를 했다.

매년 크리스마스가 되면 나는 연구소 스태프들과 가족들을 우리 집에 초청해 아내와 내 어시스턴트(assistant)들이 같이 준비한 크리스마스 축하 만찬을 하면서 크리스마스 캐롤을 함께 부르며 즐거운 시간을 보냈다. 그리고 아내가 정성스럽게 준비한 선물들을 전달하면서 1년 동안 수고한 그들의 노고에 감사를 표했다. 지금도 나는 크리스마스가 되면 그들이 몹시 그리워진다.

고써치(Gorsuch) 총장은 나를 이해할 수 없다고 야단이었다. 나는 그를 만나 앞으로의 일들을 상의했다. 연구소들을 위해서는 내 부원장(Deputy Director)을 우선 승진시키기로 했다. 나는 석좌교수(Distinguished Professor)로서 한 학기에 한 과목씩만 가르치면서 젊은 교수들을 위해서 교수 방법과 프로포살을 쓰는 것을 멘토링(mentoring)하고 대학원 최고 경영자 프로그램(Executive Program)의 발전을 위해서 협력하기로 했다.

나는 그 크고 좋은 사무실을 내놓고 단 1명의 어시스턴트만을 데리고 경영대학교 3층의 조그마한 방으로 옮겼다. 힘든 결단이었다. 다른 교수들이 충격을 받고 나더러 미쳤느냐고 했다. 충분히 그럴 만했다. 내가 서울에서 돌아온지 10일만에 모든 일을 전격적으로 결단하고 결정했으니까 나를 잘 아는 교수들이라도 이해하기가 어려웠을 것이다. 그러나 내 마음에는 그리스도께서 주시는 큰 자유와 평강이 넘쳤다.

나를 위한 송별 파티에 참여하여 선물을 주며 격려하는 전 주지사 쿠퍼

내가 그렇게 중대한 결정을 해야하는 과정에서도 아내와 딸은 결혼 준비에 무척 바빴다. 하나님의 크신 은혜와 복을 받으며 1995년 9월 9일 딸의 결혼식을 잘 치렀다. 딸 샤론은 우리가 미국에서 살아온 역사인데 결혼을 하게 되니 감격스럽기도 했지만 무척 섭섭하기도 했다. 딸을 떠나보내야 하는 아버지의 심정은 딸을 떠나보내본 사람만이 알 수 있을 것 같다.

새 학기 중간이 되었는데 하나님께서 나에게 알라스카를 떠날 준비를 하라는 마음을 계속해서 주셨다. 하나님께서 "그 동안 알라스카에서 모든 비전을 다 보여주었으니 이제는 남쪽으로 내려가 내가 붙여주는 사람들과 함께 자마의 일에 헌신하라."고 말씀하셨다.

나는 사랑하는 아내와 자녀들과 그 일을 상의했다. 아내가 동의했다. 아내는 "나는 오늘부터 하나님께 우리가 갈 곳을 정해주시라고 기도하겠습니다. 그런데 교회는 어떻게 하지요?" 하면서 걱정했다.

11월 초가 되었다. 내 친구인 경영대 헤이든 그린 학장(Dr. Hayden Green)이 내 사무실을 찾아와서 캘리포니아 주립대학교 몬터레이 베이(CSUMB : California State University Monterey Bay) 캠퍼스가 최근에 세워졌는데 경영대학 설립을 위해서 나같은 경험이 많은 시니어(senior) 교수를 찾고 있다면서 혹시 내가 관심이 있을 것 같아 알려주러 왔다고 했다. 나는 헤이든 학장에게 "야, 이 친구야. 내 봉급이 너무 많으니까 나를 내보내려고 음모를 꾸미는구나?"라고 농담했더니 그는 펄쩍 뛰었다. 나는 헤이든 학장에게 그동안의 과정을 다 말한 후 사실 알라스카를 떠날 생각을 하고 있다고 전해 주었다.

그 해 12월 초까지 나는 CSUMB에 필요한 모든 서류와 이력서를 신청서와 함께 보냈다. 그다지 큰 관심은 없었다. 나는 남가주 서북쪽 아름다운 말리브 비치(Malibu Beach) 위에 있는 내가 전에 가르쳤던 페퍼다인 대학(Pepperdine University)에서 몇 차례 초청을 받았기 때문에 남쪽으로 내려간다면 그 대학으로 갈 생각이었다. 나는 1995년 2월에 페퍼다인 대학교의 초청을 받아 교수들을 위해 세미나를 했었고, 데븐포트(Davenport) 총장과 만나서도 페퍼다인 대학교의 장래에 대해서 서로 비전을 나눈 적도 있었다. 그 때 점심을 같이 했던 내 친구인 짐 윌번(Dr. Wilburn) 경영대학 학장도 나에게 다시 돌아오면 어떻겠느냐고 권했었다. 자기는 10년 이상을 해온 학장직을 내놓고 싶다면서 학장직도 가능할 것이라고 나에게 전해 주었다.

그 때는 전혀 남쪽으로 내려가고 싶은 마음이 없었기에 내가 미온적이었다. 그러나 이제는 알라스카를 떠나기로 결심했기 때문에 나는 데븐포트 총장과 친구 학장에게 알라스카 일을 정리하고 1996년 가을 학기부터 페퍼다인에 돌아갈 의향을 알렸다. 4월쯤 내려와서 만나자는 답장이 왔다.

나는 1996년 6월 29일-7월 4일에 열리는 자마 대회 준비를 위해서 계속해서 하트포드(Hartford), 시카고, 뉴욕(두 차례), 밴쿠버(Canada), 워싱턴 D.C., 시애틀, 타코마, 산호세, 샌프란시스코, LA, 서울, 인천 등과 여러 대학을 방문해서 예수 각성 집회를 인도했다. 이어서 북가주 지역과 산호세 지역이 연합해서 공동으로 주최하는 자마 지역대회와 하와이 CBMC 주최로 열리는 자마 지역대회를 가졌다. 특히 하와이 지역대회 결과 하와이에서는 CBMC를 중심으로 많은 교회들이 협조하여 참가비와 교통비 일체를 부담해서 50여 명의 젊은 청년 대학생들을 자마 대회에 보내는 놀라운 결실이 있었다.

하와이에서 돌아온 며칠 뒤 몬터레이 베이에 있는 캘리포니아 주립대학교에서 아침 일찍 전화가 왔다. 교수선정위원회의 한 교수라고 자기를 소개하면서 나와 전화 인터뷰를 할 수 있느냐고 물었다. 내가 신청한 편지와 서류를 심사한 결과 최종 6명을 선정했는데 내가 그 중의 한 사람이라는 것이었다. 나는 전화 인터뷰를 허락했다.

그 교수는 내 이력서와 서류를 리뷰(review)하면서 너무 큰 도전과 감명을 받았다고 전제하고는 약 1시간 30분 동안 여러 가지 질문을 했다. 나는 모든 질문에 하나하나 솔직하게 대답했다. 내가 신혼보증인인 전 주지사에게 나에 대해서 물어봐도 괜찮겠느냐고 해서 기꺼이 허락했다. 얼굴을 직접 볼 수는 없었으나 말의 표현과 톤(tone)으로 짐작컨대 인터뷰에 만족하는 것 같았다.

인터뷰를 끝내고 한참 동안 같이 환담을 하고서 전화를 끊었다. 마지막 인터뷰 후보자 선정(selection)은 언제 알려 주느냐고 물었더니 4월 중순경이 될 것 같다고 했다. 그 이후 4월 셋째 주가 되어도 소식이 없었다. 4월 초순에 페퍼다인 대학교로부터 내려와서 만났으면 좋겠다는 전화를 받고 4월 18일에 LA로 내려갔다. 다음날 페퍼다인 대학교 총장과 경영대학장을 따로 만나고 몇몇 시니어 교수들과 점심을 같이 했다. 학장의 자리는 확실하지 않지만 일단 1996년 12월부터 경영대학 교수로 근무를 시작했으면 좋겠다고 했다. 내 친구 학장에게 나에게 정식으로 오퍼(offer)할 것을 요청했더니 학사 담담 부총장과 상의하여 곧 보내겠다고 했다.

그 날 밤은 UC 샌디애고(University of California San Diego) 학생들을 위해서, 토요일과 주일에는 스탠포드(Stanford) 학생들을 위해서 집회를 인도하고 주일 밤 앵커리지로 돌아왔다.

4월 23일 CSUMB에서 전화가 왔다. 마지막 인터뷰 후보자(candidate)를 3명 선정했는데 내가 그 중 한 사람이라고 했다. 몬터레이에 5월 8일에 도착할 수 있느냐고 물었다. 우리 대학교는 5월 6일부터 이미 여름방학이 시작되므로 별 어려움이 없을 것 같았다. 나는 아내와 같이 가겠다고 하고 3일 동안 인터뷰 일정을 팩스나 이메일로 알려달라고 했다. 다음날 팩스로 나의 인터뷰 일정을 보내왔다. 결정은 하나님께 맡기고 나는 인터뷰를 위해 철저히 준비했다.

아내와 나는 5월 8일 아침 일찍 앵커리지 공항을 떠나 몬터레이에 도착했다. 몬터레이 비치호텔에 체크 인 했다. 우리는 전화로 인터뷰했던 교수와 만나 2박 3일 동안의 인터뷰 일정을 위한 안내를 받았다. 다음날 아침 아내와 나는 하나님께 간절히 기도했다. 먼저 선정위원회 위원들과 일차적으로 만나고 선정위원장의 안내로 로이드(Lloyd) 학장과 스미스(Smith) 총장, 그리고 리바스(Rivas) 부총장 대리를 각각 만나 인터뷰를 했다. 총장은 나를 인터뷰하는 것보다는 오히려 대학교의 비전을 자세히 얘기하면서 그 일을 이루기 위해서 나의 역할이 중요하다고 했다. 그날 저녁 선정위원들과 같이 식사를 하면서 즐거운 시간을 가졌다. 아내는 긴장한 나를 위해서 치어 리더(cheer-leader) 역할을 아주 잘 해주었다.

다음날 아침 교수선정위원과 식사를 같이 하고, 캠퍼스에 들어가 학생 대표들과 만난 후 학생들에게 특강을 하였다. 선정위원회 위원들이 회의실에서 나와 점심을 같이 하면서 마지막 인터뷰를 했다. 그들은 나의 전문 분야에 대해 여러 가지를 물었다. 하나님의 은혜로 대답을 잘 할 수 있었다. 나중에는 오히려 내가 그들을 인터뷰하는 격이 되어 마치 생생한 국제경영 강의 시간 같이 되어 버렸다. 그동안 쌓았던 나의 연구 경험과 관찰이 그들에게 큰 감명을 주는 것 같았다.

마지막으로 선정위원회 커트스(Curtis) 위원장(현재 San Diego 대학 경영대학장)이 나에게 "김 교수님, 김 교수님을 이틀 간 대하면서, 특히 오늘의 대화를 통하여 내가 강하게 느낀 것이 있습니다. 당신 마음 속에 영적으로 강한 무엇이 있는 것 같은데 그것이 무엇인지 우리와 나눌 수 없겠습니까?"라고 전혀 기대하지 않았던 질문을 했다. 나는 "커티스 교수님, 그것은 아주 중요한 나의 개인적인 간증이 될 텐데 이 자리에서 말해도 좋을지 모르겠습니다."라고 말했더니 위원들 모두가 궁금해 하면서 호기심을 가지고 내가 그것을 쉐어링하기를 원했다.

사실 공립학교에서 예수 그리스도를 공공연하게 증거하면 공격을 받을 뿐 아니라 특히 반기독교(Anti-Christ)를 주장하는 진보적인(liberal) 교수들이 오늘날 캠퍼스마다 대단히 많기 때문에 내 간증을 듣고 나에 대한 반감을 가질 위원도 있을 가능성이 많았다. 나는 순간 성령님께서 능력을 주시기를 기도했다.

나는 30여 분 동안 '와이 미'의 간증을 나누면서 한 번 사는 인생의 가치를 강조했다. 위원 한 사람 한 사람이 크게 감동을 받는 것 같았다. 한참 침묵이 흐르는데 커트스 교수가 말했다. "김 교수님, 바로 그 스피릿(Spirit)이었군요. 큰 감동과 도전을 동시에 받았습니다."

그들과 인터뷰를 마치고 로이드 학장의 요청이 있어서 1시간 동안 아내와 같이 만났다. 학장은 흑인 여성으로 독실한 크리스천이었다. 최종 결정은 언제 하느냐고 물었더니 다른 두 후보 인터뷰가 끝나야 하니까 6월초나 중순경이 될 것 같다고 했다.

모든 일정을 마치고 그날 저녁 사랑하는 아내와 나는 태평양이 바라다 보이는 하일랜드 호텔(Highland Inn) 레스토랑에서 노을을 보면서 어머니날을 미리 축하하며 저녁을 먹었다. 서쪽 수평선 너머로 몸을 떨구는 석양이 턱밑에 보이는 포인트 로보스(Point Lobos) 수면에 반사되어 발하는 그 광채는 정말 아름답고 황홀했다.

호텔에 돌아오자 아내가 말했다.

"여보, 나는 페퍼다인 대학으로 갈 마음이 없어요. 물론 그 대학은 아름답고 좋은 줄 압니다. 당신은 거기에 친구들도 많이 있으니까 당신이야 그 대학으로 가기를 원하겠지만요….

우리가 페퍼다인 대학 안에 산다고 해도 당신이 자마 사역 때문에 여행을 많이 하잖아요. 그 복잡한 프리웨이를 타고 LA공항을 늘 다녀야 하는데 나는 너무 복잡해서 힘들겠어요. 당신 내가 복잡한데 운전하는 것 힘들어하는 거 아시잖아요. 또 당신은 더위를 못 견디는데 LA는 너무 덥잖아요.

여기 몬터레이가 좋겠어요. 몬터레이는 교통도 복잡하지 않고, 공기도 맑고…, 채소도 미국에서 제일 많이 난데요. 나는 추위를 그렇게도 싫어하는데 당신을 위해서 알라스카에서 16년이나 참았어요. 당신은 더위를 싫어하고 나는 추위를 싫어하는데…, 내가 작년 9월부터 앞으로 이사할 때는 덥지도 춥지도 않은 곳으로 보내 달라고 기도했어요.

바로 여기 몬터레이가 춥지도 않고 덥지도 않은 곳인데… 여기가 하나님께서 우리를 보내시는 곳 같아요. 이곳으로 옵시다."

몬터레이 베이의 아름다운 경치

아내는 이미 마음을 정한 것 같이 말했다. 나는 "여보, 이 대학교에서 아직 나에게 오퍼도 하지 않았는데 어떻게 이곳에 오겠다고 마음을 정할 수 있어요?"라고 했더니 아내는 "여보, 틀림없이 당신이 뽑혀서 곧 오퍼를 받을 거예요."라고 확신 있게 말했다.

다음날 아침 우리는 지난 1967년 12월 미국 도덕재무장운동(MRA : "Up with people") 일행과 같이 전국을 순회하면서 3일간 머물렀던 카멜(Carmel)과 패블 비치(Pebble Beach)를 한 바퀴 돌아보았다. 우리의 마음 속에 29년 동안이나 인상 깊게 간직되어 왔던 그 '외로운 사이프러스!'(Lone Cypress!) 그 외로운 사이프러스가 옛날을 기억하고 우리를 반갑게 맞아주었다. 감개무량했다. 하나님께서 우리의 갈 길을 정해 주실 것을 믿고 그날 오후 우리는 앵커리지행 비행기에 올랐다.

JAMA 제1차 전국대회 마지막 준비

자마 대회 준비를 위해서 마지막 순회 길에 올랐다. 나는 시애틀(Seattle), 포트랜드(Portland), 샌프란시스코(San Francisco)를 순회했다. 샌프란시스코에서 LA로 내려와 며칠을 머물면서 자마 대회 준비위원들과 만나 마지막 점검을 했다. 다시 휴스턴으로 가 3일간 집회를 인도했다. 휴스턴(Houston)에서 달라스(Dallas)로 갔다. 달라스에서는 내가 무척이나 존경하는 이연길 목사님(빛내리교회)을 만났다. 자마 대회를 적극적으로 돕겠다고 약속해 주셨다. 다음날

은 아틀란타(Atlanta)를 방문했다. 여러 목사님들과 2세 목사님, 전
도사님들을 만나 협조를 요청했다.

6월 12일, 오후 늦게 워싱턴(Washington) 덜레스(Dulles) 비행장
에 도착했다. 김호성 목사님이 영접해 주었다. 짐 찾는 곳에서 가방
이 나오기를 기다리는데 김 목사님이 "손가방이 무거운 것 같은데
들지 마시고 여기 카ー트(cart)에 놓읍시다."고 했다. 나는 내 손가
방을 카트에 놓고 큰 가방이 나오기를 기다렸다. 정장을 한 히스패
닉(Hispanic) 계통의 두 중년 남자가 김 목사님과 나에게 국제 터미
널을 어디로 가느냐고 물었다. 그 방향을 가르쳐 주었다. 돌아서서
카트를 보는데, 순간 내 손가방이 없어져 버렸다. 그들이 내 가방을
가지고 순식간에 사라져 버린 것이다. 아찔했다. 그 가방 안에는 내
가 특별히 애지중지하며 아끼고 사랑하던 성경책, 자마 대회를 위
한 중요한 서류들, 패스포트(passport), 워싱턴 디시(Washington
D.C.)에서 필라델피아(Philadelphia), 필라델피아에서 샌디애고(San
Diego), LA에서 서울, 서울-앵커리지(Anchorage) 비행기표, 그리고
어느 성도가 헌금한 현금 1,000불이 들어있었다.
경찰에 신고했더니 수백 명의 용의자 사진을 보여주면서 비슷한
사람을 골라보라고 했다. 너무 비슷비슷해서 잠시 본 얼굴을 구별
할 수가 없었다. 신고를 끝낸 다음 UA(United Airlines) 카운터에 가
서 패널티를 물고 일단 샌디애고까지의 비행기표를 다시 받았다.
LA에도 연락을 취해서 한국 왕복 비행기표를 해결해 주도록 부탁
했다. 자마 대회를 위한 모금을 위해서 서울을 방문해야 했는데 여

권이 문제였다.

　모든 것을 하나님께 맡기고 편안한 마음으로 워싱턴 순복음교회 (신동수 목사님)에서 저녁 집회를 인도했다. 오히려 은혜가 더했다. 다음날 김호성 목사님과 같이 새 여권을 발급 받기 위해서 워싱턴 디시 여권과(passport section)에 갔다. 아침 일찍 갔는데도 벌써 많은 사람들이 줄을 서서 기다리고 있었다. 내 차례가 되어 창구에 가서 분실한 패스포트 넘버를 알려주면서 빨리 발급 받을 수 없느냐고 물었더니 컴퓨터 시스템이 되어 있지 않아서 분실한 패스포트 번호를 확인하려면 일주일이 걸리기 때문에 새로 신청해야 할 뿐만 아니라 내가 시민 될 때 받은 시민권 원본을 첨부해야 한다지 않은가?

　내가 알라스카에서 왔고 한국을 방문해야 하기 때문에 급하다고 했더니 새 패스포트를 빨리 받기 위해서는 시민권 원본을 팩스로 보내도록 해서 새 신청서에 첨부하고, 한국 가는 비행기표 사본을 첨부하라고 했다. 아울러 익스프레스 수수료로 보통 수수료의 3배를 내야 한다고 했다. 나는 아내에게 전화를 해서 시민권 원본을 팩스로 보내주도록 하고 패스포트용 사진을 찍었다. 아내에게 시민권 사본을 팩스를 받고 LA 사무실로부터 한국 비행기표 사본을 받아서 신청서와 함께 제출했다. 아무리 빨라도 다음날 오후에야 새 여권을 받을 수 있었다.

　나는 필라델피아에서 교계 리더들과 같이 저녁식사를 하도록 예정되어 있었기 때문에 그날 워싱턴 디시를 떠나 필라델피아로 갈 수밖에 없었다. 패스포트가 발급되는 즉시 LA 사무실로 익스프레스로 보내 달라고 부탁하고 필라델피아로 떠났다.

나는 다음날 비행기를 타고 샌디에고로 가면서 지난 이틀 동안에 일어났던 일들을 돌이켜 보았다. 터진 일들은 어떻게 해결했지만 나는 하나님의 음성을 듣고 싶었다. 미국의 영적 각성을 위한 자마를 사탄이 좋아할 리가 만무했다. 수단과 방법을 가리지 않고 어떻게 해서든지 이 일이 그릇 되도록 방해하고, 준비위원장인 나를 실망시키고 어렵게 만드는 것이 사탄의 원하는 바였을 것이다. 영적 전투인 것이 실감되었다.

나는 그 동안 자마 대회를 준비한다고 이리저리 바삐 뛰면서 주님께 전적으로 집중하지 못한 경우가 많았던 것을 발견하고 가슴 아프게 회개했다. 자마 대회 준비위원장을 맡게 되었으니 그 책임을 다하기 위해서는 위로부터 오는 하나님의 은혜와 성령님의 충만함을 힘입어야 할 터인데 너무나 많은 일에 몰두하다 보니 정작 가장 중요한 예수 그리스도를 등한히 했다.

자마 대회를 위해서 아무리 헌금을 모으고 사람을 동원하고 좋은 프로그램을 가지고 최고의 강사를 초청한다 해도 모든 것을 그리스도께 포커스하지 않는다면 예수 각성 운동의 진정한 의미를 상실할 것이 아니겠는가? 나는 나의 불찰을 회개하면서 간절히 하나님께 용서를 구했다.

세계의 센터이고 미국의 수도인 워싱턴 디시에서 눈 깜빡하는 사이에 가방을 도둑 맞은 일과 그 수백 명의 용의자 사진을 생각하게 하시면서, 하나님께서 다시금 이 세상을 영의 눈으로 보게 하셨다.

미국 수도의 부패성과 미국의 영적, 도덕적 타락의 심각성을 보여
주시며 자마의 필요성을 다시 한 번 재확인시켜 주셨다.

샌디애고에 도착했다. 한기홍 목사님(갈보리장로교회)과 이규택
장로님(2001년 5월에 소천한 나의 신앙 동지)이 마중을 나오셨다.
호텔 방안에 들어와 보니 아름다운 화환과 여선교회 임원들이 쓴
사랑의 카드가 놓여 있었다. 나는 카드를 읽으면서 나도 모르게 감
사의 눈물이 흘러내렸다. 성령님의 위로가 그 동안 시달렸던 내 마
음을 가득 채우고도 남았다.

기쁜 소식

아내에게서 전화해 달라는 부탁이 왔다고 한 목사님께서 전해주
셨다. 나는 아내에게 전화를 했다. 며칠 동안 있었던 일들, 특히 비
행기 안에서의 나의 리프렉션(reflection)을 아내와 나누었다. 내 얘
기를 듣고 난 아내는, "여보, 좋은 소식이 왔어요. CSUMB 컨트랙
(contract) 담당자 일레인 왱벅(Dr. Elaine Wangberg) 박사님에게서
전화가 왔는데 당신이 제일 먼저 선정되었대요. 당신에게 일단 구
두로 컨트랙을 오퍼(offer)해야 한다고 오늘 전화를 해달래요."라고
하면서 왱벅 박사의 전화번호를 알려주었다.

아내는, "여보, 당신이 최선을 다해서 하나님께 헌신하고 또 내
기도를 들으셔서 하나님이 허락하신 줄 믿어요. 절충을 잘 하세
요."라고 격려해 주었다. 아내는 굉장히 기뻐하는 것 같았다.

나는 곧바로 왱벅 박사에게 전화를 했다. 인사를 나눈 후 오퍼 내용을 들었다. 내가 예상했던 것보다 훨씬 부족했다. 나는 "왱벅 박사님, 당신이 아시다시피 나는 알라스카대학교에서 석좌교수로서 아주 좋은 대접을 받고 있습니다. 내가 알라스카대학교에서 떠나야 할 이유가 전혀 없습니다. 만약에 내가 알라스카를 떠난다면 전에 가르쳤던 페퍼다인대학교로 갈려고 생각하고 있습니다. 페퍼다인 총장과 경영대학 학장 친구가 금년 12월에 내가 페퍼다인 대학으로 돌아오기를 원하고 있습니다. 그러나 내 아내는 내가 CSUMB로 가기를 원합니다. 만약에 내가 지금 말씀드리려고 하는 내 카운터 오퍼(counter offer)를 받아들인다면 CSUMB로 갈 의향이 있습니다.

첫째로, 나에게 종신교수직(Tenure)을 주셔야 합니다. 종신교수직을 미리 주지 않는다면 나는 관심이 없습니다. 나는 전에 가르쳤던 두 대학교에서 심사를 통하여 아웃스탠딩(outstanding) 평가로 종신교수직(tenure)을 받았습니다. 최우수 교수상을 받았고, 연구 실적도 많다는 것을 제 이력서를 통해서 다 보셨을 것입니다. 만약에 내가 당신 대학교에 가서 다시 내 실력을 증명하고 인정을 받아야 한다면 나는 전혀 관심이 없습니다. 계약서에 종신교수직을 허락한다는 내용을 꼭 넣으셔야 합니다.

둘째로, 왱벅 박사님이 오퍼한 봉급은 내가 생각했던 것보다 훨씬 낮은데 얼마를 올려 달라고 말씀드리기가 거북합니다. 봉급에 대해서 연연하지는 않습니다. 나에게 정식으로 오퍼하기 전에 알라스카 대학교에서 내 봉급이 얼마나 되는지 알아보시고 오퍼를 하십시오. 알라스카 대학교에서 주는 봉급만큼은 기대하지 않지만 너무

차이가 나지 않도록 부탁합니다.

셋째로. 왱벅 박사님이 지금 오퍼한 이사 비용은 너무 적습니다. 우리가 알라스카에서 16년 동안 살았는데 그동안 모은 가구와 짐을 다 가져올 수는 없지만 이사 비용은 적어도 배로 올려주십시오.

넷째로, 내려가는 비행기표도 나와 아내뿐만 아니라 제 아들 표까지 부탁합니다. (아들이 방학이어서 집에 와 있었다)

다섯째로, 컴퓨터에 관한 것은 내 어스트턴트를 통하여 필요한 항목을 다 적어 보내도록 하겠으니 꼭 마련해 주시기 바랍니다.

나는 내 입장을 밝히면서 카운터 오퍼를 했다. 왱벅 박사는 "김 박사님, 우리는 당신을 정말 원합니다. 무엇보다도 종신교수직(tenure)을 먼저 허락한다는 것은 전례가 없기 때문에 몹시 어려운 일입니다만 내가 최선을 다해 보고 다시 오퍼 내용을 알려 드리겠습니다."라고 대답했다. 나는 대학교의 두 번째 오퍼를 앵커리지 우리 집으로 보내 줄 것을 부탁하고 전화를 끊었다.

밤 집회를 하기 전에 아내에게 왱벅 박사와 통화한 내용을 말했더니 "여보, 당신이 너무 강하게 나와 그 대학교에서 다시 오퍼를 안 하면 어떻게 하려고 그렇게 많은 조건을 제시했어요?"라며 걱정했다. 나는 "그 대학이 나를 꼭 필요로 한다면 큰 문제가 안되고 또 두 번째 오퍼가 오면 꼭 당신하고 상의하여 결정하겠으니 염려하지 말고 오늘밤 집회와 그 대학과의 계약이 하나님의 은혜 가운데 하나님의 뜻을 이룰 수 있도록 기도하세요." 하고 부탁했다.

3일간 계속된 샌디애고 갈보리교회에서의 예수 각성집회는 이제

껏 경험하지 못한 새로운 차원에서의 영적 부흥이었다. 변영희 선교사님이 인도하는 경배와 찬양은 우리 모두를, 특히 나의 영혼을 새롭게 하는데 큰 역할을 했다. 나는 그렇게도 순수하고 겸손하게 하나님을 섬기면서 그리스도의 심장으로 성도들의 영적 부흥과 선교를 위해 헌신하는 한 목사님을 만나게 해 주신 하나님께 진심으로 감사를 드렸다. 원래는 이 교회에서 약 5명 정도를 자마 대회에 보내려고 했단다. 그러나 집회 후 계획을 바꾸어서 이규택 장로님과 한 목사님 사모님 등 39명이 대회에 참석하게 되었다.

갈보리교회에서 집회를 마치고 월요일 오전에 LA 사무실에 도착하니 새 여권이 와 있었다.

다음날 나는 LA에서 서울행 비행기를 탔다. 비행기 속에서 대회 첫날 메시지를 준비했다. 김포공항에 도착하니 나의 가장 가까운 신앙의 형제 중 하나이며 언제나 변함 없는 열정으로 하나님을 섬기는 나의 치어 리더(cheer leader)인 신용한 장로님이 마중을 나왔다. 그의 영접을 받으며 호텔로 갔다. 호텔에 체크 인을 하는데 직원이 앵커리지에서 팩스가 왔다며 봉투를 나에게 전해주었다. 봉투 속에는 CSUMB에서 보낸 두 번째 오퍼 내용이 들어있었다. 내가 요구했던 5가지 항목을 그대로 받아주겠다는 내용이었다.

호텔 방안에 들어와 나는 "하나님, 감사합니다. 영광을 주께 돌립니다. 정말 사랑합니다." 큰 소리로 외쳤다. 대학교에서 오퍼한 내용을 수락(accept)한다면 즉시 서명을 해서 팩스로 보내달라는 부탁이 적혀 있었다. 나는 아내에게 전화를 했다. 아내는 그 대학교에서 어쩌자고 당신이 내놓은 5가지 조건을 다 받아 주었는지 믿을 수가 없다며 무척 기뻐했다. 나는 아내에게 "여보, 이 오퍼에 서명할까요, 말까요? 당신의 생각은 어때요? 내가 최종결정을 할 때는 당신과 상의한다고 했는데…"라고 농담 같이 물었더니 깔깔 웃으면서 "지금 당장 서명해서 보내세요!"라고 독촉했다. 나는 웃으면서 "여보, 서명하기 전에 기도는 해야 하지 않겠어요?" 우리는 전화로 같이 감사기도를 하고 서로 사랑한다고 말하고 전화를 끊었다.

나는 그 오퍼를 받겠다고 서명을 해서 팩스로 보냈다. 하나님께서 역사하지 않고서는 내가 요구한 사항을 그대로 다 허락할 수 없는 일이었다. 사실 종신교수직을 미리 주면서까지 자기 대학교로 오라는 경우는 극히 드물고 주립 대학교에서는 거의 전례가 없는 일이었다. 나중에 로이드 학장과 왱벅 부총장보를 통해서 믿어지지 않는 에피소드를 듣게 되었다.

나에게서 5가지 항목을 요청 받고 로이드 학장과 왱벅 박사는 다른 것은 자신들이 결정할 수 있어도 종신교수직은 자신들이 결정할 수 없기 때문에 학사 담당 부총장을 찾아가 상의했다고 한다. 부총장은 우리에게 전례가 없는데 김 교수에게 테뉴어를 준다는 것은 말도 되지 않는다고 단호하게 거절했다고 한다. 부총장은 김 교수에게 오퍼하는 봉급이 누구보다도 많은데 그것은 받아줄 수 있다고 하겠으나 테뉴어만은 안 된다고 했단다. 그러자 로이드 학장과 왱벅 박사는 부총장이 자기들과 같이 총장에게 가서 테뉴어를 허락해 달라고 부탁할 때까지는 자기들은 부총장 방에서 나가지 않겠다고 자신들의 결심을 행동으로 보였다고 한다. (테뉴어를 최종적으로 결정하는 것은 총장의 권한이다) 왜냐하면 부총장의 추천 없이 총장이 직접 교수에게 테뉴어를 주는 경우가 거의 없기 때문이었다. 형식적이라도 학사 담당 부총장의 추천이 있어야 한다.

부총장은 할 수 없이 두 사람과 같이 스미스 총장을 찾아갔다. 그들이 내 케이스를 총장에게 설명했다. 총장이 세 사람에게 물어 보았다. "김 교수가 테뉴어를 미리 받을 만큼 정말 좋은 교수냐?"라고 물었을 때 부총장도 같이 셋이서 "에스!"라고 했더니 "그러면 무엇을 기다립니까? 우리 대학으로 오게 하지?"라고 하면서 테뉴어를 그 자리에서 기꺼이 허락했다는 것이다. 5월에 인터뷰 갔을 때 만난 일 외에는 전혀 알지도 못하는 사람들인데 하나님께서 이 모든 사람들의 마음을 강권적으로 역사하셨음이 틀림없다.

나는 서울에서 며칠을 머물면서 김희선 장로님과 신용한 장로님을 비롯한 CBMC 자마 후원회 임원들과 김창성 사무총장, 김수웅 장로님, 고호남 장로님 등 여러분을 뵈었고, 서울 CBMC 각 지회 조찬모임을 방문해서 자마 대회 준비 상황을 보고하면서 자마 대회를 위한 기금을 모았다. 여러분들의 수고와 협력으로 서울과 전국 각 지회를 통하여 12만 불이 모아졌다.

자마 1차 대회를 치르는데 한국 CBMC는 기도로 헌금으로 엄청난 공헌을 했다. 한국 CBMC가 미국의 영적 각성을 위해서 동역해 준 것을 충심으로 감사를 드린다. 주 안에서 그 고마움을 결코 잊지 않을 것이다.

서울에서 앵커리지에 돌아와 이틀을 쉬고 대회 5일 전인 6월 24일에 나는 아들 폴과 함께 대회 준비를 위해서 콜로라도 주립대학에 도착했다. 아내는 며칠 뒤에 왔다. 이미 준비위원들과 많은 자원봉사자들이 와서 열심히 대회를 준비하고 있었다. 김동환 목사님의 탁월한 리더십 아래 KCCC 대학생들, 작은불꽃 대학생들, 그리고 GSC 젊은이들이 밤을 새우며 수고했다. 나는 자마 대회를 치르면서 우리 2세 젊은이들이 비전만 분명하게 가지면 그들이 1세들보다더 헌신한다는 것을 확신했다. 그들은 오히려 나에게 "김 교수님은지금까지 수고를 많이 하셨으니까 이제는 쉬면서 기도만 하세요.우리가 다 책임지고 대회를 준비하겠습니다."라고 격려해 주었다.

 부흥

와이 자마?(WHY JAMA?)

자마 대회 준비를 책임 맡은 나로서는 무엇보다도 먼저 미국의 영적 각성과 부흥운동에 관해서 역사적으로 관찰해보는 것이 필요했다. 미국이 어려움에 처할 때마다 크리스천들의 회개와 영적 각성을 통해서 하나님께서 미국을 치료하시고 부흥케 하시고 복을 주신 사실을 알게 되었다.

"우리를 다시 살리사(revive us again) 주의 백성으로 주를 기뻐하게 아니하시겠나이까"(시 85:6)

진정한 영적 각성과 부흥은 하나님의 이름을 믿는 하나님의 백성들이 자신들의 죄와 나라의 죄를 애통하는 마음으로 회개하고 금식하며 기도하여 하나님의 거룩 거룩하신 얼굴을 찾을 때 하나님께서 직접 부흥사가 되셔서 전능하신 손길을 통해서 초자연적으로 우리에게 보내 주신다는 것도 깨닫게 해주셨다.

미국이 영적으로, 도덕적으로 위기에 처할 때마다 하나님께서 하나님의 종들을 세워서 전국적으로 회개와 영적 각성운동을 전개케 함으로 미국에 영적 대부흥을 일으켰고 따라서 미국을 위기에서 구해내신 것을 우리는 역사적인 기록을 통해서 알 수 있다.

1730년대부터 메사츄세스(Massachusetts) 주 서쪽 노-샘턴(Northampton)에서 조나단 에드워드(Jonathan Edwards) 목사님을

통하여 그 도시뿐만 아니라 뉴잉글랜드(New England) 지역 일대에 회개와 영적 각성이 전개되어 이것이 결국 미국의 영적 대부흥을 가져오게 되었다. 1735년 에드워드 목사님은 본인이 섬기는 교회의 영적 부흥이 지역사회에 어떠한 영향을 주었는지 다음과 같이 기록하였다.

"성령님의 엄청난 부으심으로 인하여(Great outpouring of the Spirit⋯) 진실한 성도들의 숫자가 크게 증가하여 도시는 하나님의 임재하심이 충만했고, 모든 가정마다 구원의 감격과 기쁨이 충만했으며, 어떤 모임이든지 모일 때마다 그리스도가 화제의 중심이었다. 하나님의 영이 도시 군데군데마다 너무 아름답게 부어지니 시민들은 싸우고 다투는 것을 완전히 끊어버렸고, 술집은 텅텅 비게 되었으며, 매일매일이 안식일 같았다. 그리고 다른 나라에서 우리 도시를 방문하는 사람들은 하나님의 복을 소낙비 같이 체험하게 되어 하나님께 기쁨의 찬양을 드리면서 고향에 돌아갔으며, 이와 똑같은 하나님의 역사가 이 나라의 많은 도시에서 일어나고 있었다⋯."

에드워드 목사님이 1741년 7월 8일 코네티겟(Connecticut) 주 엔필드(Enfield)에서 '성난 하나님 손 안에 있는 죄인들(The sinners in the hands of an angry God)' 이라는 제목으로 설교했을 때는 성도들이 "우리가 어찌할꼬?" 하며 가슴을 치며 회개한 역사도 기록되어 있다. 이 영적 부흥을 통하여 1730년부터 1745년까지 주님을 영접한 성도들을 훈련시키고 가르쳐서 테스트한 다음 교회의 정식 멤버로 등록시킨 숫자만 5만 명이 넘는다고 기록하고 있다. (Martyn

Lloyd Jones, Revival, p. 107.)

1806년 사무엘 밀스(Samuel Mills)가 윌리엄스대학(Williams College)에 입학했을 때 그 학교 학생들 가운데 영적 부흥을 위한 기도 모임이 있는 것을 알게 되었고, 밀스는 그 모임에 참석하여 곧 리더가 되어 여름 동안에도 일주일에 두 번씩 기도 모임을 가졌다. 찌는 듯이 무더운 8월 오후, 밖에서 기도하고 있을 때 갑자기 하늘이 캄캄해지고 벼락을 치며 천둥소리가 나고 소낙비가 내렸다. 기도를 하던 학생들이 소낙비를 피하기 위해 대학교 건물로 되돌아갔다. 미처 캠퍼스 건물에 이르기 전에 구름이 지나가서 근처 건초더미(Haystack) 곡간에서 기도 모임을 계속했다. 그때 밀스는 동료들에게 해외 선교에 헌신하도록 초청했다.

이 건초더미 기도 모임이 윌리엄스 대학의 영적 대각성의 시발점이 되었고, 미국 내 자체에서부터 근대 해외 선교를 시작한 사건이 된 것이다. 에드윈 오(Edwin Orr) 목사님에 의하면 윌리엄스 대학의 영적 부흥의 영향력이 엄청나게 커서 윌리엄스 대학은 말할 것도 없거니와 예일(Yale), 엠허스트(Amherst), 다트머스(Dartmouth), 프린스턴(Princeton) 등 우수한 대학 캠퍼스에 퍼지게 되었으며 이 영적 부흥을 통하여 전체 학생의 1/3 내지 1/2까지 예수 그리스도를 영접하게 되었다고 했다. 밀스와 그 동지들의 기도와 회개운동을 통하여 윌리엄스 대학 뿐만 아니라 뉴잉글랜드 전역에 대 영적 각성의 불을 질렀고 세계 역사상 위대한 선교가 시작되었다고 한다. (Dan Hays, p 31-32.)

그 후 찰스 피니(Charles Finney) 목사님과 예레미아 램피어 (Jeremiah Lamphier) 성도들을 통하여 뉴욕시에 대 영적 부흥운동 이 일어났으며 드와이트 무디(Dwight Moody) 선생님을 통해서도 대 영적 각성이 미국 각처에서 일어나게 되었다. 존 웨슬리(John Wesley) 목사님과 죠지 횟필드(George Whitefield) 목사님을 통해서 영국 웨일스(Wales), 스코틀랜드(Scotland), 아일랜드(Ireland)에 대 영적 부흥이 일어났으며 웨슬리(Wesley) 목사님은 영국뿐만 아니 라 미국과 세계에 엄청난 영향력을 끼쳤다. 1859년에 일어났던 웨 일스 부흥은 성령님의 엄청난 부음을 받아 그 역사로 웨일스와 영 국 전역에 대단한 충격을 주었고, 똑같은 사건들이 미국과 세계 곳 곳에서 일어나고 있었다. (Martyn Lloyd Jones, Revival)

특히 주목할 만한 미국의 영적 각성과 부흥이 1857년과 1858년에 필라델피아에서 몇몇의 대학생과 대학 출신 젊은이들에 의해서 시 작되었다. 그들은 영적 부흥의 큰 부담을 안고 1857년 11월 23일부 터 매일 기도 모임을 시작했다. 처음에는 몇 명밖에 모이지 않았지 만 실망하지 않고 계속한 결과 곧 20, 30, 40, 60명이 모여 기도하게 되었다. 기도의 열기가 점점 가속화되면서 곧 폭발할 것 같았다. 기 도를 시작한지 넉 달이 되기도 전에 1858년 3월 영적 부흥이 강하 게 일어나기 시작했다.

미국 영적 부흥 역사가인 에드윈 오(Edwin Orr) 목사님은 다음과 같이 그 장면을 기록했다.

"그 기도 장소가 너무나 차고 넘쳐 1858년 3월 10일부터는 2,500

명의 좌석이 있는 대 살롱으로 옮기게 되었다. 그곳도 차고 넘쳐 본당과 무대 사이를 막은 칸막이를 없애고 1층 무대와 낮은 갤러리 사이를 막은 칸막이까지 없앴다. 나중에는 매일 6,000명 이상이 모여 기도했다. 각 교회마다 매일 밤 적어도 한 번은 문을 열었고, 어떤 교회들은 하루에 세 번 내지 다섯 번씩 문을 열었으며, 매번 교회들은 기도하는 사람들로 가득 찼다. 기도와 회개와 권고와 찬양이 전부였으며 너무나도 정직하고 엄숙한데다가 찬양은 너무나 압도적이어서 그 기도 모임들을 잊을 수가 없었다.

새로 믿는 사람들과 예수 그리스도를 알고 싶어하는 사람들이 교회마다 홍수처럼 밀려와 큰 캔버스 텐트를 당시 돈으로 2,000불을 들여 구입, 1858년 5월 1일에는 그 텐트에서 예배를 갖게 되었다. 그 후 4개월 동안 연 15만 명이 캔버스에서의 사역에 참여하여 수많은 사람들이 예수 그리스도를 영접하게 되었다. 또 필라델피아 교회들은 그때 오천 명의 영혼이 구원받았다."고 보고했다.

그 당시 필라델피아 인구가 지금 인구의 1/10도 못 미친다고 생각할 때 그 숫자는 실로 대단한 것이다. 옆에 있는 뉴저지(New Jersey) 주에도 똑같은 영적 각성과 부흥으로 불과 몇 주 동안에 6만 명 이상이 구원받았다는 기록이 있으며 같은 영적 부흥 기간에 프린스턴(Princeton) 대학교 학생 전체의 40%가 구원을 받았고 18%가 풀타임으로 크리스천 사역에 헌신하게 되었다.

이 영적 각성과 부흥 운동은 전국 각지로 산불과 같이 번져서 수많은 영혼을 구하고 수많은 젊은이들이 신학을 공부한 후 세계 각국에 선교사로 가게 되었다. 그때 기록에 의하면 1857-1859년 사이에 전 미국을 휩쓸었던 대부흥을 통하여 새로 구원받아 훈련받고 테스트를 거쳐 교회에 정식 등록한 기독교인만 50만 명이 넘는다고 한다. 145년 전에 50만 명이 테스트를 거쳐 정식으로 교회에 등록했다는 것은 엄청난 숫자이다. 얼마나 대단한 일인가! 이름난 큰 인물들이 아니고 이름 없는 젊은이들의 기도와 회개를 통하여 이 엄청난 일이 일어났다는 사실은 정말 놀라운 일이 아닐 수 없다. 이 일은 우리에게 큰 도전을 줌과 동시에 우리도 하나님이 사용하시면 할 수 있다는 격려가 된다.

거의 같은 시기에 영국의 영적 각성과 부흥 운동을 통하여 영국에서도 얼스터(Ulster)에서 10만 명, 웨일스에서 5만 명이 정식으로 교회에 등록하였다는 보고가 있다. 미국이 영적으로 타락하고 위기에 처할 때마다 하나님께서 하나님의 사람들에게 큰 부담을 주어 그들의 기도와 회개를 통하여 직접 영적 대부흥을 일으켜 미국의 도덕과 신앙이 다시 회복되도록 고쳐주신 역사를 수많은 기록을 통해 우리는 알 수 있다.

특히 미국에서 대각성과 부흥이 일어날 때마다 수많은 젊은이들이 사명을 받고 신학교에 입학하여 공부한 후 선교에 헌신하여 그리스도의 지상 명령을 위해서 세계 각국에 선교사로 가는 것을 볼 수 있다. 조선(한국)에도 1884년 언더우드(Underwood) 선교사님과 아펜셀러(Appenzeller) 선교사님이 파송되었고, 그 후 많은 선교사들이 조선(한국)에 파송되어 그들의 희생과 헌신을 통하여 오늘날 한국이 세계 어느 나라보다도 뜨겁게 민족 복음화와 세계 복음화를 위해서 전진하고 있지 않은가!

2000년 여름, 독일에서 집회하는 중 김영구 목사님(프랑크 푸르트 사랑의교회)을 통해서 받은 한국 초기 언더우드 선교사님의 기도를 읽으면서 흐르는 눈물을 금할 수가 없었다. 언더우드 선교사님의 기도문을 소개하고 싶다.

"오! 주여, 지금은 아무것도 보이지 않습니다. 메마르고 가난한 땅, 나무 한 그루 시원하게 자라 오르지 못하고 있는 이 땅에 저희들을 옮겨와 앉히셨습니다. 그 넓고 넓은 태평양을 어떻게 건너왔는지 그 사실이 기적입니다. 주께서 붙잡아 뚝 떨어뜨려 놓으신 듯한 이 곳, 지금은 아무것도 보이지 않습니다. 보이는 것은 고집스럽게 얼룩진 어둠뿐입니다. 어둠과 가난과 인습에 묶여 있는 조선 사람들뿐입니다. 그들은 왜 묶여있는 지도, 그것이 고통이라는 것도 모르고 있습니다.

고통을 고통인 줄 모르는 자에게 고통을 벗겨 주겠다고 하면 의심부터 하고 화부터 냅니다. 조선 남자들의 속셈이 보이지 않습니다. 이 나라 조정의 내심도 보이지 않습니다. 가마를 타고 다니는 여자들을 영영 볼 기회가 없으면 어찌하나 합니다. 조선의 마음이 보이지 않습니다. 그리고 저희가 해야 할 일이 보이지 않습니다. 그러나 주님, 순종하겠습니다. 겸손하게 순종할 때 주께서 일을 시작하시고 그 하시는 일을 우리들의 영적인 눈이 볼 수 있는 날이 있을 줄 믿나이다.

'믿음은 바라는 것들의 실상이요, 보지 못한 것들의 증거이니' 라고 하신 말씀을 따라 조선의 믿음의 앞날을 볼 수 있게 될 것을 믿습니다.

지금은 우리가 황무지 위에 맨손으로 서 있는 것 같사오나 지금은 우리가 서양귀신, 양귀자라고 손가락질 받고 있사오나 저희들이 우리 영혼과 하나인 것을 깨닫고 하늘나라의 한 백성, 한 자녀임을 알고 눈물로 기뻐할 날이 있음을 믿나이다. 지금은 예배드릴 예배당도 없고 학교도 없고 그저 경계와 의심과 멸시와 천대함이 가득한 곳이지만 이곳이 머지않아 은총의 땅이 되리라는 것을 믿습니다. 주여, 오직 제 믿음을 붙잡아 주소서."

- 한국 선교 초기 언더우드 선교사의 기도 -

언더우드 선교사님과 그 후 많은 선교사들의 기도가 이루어져 1907년에는 평양에서 700여 명이 일주일간 성경공부 컨퍼런스에 참여하는 동안 극적인 성령 충만을 체험하게 되었다. 그때 참여했던 한 선교사가 다음과 같이 기록한 것을 읽었다.

"방 전체는 하나님의 영으로 충만했다. 모든 청중이 기도하기 시작했다. 하나님이 그 날 밤 평양에 있는 우리에게 직접 오셨다. 한 사람 한 사람씩 일어나 자신의 죄를 고백하고 깨어지며 비탄의 눈물을 흘렸다. 어떤 사람들은 자신들의 몸을 마루 위에 엎드려 쭉 펴는가 하면 또 수백 명이 일어나 천국을 향해 손을 높이 들고 서로를 다 잊고 각자가 하나님과 얼굴을 맞대는 엄청난 장면이었다…. 모두가 한 영으로 태어났고, 하늘에 계신 한 아버지께 들리워 올려졌다…."

이 모임이 한국의 오순절이라고 불리고 있으며 참석한 모두가 다 변화의 체험을 했고 오늘날까지 계속되는 전국 기도 운동의 초석이 되었다. 여기에서 일어났던 성령의 불씨가 중국과 일본과 미국, 그리고 세계 많은 나라에 퍼져 나갔다. 한국의 영적 부흥은 기도로 시작되었으며 지금도 매일 아침 수백만 명의 크리스천들이 새벽마다 교회에 나가 한국의 민족복음화와 부흥을 위해서 간절히 기도하고 있다. 모든 순수한 영적 부흥은 하나님의 넘치는 영이 기도회에 참여하는 사람들에게만 임하는 것으로 끝나지 않는다. 평양의 영적 대부흥도 마찬가지였다. 한 목격자의 증언을 들어보자.

"남자들이 시골에 있는 집으로 돌아올 때 오순절 성령님의 불이 그들과 같이 했다. 그들은 가는 곳마다 간증했으며 성령님이 그들을 통해 흘러나와 퍼지게 되었다. 한반도의 모든 교회들이 그 은혜의 복을 함께 나누었다. 도시마다 참석했던 남자들이 집집을 방문하며 자신들이 이웃에게 잘못한 죄를 고백하고 훔쳤던 재산이나 돈을 돌려주고 용서를 구하였다. 이들은 기독교인들에게 뿐만 아니라 비기독교인들이게도 죄를 고백하고 빚을 갚고 용서를 구했다. 전 도시가 감동하여 흥분되었다." (Robert Coleman p 25.)

초기 선교사들의 기도와 눈물과 희생과 피가 성령의 불씨가 되어 한국의 기독교인들은 1907년에는 20세기 오순절 성령 대강림을 체험하게 되었다. 1910년 한일합방 이후 36년 동안 일본의 잔학한 식민지 정책과 지독한 기독교 핍박과 살인 속에서도, 그리고 6·25의 피비린내 나는 민족상잔의 전쟁 속에서도 그 성령의 불길은 계속 활활 타올랐다. 이제는 한국의 복음화뿐만 아니라 전세계 170여 개국에 600만 명의 한인들을 보내어 (Korean Diaspora) 세계 복음화를 위한 전략적인 위치에 있게 하신 하나님의 뜻과 계획을 분명히 보고 깨달아야 할 것이다.

결국 언더우드 선교사님의 기도가 이루어져 이러한 하나님의 뜻과 계획과 섭리 속에서 우리 민족이 구원되었고, 우리를 미국 땅에 옮겨 놓은 것이다. 언더우드 같은 선교사님들을 통해 수많은 한국의 영혼들이 구원을 받았고, 6 · 25 전쟁 때는 한국을 위해서 가장 많은 희생을 치른 미국에 하나님이 우리를 보내신 것이다. 그러나 우리가 살고 있는 미국은 지금 역사상 가장 도덕적으로, 윤리적으로, 신앙적으로 타락하고 있는 것을 누구나 인정하지 않을 수 없다. 뜻 있는 미국의 기독교 지도자들은 미국이 전 세계에서 가장 죄가 많은 나라 중의 하나라고 한탄하면서 미국은 한 국가로서 그 영을 잃고 있다고 말하고 있다.

최근 미국의 영적 지도자들도 회개와 기도를 통하여 각성과 부흥이 일어나야 한다는 강한 도전을 받고 있다. 언더우드 같은 선교사님들이 그 엄청난 고난과 시련과 핍박을 받으면서 심지어는 생명까지도 바쳐 한국의 수많은 영혼들을 구원했는데, 그들을 선교사로 보내 우리에게 그리스도의 복음을 전해준 미국에 하나님이 우리를 옮기신 것은 결코 우연이 아니요 우리를 향한 하나님의 크신 뜻과 계획이 있음이 분명하다.

"하나님이여, 이 어려운 때에 왜 하필이면 우리 한인 크리스천들을 미국에 보내셨고 이곳에서 낳고 자라게 하십니까?"

우리 한인 목사님들이 미국에서 그 어려운 역경 속에서도 이민 교회를 시작했고 많은 성도들의 헌신과 봉사와 기도의 결과로 오늘날 전 미국에 3,500개가 넘는 교회로 발전하게 되었다. 미국 역사상 이민 온 민족들 가운데 청교도들을 제외하고는 우리 민족만큼 교회를 중심으로 이민생활을 시작한 인종이 없다. 그 동안 많은 1세 목사님들이 설교를 통하여 우리 코리언-아메리칸 성도들은 미국의 제2의 청교도가 되어야 한다고 강조해 왔다. 이것은 막연한 꿈이 아니고 하나님께서 우리 코리언-아메리칸 성도들에게 보여주신 비전이라고 나는 확실히 믿는다. 따라서 우리를 통해서 시작한 자마는 미국과 세계의 영적 대각성을 위한 시대적인 사명이요 흐름인 것을 나는 분명히 믿는다.

미국, 영국, 한국 등의 영적 각성과 부흥의 역사를 관찰해 볼 때 영적 각성과 부흥을 위해서는 하나님의 백성들이 먼저 5가지의 필요조건(five prerequisites)에 응해야 한다는 것을 깨닫게 되었다.

첫째로, 영적 각성과 부흥이 꼭 필요한 것을 인식해야 한다.

둘째로, 하나님 앞에서 스스로 겸비해야 한다.

셋째로, 죄를 고백하고 회개해야 한다.

넷째로, 영적 각성과 부흥을 위해서 계속해서 쉬지 말고 기도해야 한다.

다섯째로, 다른 성도들과 같이 모여 혼신을 다하여 중보기도를 해야 한다.

자마 대회는 위의 5가지 필요조건에 응하면서 전 미국 35개 지역에서 지방 대회를 마치고 드디어 1996년 6월 29일부터 7월 4일까지 5박 6일 동안 포트 콜린스에 있는 콜로라도 주립대학교에서 다음과 같은 비전과 목적과 전략을 가지고 개최되었다.

JAMA 비전(Vision)과 목적과 전략

자마의 비전은 'Awakening and Healing of America and all nations for Christ(2 Chronicles 7:14)'이다. 역대하 7장 14절의 "내 이름으로 일컫는 내 백성이 그 악한 길에서 떠나 스스로 겸비하고 기도하여 내 얼굴을 구하면 내가 하늘에서 듣고 그 죄를 사하고 그 땅을 고칠지라"는 약속의 말씀을 중심으로 하나님께서 직접 역사하셔서 미국과 모든 민족을 그리스도를 위해서 각성시키고 치유(Healing)하시도록 우리의 죄를 회개하고 기도한다는 것이다.

자마는 스스로 겸비하고 기도하며 하나님 앞에서 죄를 회개하며 하나님의 얼굴을 찾는 성도들을 동원하는 일과 그들을 훈련시켜 그리스도의 영광을 위하여 미국과 세계의 주류에 강한 영향력을 주는 변화의 사신(Transforming agents)을 만드는 사명을 목적으로 한다.

아울러서 이러한 비전과 목적을 이루기 위해서 아래와 같은 전략을 갖는다. 예수 그리스도께 진정으로 헌신한 그리스도인들을 깨운다. 미국의 모든 국민들과 같이 그리스도를 향한 우리의 사랑을 나눈다. 이 땅에 지역마다 성경적인 부흥을 불지르는 영적 촉매자들(spiritual catalysts)을 양성한다. 지역 교회의 부흥과 강화를 위해서 목사님들과 성도들이 손을 잡고 파트너십(partnership)을 이루어 같이 사역한다. 예수 그리스도를 중심으로 성격적인 토대 위에 세워진 여러 기독교 미니스트리들과 같이 파트너십으로 사역한다. 예수 그리스도가 개인과 가정의 중심, 교회와 단체와 회사와 학교와 모든 정부 기관들의 중심으로 회복될 때까지 예수 그리스도가 우리의 주님(Lord)이시고 구세주(Savior)이신 것을 인정하며 계속적인 기도와 회개의 헌신을 일으킨다. 그리고 전 세계에 주님의 지상 명령을 완수하는 사명에 주역을 감당할 수 있도록 미국의 영적 도덕적 회복을 도모한다.

오늘날 미국이 영적으로 아주 중대한 위기에 처해 있다는 것은 누구나 다 인정하고 있다. 세속적인 자유주의와 인본주의와 다문화주의와 다원론과 타협적인 용납(Tolerance), 그리고 인위적인 교리 해석 등으로 뒤범벅 된 미국의 영적 타락을 이제는 더 이상 무관심하게 방관하지 않고, 어느 때보다도 그리스도를 위한 변화된 새로운 세대가 담대하게 일어나서 미국이 다시 청교도의 신앙과 하나님의 말씀으로 돌아가도록 앞장서서 도전해야 할 때가 바로 지금이다.

자마는 이 도전을 겸손하게, 그러나 담대한 마음으로 받은 운동이다. 자마는 영적으로 급속도로 타락해 가는 미국의 심장을 강타하여 깨우고, 새 시대의 리더들을 동원하여 훈련시켜서, 세상의 잃어버린 영혼을 구하기 위해서 시작한 회개의 기도와 영적 부흥운동이다.

특히 미국의 영적 각성과 치유(Spiritual Awakening and Healing)에 중점을 둔 이 자마는 새로운 크리스천 세대들을 도전한다. 미국의 영적 타락을 방관자로서 무관심하게 보고 있을 것이 아니라 하나님의 후사, 그리스도의 대사로서 주인의식을 가지고 이 나라를 가꾸고 바로잡아 가도록 도전한다. 우리의 자녀에게 주인의식과 비전을 심어주어서 이제는 그들이 소극적인 입장에서 벗어나 적극적으로 이 나라를 신앙적으로 도덕적으로 재건해 나가도록 그들을 모든 분야에 실력 있는 리더들로 세우는 일을 하자는 것이다.

새 천년을 맞으면서 자마는 미국뿐만 아니라 전 세계의 예수 각성과 부흥의 시급함을 깨닫고 오직 하나님의 영광을 위해서 시대적 사명을 감당해야 한다는 성령님의 강한 도전에 응하기로 결심하고 시작한 운동이다.

이러한 긴박한 영적 위기의식에서 우리는 콜로라도 주립대학교에 모였다. 여기에 나의 존경하는 동역자 강순영 목사님이 자마 대회를 준비하면서 전국 각 교회와 코리언-아메리칸들에게 부탁한 기도제목을 소개한다. 우리는 오직 이 간절한 기도가 이루어지기를 소원한다.

"주여, 청교도들이 기도와 눈물과 희생과 투쟁으로 세운 이 땅을 긍휼히 여기시고 고쳐주소서. 은총을 회복시켜 주소서. 주님을 향한 처음 사랑을 회복시켜 주소서.

가정마다 교회마다 회개와 큰 부흥을 체험하게 하소서. 이 땅의 주의 종들을 일깨워 주소서.

이 땅의 지도자들이, 미국이 살길은 하나님께로 선조들의 신앙으로 돌아가는 길뿐임을 알게 하시고 선포하게 하시며 실천하게 하소서.

이 땅의 크리스천들이 정결한 삶을 살며 빛과 소금의 역할을 하게 하소서.

이 땅의 가정들이 성경적 가정으로 치료되고 회복되게 하소서. 가정예배가 회복되게 하소서. 직장마다 직장예배, 직장 성경공부들이 시작되게 하소서.

공립학교에 성경공부와 기도회가 다시 시작되게 하소서.

이 땅의 젊은이들이 예수 그리스도의 제자로, 군사로, 선교의 일꾼으로 준비되게 하소서.

영화, 텔레비전, 인터넷, 잡지들이 정화되게 하소서.

총기, 마약, 알코올, 도박, 성범죄가 이 땅에서 추방되게 하소서.

이 땅에 그리스도의 왕 되심이 선포되게 하시고 국가와 가정과 회사와 단체들의 모든 주권이 하나님께 돌려지게 하소서.

새 정부의 주요 정책 결정자들의 위치에 주님을 경외하며 성경적 가치관을 가진 자들을 세워주소서.

이 땅에 일어나고 있는 기도와 회개 운동, 전도 운동들을 축복하시고 코리언-아메리칸들이 이 일에 앞서게 하소서.

한인 1.5세, 2세 가운데서 다니엘, 요셉, 바울, 에스더와 같은 경건한 지도자들이 많이 배출되게 하시고 이들이 미국과 세계의 요직에 진출되게 하셔서 구속사의 중요한 역할을 담당하게 하소서.

미국에 주신 축복들이 마지막 때에 세계 선교를 위해 귀히 사용되게 하소서…."

역사적인 JAMA 제1차 전국대회

1850년대 중반 미국의 영적 대각성 운동은 몇 명의 젊은이들로 시작되었으나 이제는 2,500명 이상의 우리 젊은이들을 중심으로 회개와 기도를 통하여 이 나라에 예수 대각성이 일어나 이 미국이 다시 한 번 깊은 신앙적 도덕적 위기에서 회복되고 치료되는 대변화가 일어나기를 기대하면서 우리는 모였다.

콜로라도 주립대에서 열린 JAMA 제1차 전국대회 장소

코리언－아메리칸들이 주인의식을 가지고 미국을 위해서 회개하고 기도하며 그리스도의 사랑을 구체적으로 실천할 때 세계 각국에서 미국에 이민 와 살고 있는 모든 크리스천들이 큰 충격을 받아 같이 회개하고 인종간의 장벽, 교단간의 장벽, 교회간의 장벽을 부수고 서로 사랑하는 그 날이 올 것을 기대하면서 우리는 모였다.

　무너진 가정이 회복되고 교회가 진정으로 세상의 빛과 소금이 되어 지역사회와 나라를 변화시키며 대대적으로 세계 각처에 복음의 사역자를 보내어 예수세계화(Jesus Globalization)를 속히 이루고자 하는 기대 속에서 우리는 모였다.

　우리는 매일 새벽 6시부터 기도 모임을 시작해서 밤 늦게까지 미국에서 영향력을 끼치고 있는 영적 리더들뿐만 아니라 각 분야의 주류 속에서 활약하는 크리스천 롤 모델들을 초청해서 그들의 말씀을 들었다. 또한 오픈 포럼(open forum)을 열어서 영성과 실력을 겸비한 우수한 코리언－아메리칸 젊은이들이 미국과 세계를 향한 비전들을 나누는 귀한 시간도 가졌다.

　호델 전 장관이 말한 것처럼 성령 충만하고 실력 있는 코리언-아메리칸 젊은이들을 훈련시켜서 미국의 정치, 경제, 사회, 문화, 종교, 학문, 과학, 기술, 예술, 미디어 등 모든 분야의 주류 속에 진출시켜 그곳에서 도덕적 신앙적인 각성과 부흥을 위한 그리스도의 변화의 사신들(transforming agents)이 되게 하는 기도와 전략의 모임이었다.

　주제 스피커들은 매일 개인의 변화, 가정과 교회의 변화, 사회와 나라의 변화, 세계 선교 등 정해진 주제에 따라 하나님의 말씀으로 강한 감동과 영향력을 주었다. 세미나 강사들의 열정적인 발표와 젊은 코리언-아메리칸 크리스천 리더들의 짤막짤막한 메시지 또한 큰 감동과 도전을 주었다.

　미국의 영적 대각성 운동과 관련 우리 모국 한국에서도 하용조 목사님과 홍정길 목사님이 오셨다. 미국 이민 1세 영적 리더들 중에서 박희민 목사님, 장영춘 목사님, 김의환 목사님, 이원상 목사님 …, 그리고 2세 리더 중에서 데이비드 기븐스(David Gibbons) 목사님, 밥 오(Bob Oh) 목사님, 스티브 엄(Steve Um)… 등 여러분이 오셨다. 한국과 미국, 1세와 2세의 맥을 잇는 역사적인 모임이 되었

JAMA 전국대회 대회장

다. 특히 빌 브라잇 박사(Dr. Bill Bright), 자시 멕도웰(Josh McDowell), 낸시 리 디 모스(Nancy Lee De Moss), 데니스 레이니(Dennis Rainey), 데이비드 브라이언트(David Bryant), 루이스 부시(Luis Bush), 새미 티핏(Sammy Tippit) 등 미국의 기라성 같은 영적 리더들이 우리 젊은이들을 도전했고, 그들도 우리의 비전에 큰 도전과 영향을 받았다. 성령 충만한 모임이었다.

특히 주목할 만한 몇 가지를 나누고 싶다.

빌 브라잇 박사님은 대회가 시작되기 전에 미리 오셔서 5박 6일 대회 기간 동안 줄곧 우리와 함께 계셨다. 그는 대회를 지켜보면서 "자마는 지금까지의 영적 각성과 부흥 운동에 전례 없는 역사적인 사건이다. 코리언-아메리칸 대학생 젊은이들을 통해서 미국과 세계에 엄청난 영향력을 줄 수 있다는 것을 확신한다."고 하시면서 코리언-아메리칸들이 자마를 시작한 것은 미국의 모든 인종의 각성과 부흥을 위한 역사적인 사건이라 아니할 수 없다고 거듭 강조했다.

둘째 날 밤, 개인의 회개와 부흥을 위해서 낸시 리 디 모스(Nancy Lee De Moss) 여사가 메시지를 전했을 때는 3,000여 명의 참석자들(밤 집회는 3,000여 명이 참석)이 완전히 회개하고 변화를 경험했다. 성령님의 강력한 임재 가운데 수많은 젊은이들이 무대의 양쪽에 줄을 서 기다리면서 한 사람씩 단상에 올라와 자신들의 죄를 고백하고 회개하는 지금까지 전혀 볼 수 없었던 역사가 일어났다. 막연한 죄의 고백이 아니었다. 마약 중독, 아버지에게 성적으로 남용된 비참한 삶 속에서의 절규, 포르노 영화 중독 등 상상을 초월한 죄들을 구체적으로 고백했다.

한 사람씩 죄를 고백하고 회개하는 간증을 마치고 내려오면 함께 참석한 친구나 친지들이 수십 명씩 몰려와 서로 얼싸안고 위로하면서 기도하는 장면들이 대회장 구석구석에서 벌어졌다. 대회장은 회개의 눈물, 그리고 죄로부터 자유함을 얻은 환성과 찬양의 도가니가 되었다. 이러한 성령님의 강력한 역사가 5시간 이상 계속되었다. 밤을 새워도 끝날 것 같지 않았지만 다음날을 위해서 새벽 3시가 되자 아쉬움을 안고 모임을 끝냈다. 대회 시작 하루만에 모든 참

빌 브라잇 박사님을 모시고 내 아내와
딸 샤론과 사위 에드워드

석자들이 구체적인 죄 고백과 회개를 체험한 것은 오직 성령님의 은혜의 역사이다. 나는 이것이 곧 각성이고 부흥이라고 믿는다.

자시 멕도웰 목사님의 개인 간증과 말씀도 모든 참석자들에게 잊을 수 없는 엄청난 도전을 심어주었다.

마지막날 밤에 자마 선언문(JAMA Declaration)을 선포한 것도 참으로 의미 깊은 일이었다. 150여 명의 1.5세, 2세 목사님들과 전도사님들을 단상으로 초대해서 1.5세인 황삼열 변호사가 자마 선언문(JAMA Declaration)을 낭독했다.

황삼열 형제가 1.5세요, 변호사요, 미국의 독립선언문이 만들어진 필라델피아(Philadelphia) 출신이었기에 나는 수개월 전부터 그에게 1776년 7월 4일 발표된 미국 독립선언서와 관련해서 미국을 향한 자마 선언문을 초안(draft)하도록 부탁해서 대회 중에 마지막 점검을 하고 그것을 발표했다.

미국 독립선언문은 다분히 청교도의 신앙이 그 토대가 되었기 때문에 우리가 7월 4일을 끼어서 자마 대회를 개최하는 것도 미국의 역사와 맥을 잇기 위함이다. 독립 선언서에 '하나님이 주신 누구도 나눌 수 없는 신성한 특권, 즉 생명(Life), 자유(Liberty), 그리고 행복의 추구(Pursuit of Happiness)가 대문자로 쓰여있다. 자마 선언문도 '생명' 이신 예수 그리스도, 진리가 너희를 '자유' 케 하리라 하신 대로 진리이신 그리스도 안에서의 '자유', 길이신 예수 그리스도 안에서 '행복' 을 구하는(시 39:4) 삶을 이 땅에서 다시 한 번 회복시키고 부흥시키자는 우리의 간절한 소원과 기도를 담은 것이다.

JAMA 선언문을 작성한 황삼열 변호사가 1.5세, 2세
목회자들과 함께 선언문을 발표할 때 필자가 그를 소개하고 있다.

미국을 위한 JAMA 선언문(JAMA Declaration for America)

미국은 150만 코리언-아메리칸이 살고 있는 우리의 나라이다.

미국은 성경의 터 위에 세워져,

하나님의 복을 측량할 수 없을 만큼 받아왔다.

미국은 그 많은 복을 받았음에도 지금 하나님을 버리고 전 세계
에서 가장 죄가 많은 나라 중 하나가 되었다.

미국은 지금 엄청난 죄의 영향을 받고 있다.

그 죄가 미국을 불가피한 쇠망(衰亡)으로 끌어갈 지도 모른다.

미국은 나라의 죄와 개인의 죄를 회개하고 하나님께 돌아와야만 한다.

우리는 예수 그리스도를 위해서 미국의 도덕과 영적 각성을 위한 부담을 가져야 한다.

우리가 미국과 그 국민들을 사랑함으로

하나님께서 우리의 땅 미국을 고쳐 주시기를 소망하자.

우리는 지금 미국의 역사적인 독립기념일에 다음과 같은 선언문을 채택한다.

우리는 미국을 위한 예수 각성을 선언한다.

미국이여, 모든 나라 중에 하나님의 영광을 선포하고 만방 백성 중에 하나님의 위대한 행사를 선포하자.

우리는 미국이 무신론에서 해방됨을 선언한다.

미국이여, 살아 계신 하나님 앞에서 죄를 고백하고 회개하자.

우리는 미국을 위해서 예수 그리스도의 사랑을 선언한다.

미국이여, 즉시로 그리스도의 첫사랑으로 돌아가자.

우리는 미국을 위해서 모든 인종간에 화해를 선언한다.

미국이여, 예수 그리스도 안에서 형제의 사랑을 다시 불붙이자.

우리는 미국을 위하여 하나님의 능력에 힘입은 승리를 선언한다.

미국이여, 전지전능하신 하나님께 모든 것을 바쳐 헌신하자.

우리는 미국을 위해서 하나님 말씀에 헌신하고 사는 것을 선언한다. 미국이여, 하나님의 뜻에 순종하자.

우리는 이 선언문을 가정에서 직장에서 어디에서나 선언할 것이며,

우리는 예수님이 그리스도시요 구주이신 것을 어느 곳에서든지 선언할 것이다.

우리는 우리 자손과 그 후대들에게 이 선언문을 선언할 것이며,

우리는 미국을 위해서 눈물과 아픔으로 이 선언문을 선언할 것이다.

우리는 지금부터 영원토록 이 선언문을 선언할 것이며,

우리는 하나님의 영광을 기리 선언할 것이다.

미국이여, 주님의 이름으로 일어서자.

미국이여, 스스로 겸비해지자.

미국이여, 하나님의 얼굴을 구하고 기도하자.

미국이여, 악한 길에서 떠나 하나님께 돌아오자.

하나님이여, 우리 기도를 들으시고 우리의 죄를 용서하시며 우리의 땅 미국을 고쳐주소서.

이것이 미국을 위한 우리의 선언이다.

JAMA Declaration For America, July 4, 1996

(원문은 영어로 작성되어 있음 - 편집자 주)

자마 선언문이 낭독되자 우레와 같은 박수로 그 선언문이 채택되었다. 그 날 밤 3,000여 명의 모든 참석자들이 이 선언문에 서명했다. 그들은 한 사람씩 강단 앞으로 걸어 나와 준비된 박스에 서명한

선언문을 넣었다. 실로 감격스런 장면이었다.

젊은이들을 위해서 기도하던 많은 1세 어른들도 젊은이들이 회개하고 변하는 현장을 직접 목격하면서 젊은이들에 대한 큰 소망을 갖게 되었다.

대회가 끝나는 날 시카고에 있는 무디 국제 방송(Moody International Broadcasting)에서 연락이 와 브라잇 박사님, 티핏 선교사님, 디 모스 여사님과 같이 미국과 전 세계로 방송되는 프로그램에 인터뷰를 했다. 대회의 백인 강사들은 '이번 콜로라도 주립대에서 일어난 사건은 역사적이고 전례가 없는 일이다. 미국의 영적 각성에 이미 대단한 영향을 주기 시작했다. 이 영적 각성과 부흥이 전 미국과 세계에 산불과 같이 퍼질 것이다…' 는 등의 격찬을 아끼지 않았다. 그들은 이 사건을 잊을 수 없으며 가는 곳마다 코리언-아메리칸들이 시작한 이 사건을 전하겠다고 했다. 참석자 대부분이 도전 받고 변화를 경험했으며 비전과 사명을 가지고 떠났다. 그리스도를 위한 풀 타임 헌신자들이 300명이 넘게 나왔다.

뒷정리를 위해서 스태프들과 자원봉사자들만이 남아 있었다. 나는 아내와 함께 전체 대회장 가운데 서서 주위를 돌아보면서 6일 동안 일어났던 일들을 되새기고 있었다. 그 때 한 젊은 대학생이 나에게 접근해 다음과 같이 말했다.

"김 교수님, 저는 2세 대학생인데 이번 기회를 마련해 주신 1세 어른들께 정말로 존경과 경의를 표합니다. 저는 1세를 사랑하게 되었습니다. 감사합니다. 한국 이름이 코리아라고 불려지기 이전에는 '조선(Chosun)'으로 불리었지요? 나는 이번 대회에 참석해서 내 자신의 아이덴티티를 찾았습니다. 'Chosun'에서 'u'를 빼고 'e'를 넣으면 'Chosen(선택된)'이란 말이 됩니다. 우리는 하나님께 선택된 세대(Chosen Generation)입니다. 우리는 선택된 하나님의 자녀들입니다. 이 특권을 가지고 미국과 세계의 변화를 위해서 'Chosen Generation'으로, 그리고 God's chosen children으로 헌신하겠습니다. 감사합니다."

그는 나를 껴안았다. 눈물이 왈칵 쏟아졌다. 아내와 나는 그 학생을 위해서 기도해 주었다.

"하나님 감사합니다. 찬송과 모든 존귀와 영광을 전능하신 하나님께 예수 그리스도의 이름을 높이여 드립니다. 아멘."

이렇게 해서 자마 제1차 전국대회는 하나님의 크신 은혜와 역사가운데 성황리에 끝났다. 나는 자마 제1차 대회를 정리하면서 함께 수고했던 기관들과 리더들, 그리고 봉사자들을 잊을 수 없다. KCCC(대표: 강용원 간사님, 총무: 강순영 목사님, 대회 디렉터: 김동환 목사님(현재 LA KCCC 대표), 전국 KCCC 스태프들과 KCCC 대학생들)와, '작은불꽃 선교회'(대표: 이순정 목사님, 폴 리 목사님과 60여 명의 작은불꽃 대학생들), GSC(대표: 강충원 장로님, GSC 회원들)의 수고에 충심으로 감사 드린다.

자마 대회 이후 전국적인 영향력은 대단히 컸다. 많은 교회 목사님들이 대회에 참석하고 돌아온 젊은이들의 변화를 알려주면서 격려도 해주었다. 자마 대회에 스피커로 참석했던 미국의 영적 리더들도 가는 곳마다 자마를 소개하여 화제가 되었다.

그러나 호사다마라고 대회가 끝난 후 어려움도 대단히 많았다. 1년이 넘도록 시련을 겪었다. 너무도 힘든 시련이었다.

그러나 하나님께 감사한 것은 이러한 과정 중에도 1.5세, 2세 프로패셔널 리더들이(특히 샘 황(Sam Hwang) 변호사님과 팀 하스(Tim Haahs) 사장님을 중심으로) 자마의 주인의식을 가지고 1997년과 1998년에 두 차례의 자마 프로패셔널(JAMA Professional) 대회를 개최해서 자마의 정신(Spirit)을 이어 나갔다.

예수대각성을 위한 제2차 전 미주 기도순회
(Prayer Crusade)

1997년 12월 중순, 나는 학기를 마치고 하나님과 깊은 교제(fellowship)의 시간을 가졌다. 하나님께서 자마를 통하여 무엇을 하시기를 원하시는지 물으면서 응답을 구했다. 특히 1998년 여름방학을 어떻게 보내기를 원하시는지 하나님의 뜻을 여쭈었다. 기도하는 중에 '1998년 여름방학 80일을 완전히 바쳐서 미 전국을 순회하며 미국의 예수 각성을 위해서 혼신을 다해 기도하라'는 강한 감동을 주셨다. 아내에게 하나님께서 주신 감동을 나누면서 동참할 것을 소원했더니 기꺼이 찬성했다.

나는 미국 지도를 펴놓고 어떻게 80일간을 순회할 것인지 기도하면서 가야 할 도시를 정해 나갔다. 그 기간 동안에 이미 집회를 부탁 받은 교회들도 있었기 때문에 세심한 계획과 조정이 필요했다.
1998년 1월부터 각 지역 교회들과 친구들에게 연락을 취해 날짜를
결정하면서 80일간의 미 전국 기도순회 일정표를 구체화시켜 나갔
다.

1998년 2월, 나는 강순영 목사님이 시작한 예수사랑선교교회 창
립 기념집회를 인도하면서 미 전국 기도순회 계획을 얘기하며 특별
하게 기도해 주도록 요청했다. 몇 달이 지난 후 강순영 목사님의 동
생인 강운영 목사님(당시 전도사님으로서 예수사랑선교교회에서
형님을 도우며 섬기고 있었다)에게서 편지가 왔다. 편지를 읽으면
서 나는 하나님의 자상하신 손길과 은혜에 다시 한 번 감동했다. 그
내용인 즉은, 말씀을 듣는 중에 하나님께서 김춘근 장로의 전국 순
회를 도울 마음을 강하게 주셨다고 하면서 이 일을 위해서 계속 기
도하고 있는데 혹시 전국을 순회하는데 도움이 필요하느냐고 나의
의견을 묻는 것이었다.

아내와 나는 크게 기뻐했다. 사실 80일 동안 2만 마일(32,000km)
을 혼자 운전하며 전국 기도순회를 한다는 것은 너무 힘든 일이었
다. 그런데 우리의 기도순회를 도울 동역자가 나타났으니 이것은
전적으로 하나님의 계획 속에서 이루어진 일임에 틀림없었다.

우리는 전국 순회 길에 오르기 전에 LA GSC 화요일 정기 모임에
참석해서 우리의 전국 기도순회를 위한 특별기도회를 가졌다. 200
여 명의 젊은이들이 밥 오 목사님(Rev. Bob Oh)의 인도 하에 미국
의 영적 각성과 부흥을 위해서 눈물로 기도했다. 그들은 떠나는 우

리를 위해서 손을 얹고 축복하며 간절히 기도해 주었다. 은혜의 시
간이었다. 먼 길을 떠나는 우리에게는 큰 격려와 위로가 되었다.

　다음날 강운영 목사님은 신학교 졸업식 때문에 며칠 후 포트랜드
(Portland)에서 만나기로 하고 아내와 나는 밴(van)을 렌트한 후 몬
터레이로 올라왔다. 우리는 80일간 필요한 짐을 챙겨서 밴에 실었
다. 1998년 5월 29일 아침, 드디어 모든 것을 다 하나님께 맡기고
감사 감격 속에 부푼 가슴으로 첫 목적지인 샌프란시스코를 향해
떠났다. 2만 마일 대장정의 북미주 예수각성운동 기도 크루세이드
를 위해….

　크루세이드의 첫 집회는 상항순복음교회(오관진 목사님)에서 시
작되었다. 열띤 찬양과 말씀과 기도의 시간을 가졌다. 나는 우리 개
인과 이 나라의 영적 각성과 부흥을 심장이 터지도록 외쳤다. 우리
는 간절한 회개의 기도와 함께 미국을 위한 중보기도를 드렸다. 하
나님의 은혜가 충만했다. 오 목사님과 성도들은 먼 길을 떠나는 우
리를 위해 사랑으로 간절히 기도해 주었고 자마를 위한 헌금도 해
주었다. 첫 집회가 하나님의 크신 은혜 가운데 잘 마쳐졌다.

　우리는 산호세(San Jose), 유시 데이비스(UC-Davis), 그리고 새크
라멘토(Sacramento) 지역에서 매일 밤 대회(rally)를 갖고 미국을 위
한 영적 각성의 메시지를 전하면서 함께 마음을 모아 기도했다.

　6월 2일 새벽, 새크라멘토의 임동하 목사님과 사모님의 간절한
기도와 환송을 받으며 우리는 포트랜드를 향해 달렸다. 새크라멘토
분지는 대곡창 지대이다. 하나님께서는 우리를 이렇게 축복하셨는

데 이 나라가 하나님을 떠나가니 마음에 눈물이 고일 뿐이었다. 레딩(Redding)을 지나 쉐스타 산(Mt. Shasta)과 그 주위의 아름다운 자연을 보면서 우리는 계속해서 달렸다.

'이 땅의 황무함을 보소서…' 우리는 '부흥' 찬양을 들으며 목이 터져라 같이 따라 불렀다. 며칠 전 GSC 모임에서 이 찬양을 처음 들을 때 이 찬양은 나에게 굉장한 영적 감동을 주었다. 전국을 기도 순회하는 우리의 소원을 너무도 잘 담고 있어서 우리는 이 '부흥' 찬양을 이번 전국 기도순회의 주제곡으로 택했다. 계속해서 '부흥' 찬양을 부르는 동안 끊임없이 흐르는 눈물을 주체할 수가 없었다. 프리웨이에서 내려 차를 멈추고 하나님께 기도했다.

"하나님께서 지으신 자연은 이렇게도 아름다운데, 하나님의 형상을 따라 지은 바 된 우리 인간은 이렇게 부패하고 타락해서 더러워졌습니다. 하나님, 이 땅의 크리스천들에게 회개의 영을 주셔서 우리로 회개하게 하시고, 이 땅에 영적 대각성과 부흥을 주옵소서! 우리 크리스천들이 먼저 회개하게 하시고, 이 땅에 회개의 역사가 일어나게 하옵소서. 하나님께서 이 땅에 초자연적인 대부흥을 주셔서 이 땅의 모든 죄를 성령의 불로 태워 깨끗하게 치료하시고 변화시켜 주시옵소서. 주님의 영광이 이 땅에 가득 충만케 하소서." 아내와 나는 소리를 지르며 부르짖어 기도했다.

운전하면서 피곤이 오면 그 때마다 '부흥' 찬양을 불렀다. 오후 6시 30분경, 12시간을 운전해서 포트랜드에 도착했다. 나의 사랑하는 동역자 이수영 목사님과 조카 가족을 반갑게 만났다.

강운영 목사님이 다음날 포트랜드에 도착해서 우리와 합류했다. 우리는 포트랜드에서 이틀 간의 집회와 나라를 위한 기도 모임을 갖고 타코마(Tacoma)로 향했다. 워싱턴(Washington) 주 타코마와 에버(Everett)에서도 집회를 가졌다. 국경을 넘어 캐나다(Canada) 밴쿠버(Vancouver)에 까지 올라갔다. 거기에서도 캐나다와 미국을 위한 영적 각성 집회를 가졌다. 다음날은 새벽 6시에 밴쿠버를 떠나 유타(Utah) 주 솔트 레익 시티(Salt Lake City)로 향해 달렸다. 그 때 유타 주 솔트 레익 시티에서 미 남침례교 정기총회가 열리고 있었는데, 다음날 오전에 2세 목회자들과 만나기로 약속이 되어 있었고 그 날 밤에는 남침례교 전국 대회에서 예수 각성운동의 취지를 나누도록 허락 받았기 때문에 우리는 제 시간에 도착하려고 부지런히 달렸다. 워싱턴 주와 오리건(Oregon) 주를 지나 아이다호(Idaho) 주 트윈 폴스(Twin Falls)에 자정이 넘은 시간에 도착했다. 그 날은 장장 850마일을 달렸다. 약속된 시간에 솔트 레익 시티에 도착하기 위해서는 새벽길을 200마일이나 달려야 하는데 일어나 보니 비가 내리고 있었다. 새벽 빗속을 가르며 달려서 회의 장소에 도착했다. 약속한 시간 1분전인 아침 9시 59분이었다. 할렐루야! 예정된 두 모임을 은혜 가운데 마치고 다음날 새벽 다시 덴버로 향했다. 560마일 길이었다.

미남침례교회 총회에서 말씀을 전하고 있다.

끝없이 이어지는 전국 순회 여정을 다 기록할 수가 없겠다. 우리는 1998년 5월 29일 크루세이드를 시작해서 미국의 서북부, 중부, 동부, 남부, 그리고 다시 서부로… 마지막 목적지 샌디애고에 도착하기까지 장장 79일간을 순회하고 8월 15일에 샌디애고 갈보리장로교회(한기홍 목사님)에 도착했다. 예수 각성 전국 기도순회를 마치는 8월 16일 밤 갈보리장로교회에서의 집회는 이 나라를 위한 회개의 기도와 하나님의 은혜와 성령님의 감동이 절정을 이루었다.

우리는 그 날 밤 집회를 마치고 몬터레이를 향해 출발했다. 다음 날인 8월 17일 새벽 3시 30분, 만 81일 만에 우리는 하나님의 전적인 은혜와 보호하심과 인도하심에 가운데 한 건의 사고도 없이 집에 도착했다. 잠시 눈을 붙이고 아침 8시에 일어났다. 그 날부터 새 학기가 시작되어 출근을 해야했다. 아, 이 놀라운 삶의 감격이여! 이런 삶을 살 수 있게 하신 하나님께 찬송과 영광을 돌립니다.

예수 각성을 위한 제2차 전국 기도순회(Prayer Crusade)를 하면서 체험한 하이라이트(highlights)를 몇 가지를 같이 나누고 싶다.

갈보리장로교회 기도집회를 마치고
한기홍 목사님 내외분과 함께

우리는 80일 동안 전국을 순회하면서 '부흥' 찬양을 매일 30번 이상씩 불렀으니 적어도 2,000번 이상을 부른 셈이다. 이 '부흥' 찬양은 우리의 영혼 속에 깊이 새겨졌다. 그 찬양이 그대로 우리의 영혼의 소원이 되었다. 자동차에서 테잎을 되돌리는 것이 번거로워서 도중에 공 테잎 하나에 '부흥' 찬양만을 반복해서 녹음했다. 버튼만 누르면 언제고 '부흥' 찬양이 흘러 나왔다. 우리가 피곤하거나 지칠 때마다 이 찬양이 우리에게 에너자이저(energizer)가 되었다. 지금도 그 가락만 들어도 감격이 새롭고 영혼이 깨어난다. 나는 이 '부흥' 찬양을 지은 고형원 선교사를 만난 적이 없지만 그가 우리를 위해 이 찬양을 지은 것 같다. 언젠가 그를 만나면 감사를 표하면서 안아주고 싶다. 산을 넘고, 강을 건너고, 끝없는 평원을 달리면서 우리는 미국 대륙 동서남북에 이 노래를 뿌렸다. 우리의 소원과 눈물을 담아서….

이 땅의 황무함을 보소서
하늘의 아버지
긍휼을 베푸시는 주여
우리의 죄악 용서하소서
이 땅 고쳐 주소서
이제 우리 모두 하나 되어
이 땅의 무너진 기초를 다시 쌓을 때
우리의 우상들을 태우실 성령의 불 임하소서
부흥의 불길 타오르게 하소서

진리의 말씀 이 땅 새롭게 하소서
은혜의 강물 흐르게 하소서
성령의 바람 이제 불어와
오 주의 영광 가득한 새 날 주소서
오 주님 나라 이 땅에 임하소서….

우리는 80일간 2만여 마일을 운전하면서 34개 주, 55개 도시에서 120번의 메시지와 예수각성기도회를 인도했다. 우리는 다만 하나님께서 주신 미국의 회개와 영적 부흥에 대한 부담을 감당할 수 없어 이 기도순회를 단행했다. 가는 곳마다 하나님께서 미리 준비해 두신 진주 같은 그리스도의 대사들을 수없이 만났다. 그들과 함께 하나님께서 주신 비전과 부담을 나눌 때 하나님께서 그들을 동역자로 붙이시는 것을 수없이 목격하고 체험할 수 있었다.

사심 없이 혼신을 다하여 우리의 기도순회를 가능하게 한 나의 동역자 강운영 목사님의 사랑과 희생을 나는 잊을 수 없다. 그는 한국에서 17년 동안 중 · 고등학교에서 교사로 일하다가 1996년에 미국에 와서 신학을 공부하던 중이었는데 주를 사랑하고 섬기듯이 최선을 다해서 우리를 사랑하고 섬겨주었다. 나의 아내도 그분의 순수하고 헌신적인 섬김과 예수 그리스도를 향한 충정을 보면서 큰 감동을 받았다. 우리는 80일간 기도순회를 같이 하면서 그리스도 안에서 동지가 되었다. 기도순회가 끝나자 나는 강 목사님께 동역하자고 요청했다. 강 목사님은 그 때부터 지금까지 나와 가장 가까운 동역자가 되어서 이 나라의 예수 각성과 부흥의 소망을 품고 같은 길을 가고 있다.

콜로라도 주를 지나는 도중에서 강운영 목사님과 같이

우리가 타고 다닌 밴은 사실 80일 동안 자마의 움직이는 본부가 되었다. 우리는 프리웨이를 달리면서 말씀도 읽고 나누고, 기도도 하고, 찬양도 하고, 우리의 삶과 비전도 나누면서 우리가 영적으로 약해지지 않도록 힘썼다. 단순한 여행길이 아니기에 해야 할 일도 많았다. 자마 본부와 연락을 취하면서 지난 곳들에 감사편지도 보내고 앞으로 집회할 곳들을 확인도 해야 하고 우리의 기도순회를 정기적으로 정리해서 보내기도 해야 했다. 우리는 팀웍을 이루어서 이 일들을 잘 운영해 나갔다. 매일 해야 할 일들의 목록(To do list)을 만들어서 우선순위를 정하고 그 우선순위에 따라서 필요한 일들을 효과적으로 해 나갔다. 중요한 결정을 할 때에는 같이 기도하면서 지혜를 모아 서로 상의해서 결정했다. 우리 세 사람이 같이 보낸 80일은 생산성 면에서 1년 이상의 효과가 있었다고 나는 믿는다. 1,200명 이상이 이 나라의 영적 각성과 부흥을 위해 중보기도를 하겠다고 작정했고, 자마 2차 대회를 위해서 많은 분들이 30여만 불의 헌금을 약속해 주기도 했다. 이것이 결국 다음 해 여름에 열렸던 자마 제2차 대회를 치르는데 결정적인 역할을 했다. 무엇보다도 이 기도순회를 통해서 전국적으로 이 나라 미국을 위해 기도하는 기도운동이 뿌리를 내리기 시작했다는 것이 큰 성과였다고 평가한다.

우리가 오하이오를 지나 동부로 가고 있을 때에 한 통의 전화가 왔다. 우리가 사용했던 휴대용 전화는 실리콘 벨리(Silicon Valley)에서 회사를 운영하는 김인곤 사장님(산호세한인침례교회 안수 집사)께서 전국순회에 쓰도록 우리에게 빌려준 것이었다. 그 전화가 없었더라면 우리는 많은 불편과 어려움을 겪었을 것이다.

한 여성이 "당신이 누구냐?"고 물었다. 내가 닥터 김이라고 했더니, 당신이 왜 우리 사장님의 전화를 갖고 있느냐고 되물었다. 그 여성은 김인곤 사장의 비서인데 전화회사에서 김 사장의 전화가 혹시 도둑맞은 것이 아닌지 확인하는 전화를 받았다고 했다. 전국을 누비며 매일 수없이 사용되고 있는 데다 그동안 1,800불 이상의 통

화를 사용했기 때문이었다. 나는 그 비서에게 자세한 내용을 설명
해 주었다.

아마 80일간 사용한 전화비용이 대략 5,000-6,000불 정도는 되었
을 것이다. 김 사장님이 꼭 필요한 헌금을 해주신 것이다. 그는 회
사 경영에 최선을 다하면서 하나님을 한결 같이 충성스럽게 섬기는
그리스도의 대사이다. 소문난 크리스천 모델 가정을 이루며 산다.
열심히 복음을 전하고 삶으로 그리스도의 사랑을 실천하는 우리의
귀한 동역자이다.

나의 동역자 김인곤 집사와 함께

내가 1994년 여름의 42일간의 전국 순회와 이번 80일간의 전국 순회를 할 수 있도록 절대적인 역할을 하면서 최선을 다해서 나를 도와준 나의 동역자인 사랑하는 아내에게 충심으로 감사를 드린다. 그 많은 날을 불편한 자동차 뒷자리에 앉아서 순회에 필요한 뒷일을 도맡아야 하는 것은 결코 쉬운 일이 아니었다.

물론 주를 사랑하고 나를 사랑하고 이 나라를 사랑해서 자원해서 하는 수고였지만 아내에게는 이번 전국 순회 80일 동안 특별한 기도제목이 있었다. 사랑하는 딸이 1996년 가을에 유산으로 태아를 잃었었다. 우리에게는 참으로 충격적인 일이었다. 1998년 초여름이 되도록 아무 소식이 없었다. 아내는 전국 순회를 하면서 마음을 정하고 하나님께 집중적으로 기도했다.

"하나님, 제가 이 땅의 예수 각성을 위해서 남편과 같이 전국을 순회하면서 혼신을 다해 기도하는데 이번 전국 기도순회의 선물로 우리 딸이 꼭 아이를 가질 수 있도록 해주세요. 하나님이 책임져 주세요."

우리가 순회를 마치고 돌아온 며칠 뒤 사랑하는 딸에게서 기쁜 소식이 왔다. 우리가 전국 순회 중인 7월에 임신을 했다는 것이다. 1999년 5월 5일에 하나님께서는 사위 에드워드(Edward)와 딸 샤론(Sharon)에게 귀한 아들 마크(Mark)를 선물로 주셨다. 새 생명을 주신 하나님께 감사와 찬송을 드렸다. 마크는 두 달 반 된 나이의 가장 어린 나이로 1999년 7월 20일부터 샌디애고 주립대학에서 열린 자마 제2차 대회에 참석했다.

나는 체질상 엘러지가 심하다. 에어컨, 꽃가루, 비바람이나 특히 장미꽃에 민감하다. 한 번 엘러지가 생기면 재채기가 보통으로 심한 게 아니다. 고속도로를 운전하다가 계속 되는 재채기와 눈물 때문에 사고를 낼 뻔한 적이 한두 번이 아니고, 꽃가루 철이 되면 내 재채기 소리에 온 집이 들썩거려 아내가 잠자리를 옮겨가는 일도 다반사였다.

　자동차로 운전하고 전국을 순회하는데 사실은 운전하는 그 자체보다도 이 에어컨 엘러지가 더 걱정이었다. 미국은 6월 초면 여름이 시작된다. 한 여름에 대륙을 횡단해야 하는데 이 일을 어찌할지 걱정이 되었다. 새크라멘토에서 포트랜드로 가는 도중 더워서 에어컨디션을 틀어놓았더니 30초가 지나기도 전에 심한 재채기가 계속해서 나왔다. 밖의 온도가 그렇게 덥지는 않아 창문을 열고 운전했다. 포트랜드에서부터는 날씨가 점점 더워지기 시작해서 강 목사님과 아내가 나 때문에 고생을 하게 되었다.

　솔트 레익 시티(Salt Lake City)에서 와이오밍(Wyoming), 콜로라도(Colorado), 네브래스카(Nebraska), 아이오아(Iowa)를 거쳐 시카고(Chicago)로 가는 여정은 동쪽으로 가기 때문에 갈수록 더 더워졌다. 강 목사님은 운전을 할 때면 등이 땀으로 흠뻑 젖곤 했다. 보통으로 심각한 일이 아니었다.

　동부와 남부로 갈수록 더위가 더 심해질 텐데 그 더위 속을 에어컨도 켜지 못하고 운전할 일이 너무도 걱정스러워 강 목사님은 하나님께 좀 살려달라고 기도했단다. 우리는 하나님께서 은혜로 내 재채기를 고쳐주시도록 간절히 기도했다. 아, 하나님의 은혜여! 결국 약을 전혀 먹지 않았는데 (약을 먹으면 졸려서 운전을 할 수가 없다) 시카고(Chicago)에 도착한 후 내 재채기는 완전히 멈추었다.

만약 내 재채기가 계속 되었더라면 어떻게 100도가 넘는 텍사스(Texas), 오클라호마(Oklahoma), 뉴 멕시코(New Mexico), 애리조나(Arizona) 사막 지역을 통과할 수 있었을지 생각만 해도 끔직하다. 하나님은 참 좋은 분이시다. 하나님의 특별한 은혜로 시카고에서부터 전국 순회를 마칠 때까지 나는 재채기 한 번도 하지 않는 기적을 몸으로 경험하면서 시원하게 여행할 수 있었다. 할렐루야!

나에게는 또 하나의 체질상 문제가 있다. 변비이다. 그래서 매일 아침 아내가 혼합 과일 주스를 만들어 거기에 섬유가 많은 밀껍질 가루를 섞어 주면 그것을 몇 잔씩 마신다. 이것은 지금까지 내 간병을 치료하는데도 큰 도움을 주었을 뿐 아니라 지금까지 26년 동안 내가 집에 있을 때는 하루도 빠짐없이 아내가 해주는 아침식사이다. 내가 새벽 6시 비행기를 타야할 때도 꼭 주스를 만들어 나로 하여금 마시게 하고 보내는 지독하게 충성스런 아내이다.

집에 있을 때는 이 주스를 마시고, 적당히 운동을 하고, 섬유질 음식과 채소를 먹으면 별 문제가 없는데 긴 여행을 하거나 집회를 나가게 되면 운동 부족과 흐트러진 음식 조절, 그리고 영적 긴장감 때문에 심한 변비가 생기게 된다. 이것은 내가 안고 사는 어쩔 수 없는 체질상의 문제이다. 아내가 동행할 때는 아내가 잘 배려해주니까 별로 문제가 없지만 아내 없이 혼자 여행할 때는 항상 이것이 가장 고통스러운 일이다.

포트랜드를 떠나서 시카고에 도착하기까지 일주일 동안 한 번도 변을 보지 못했다. 여러 가지 약과 의사의 처방을 써도 소용이 없었다. 재채기와 변비가 동시에 나를 괴롭히자 견딜 수가 없었다.

"하나님, 이런 상태로는 도저히 전국 순회를 할 수가 없습니다. 주님이 고쳐주시지 않으면 시카고에서 중단하고 집으로 돌아가겠습니다. 하나님께서 주신 도전과 부담 때문에 이 어려운 전국 순회를 하고 있는데 하나님이 고쳐주시지 않으면 어떻게 합니까? 중지할 수밖에 없지요. 하나님이 책임져 주시고 제 문제를 치료해 주십

우리가 순회하는 중 애틀란타 JAMA 대회가 개최되었다.
준비 책임자들과 함께

시오." 너무 힘들어 울면서 간절히 기도했다.

시카고에서 어느 성도를 통하여 받은 변비약이 큰 효과를 주었다. 하나님의 자비와 긍휼이 아니면 우리는 아무것도 할 수 없다는 것을 분명히 가르쳐 주셨고, 내 자신이 하나님을 전적으로 의지하고 신뢰하며 그리스도의 심장으로 겸손히 전국 순회를 하기 원하시는 하나님의 깊은 뜻을 깨닫게 되었다. 나는 지금도 이 두 가지의 가시 때문에 한순간이라도 하나님께 의존하지 않고는 살 수 없다는 것을 매일 체험하면서 살고 있다.

텍사스 휴스턴 호텔에서 뉴스를 보았다. 일기예보를 하는데 그동안 텍사스에 100도가 넘는 날씨가 한 달 이상 계속되었다고 했다. 정말 풀과 잔디와 나무들이 가뭄으로 말라죽고 들에 있는 소들까지도 말라 있었다. 무서운 더위였다.

우리는 칼리지 스테이션(College Station)에 있는 텍사스 A&M 대학을 중심으로 텍사스 A&M 선교교회에서(김 종 목사님) 유학생들을 위한 집회를 인도했다. 생명을 바쳐 유학생들을 그리스도의 제자로 양육하는 김 목사님의 모습이 오히려 나에게 감동을 주었다. 은혜 가운데 집회를 마치고 달라스로 가는 길에 오스틴(Austin)에 들렀다. 오스틴 침례교회의 김정주 목사님(3년 전에 소천하심)과 만나 저녁식사를 같이 하면서 교제하면서 다음 해 봄 대학생을 위한 집회를 하기로 결정하고, 다음날부터 시작되는 달라스 빛내리교회(이연길 목사님) 집회를 위해서 7월 30일 밤늦게 달라스에 도착했다.

Texas A&M 선교교회 김 종 목사님과 함께

　우리는 하나님의 말씀을 철저히 가르치며 변화와 부흥을 체험케
하시는 자상하고 인자하신 이연길 목사님과 기쁘게 만날 수 있었
다. 다음날 달라스 기독교방송국에서 4시부터 5시까지 좌담회가 예
정되어 있었다. 부목사님께서 나를 3시 30분에 데리러 왔다. 자동
차로 15-20분 정도 걸린다고 하면서 자동차 에어컨을 얼마 전에 고
쳤는데 어떨지 모르겠다고 하셨다. 그 날 실외온도가 107도라고 했
다. 그러나 1개월 이상 계속되는 더위였기에 지열은 훨씬 더 높았
을 것이다.

　금요일 오후라서 차가 너무 몰려 프리웨이로 가는 것이 불가능했

다. 프리웨이 옆에 있는 서어비스 로드(service road)로 들어갔다. 거기도 마찬가지였다. 아니! 이걸 어쩌나? 설마 했는데 자동차 에어 컨디션이 작동하지 않고 에어컨을 틀면 오히려 뜨거운 바람이 나와 서 견디기가 어려웠다.

나는 자동차 창문을 열어보았다. 숨이 막힐 것 같은 열풍이 들어 와 닫을 수밖에 없었다. 목은 타고 온몸은 땀으로 완전히 적셔 있었 다. 넥타이, 와이셔츠도 다 벗었다. 차 안은 말 그대로 찜통이었다. 창문을 열 수도 없고, 마실 물도 없는데 차는 트래픽(traffic)에 붙잡 혔다. 실신할 것 같았다. 나는 추위는 잘 견디지만 더위는 정말 못 견딘다. 심한 더위가 나를 실신시킬 것만 같았다. 하나님께 살려달 라고 기도했다.

기독교방송국에 도착하니 4시 30분이 넘었다. 자동차에서 내렸을 때는 바지가 물 속에서 나온 것처럼 젖어 있었다. 건물 안에 들어오 니 이젠 에어컨의 찬 공기가 어찌나 차가운지 그 자극에 현기증이 나면서 쓰러질 것 같았다. 물을 잔뜩 마시고 잠시 쉬었다. 그 고생 을 하고 갔는데 방송 시간이 다 되어 15분 정도 밖에 할 수 없었다.

호텔에 돌아올 때는 다른 차를 이용했다. 그 날 밤부터 하나님의 크신 은혜 가운데 집회를 시작했다. 1999년 5월에 빛내리교회에서 자마와 함께 대학촌 유학생 교회 목회자를 초청해서 세미나를 가졌 다. 그 때 다시 빛내리교회를 방문하게 되었다. 그 부목사님께서 새 로 사신 에어컨이 잘 되는 차로 일부러 나에게 라이드(ride)를 주시 면서 지난 일을 얘기하며 웃었다. 참 반가웠다.

빛내리교회에서 3일간 집회를 인도하였다

빛내리교회에서 주일 집회를 마치고 이 목사님 사무실에서 우리
는 사모님과 같이 다과를 나누는 시간을 가졌다. 그때 내 아내가 사
모님께 내 허리와 어깨가 불편하여 고생한다는 말을 했다. 사모님
은 즉시 교회 집사님 중에 실력 있고 경험 많은 척추전문의
(chiropractic)를 불러주셨다. 그 날 오후에 당회실 바닥에 누워서 치
료를 받았다. 벌써 2개월 이상을 운동도 못하고 매일 밤낮으로 운
전하며 집회를 인도했기에 몸 전체가 굳어져 있었다.

처음 치료를 받을 때는 어깨와 목과 허리의 근육이 풀리는 것 같
아 기분이 상쾌했다. 점점 치료의 강도가 세지는 것 같았다. 나를

엎드리게 하고 어깨와 옆구리를 치료할 때는 압력이 너무 강하게 느껴졌다. 옆구리 갈빗대가 지독하게 아팠다. 치료를 계속 받을 수 없었다. 잠시 뒤엔 괜찮겠지 생각하고 아픔을 참았다. 저녁식사를 마치고 호텔로 돌아왔다. 아픔이 점점 더 심해졌다. 아스피린을 먹고도 밤새 앓았다. 다음날 아침, 오클라호마(Oklahoma)로 떠나야 하는데 그대로는 떠날 수가 없었다. 이 목사님과 함께 의사에게 갔다. X-ray를 찍었는데 뼈가 부러지지는 않았지만 삐어서 상처를 입었다고 했다. 진통제를 처방해주어 그걸 먹고 오클라호마로 향했다. 이제는 도무지 운전을 할 수가 없었다. 마음대로 움직일 수도 웃을 수도 없었다.

나는 오클라호마로 가면서 왜 이러한 일이 일어났는지 하나님께 여쭈어보았다. 우리는 똑같은 하나님의 뜻을 깨달았다. 우리가 달라스에 도착하자, 특히 빛내리교회에서 3일 동안 집회가 하나님의 크신 은혜 가운데 잘 마치게 되자 영적 긴장감이 풀렸다. 여정을 거의 마친 그런 느낌이 들었다. 이제 두 주일이면 오클라호마, 알바커키(Albuquerque), 피닉스(Phoenix), LA, 오랜지카운티(Orange County), 샌디애고(San Diego)를 거쳐 집에 도착할 것을 생각하니 마음이 조금 느슨해졌다. '이 정도면 많이 했지…' 하는 그런 마음이었다. 이 때가 가장 위험한 때인 것을 깨닫도록 하나님께서 경종으로 주신 것으로 생각되었다.

웨스트 LA에 있는 예수사랑선교교회(강순영 목사)는 매일 새벽과 밤에 특별기도회로 모여 우리의 전국 순회를 위해 하루도 빼지 않고 중보기도를 했다. 뿐만 아니라 전국적으로 많은 목사님들과 동료들과 성도들이 우리를 위해서 계속해서 기도해 주셨다. 우리가 2만 마일(지구를 2/3 바퀴 도는 거리)을 운전하는 동안 오일 체인지만해도 일곱 번을 했는데, 조그만 사고 한 건 없이 전국 순회를 마친 것은 절대적으로 하나님의 크신 은혜요 또한 우리를 위한 여러분들의 중보기도 덕분인 것으로 믿는다.

뉴저지 베다니교회(장동찬 목사)가 매년 개최하는 여름 수련회에 강순영 목사님과 함께 초청을 받았다. 우리는 6월 25일 포코노 수양관에 도착했다. 일주일 동안 수양관 전체를 빌려서 하는 큰 수련회였다. 여러 성도들과 만나는데 한 사람 한 사람이 그리스도의 강한 군사로 훈련된 것이 느껴졌다.

장 목사님과 대회 중에 "우리 교회 성도 한 사람 한 사람이 일당 셋의 역할을 합니다. 1,500명의 교인이지만 4,500명의 교인으로 보아야 할 것입니다."라는 말씀을 하셨다. 그 말씀에 수긍이 갔다. 강 목사님과 같이 밤낮으로 수련회를 인도했다. 하나님의 은혜와 성령님의 역사가 시간시간 충만했다.

강 목사님께서 토요일 새벽예배를 인도하셨다. 새벽예배 후 통성기도 시간이었다. 나는 하나님께 울부짖었다. "하나님, 저에게 미국을 위한 예수 각성운동의 큰 부담을 주시고 그 책임을 맡기셨는데 이 일을 같이 할 동역자를 붙여 주셔야지 이 일을 저 혼자서 어떻게 감당하라고 하십니까? 제발 동역자를 붙여 주세요."라고 간절히 기도했다.

수련회 중 장동찬 목사님, 사모님과 함께 점심식사를 나누고 있다.

　기도를 끝내고 밖으로 나오는데 강순영 목사님께서 나에게 오시
더니 "나는 오늘 새벽기도 때 하나님께로부터 큰 책망을 받았습니
다. 자마를 사명으로 주셨는데 무엇을 주저하고 그렇게 주춤거리고
있느냐고 강하게 도전하셨습니다. 이제 자마 사역을 위해서 다시
최선을 다하여 일선에서 뛰겠습니다."라고 말씀하지 않는가? 나는
너무 감격해서 강 목사님을 껴안고 울었다. "나는 하나님께서 이렇
게도 빨리 전격적으로 응답해 주실 줄은 생각도 못했습니다." 나는
강 목사님과 새벽에 하나님께 울부짖은 내용을 함께 나누었다.
　당시 강순영 목사님은 CCC 총무를 그만 두고 목회를 하면서 제2

선에서 자마를 돕고 계셨다. 우리 동료들은 그분 없이는 자마의 전
국 대회뿐만 아니라 자마의 많은 사역들이 거의 불가능하다는 것을
잘 알고 있었다. 내가 그분을 처음 뵈었을 때 인상을 잊을 수가 없
다. 마치 예수님을 만난 것 같이 마음에 엄청난 평화와 사랑이 느껴
졌다. 나는 강 목사님의 헌신에 큰 격려와 힘을 얻었다. 천군만마를
얻은 것 같았다. 전국을 순회하는 동안 하나님께서 많은 신실한 분
들을 동역자로 붙여 주셨다. 2선에서 돕던 많은 분들이 재 헌신하
고 오너십을 가지면서 1선으로 옮겨왔다.

  전국 순회를 하면서 그 동안 관계를 맺어왔던 목사님들과 성도들
과의 관계가 더 활성화되고 또 새롭게 만난 많은 분들이 직접 사역
에 참여할 수 있는 큰 네트웍이 형성되었다. 이제는 자마가 운동으
로써 그 사명을 감당할 수 있는 기초를 다지게 되었다.

  동행하던 강운영 목사님께서 급한 일로 잠시 LA에 가시게 되어
목사님을 뉴왁(Newark) 공항에 내려드리고 아내와 나는 플리머스
(Plymouth)를 향해 달렸다. 우리는 그곳에서 1620년 겨울에 도착한
청교도들의 발자취를 답사하면서 2박 3일을 보냈다. 메이플라워
(Mayflower)호를 그대로 복원한 메이플라워 Ⅱ를 투어(tour)하면서
그 당시의 상황을 상상해 보기도 했다. 선원들을 제외한 102명의
승객이 어떻게 대서양을 항해하며 살아났는지 상상하기조차 힘들
었다. 102명 중 청교도들은 35명으로 밝혀졌다. 나머지 승객은 자
유와 신앙, 그리고 경제적인 기회를 얻기 위해 목숨을 걸고 신대륙
으로 건너온 것이다. 콜럼버스가 1492년에 미대륙을 발견한 후 128
년 후에 그들이 플리머스에 도착한 것이다.

우리 뒤에 청교도들이 타고 온 Mayflower호의 모형이 보인다.

메이플라워호가 플리머스에 정착한 후 청교도들이 육지로 올라 올 때 첫 발을 디뎠다는 바위를 철장에 보호하고 있었다. 앞바다 전 경을 보기 위해서 언덕 위로 올라갔다. 청교도가 도착했을 때 큰 도 움을 주었던 원주민 추장의 기념상이 기념비와 함께 언덕 위에 우 뚝 서 있었다. 기념비 앞면에는 도착 첫 해를 넘기면서 죽었던 46명 의 이름이 새겨져 있었고 기념비 뒷면에는 그들을 기념하는 글이 적혀 있었다. 다음과 같은 내용도 적혀 있었다.

"…역사는 이 소수의 사람들이 신앙과 자유를 위해서 생명을 걸 고 희생하며 대서양을 건넜다는 위대한 사실을 반드시 기억해야 할

청교도들이 첫 발을 디딘 큰 돌

것이다…" 큰 감동과 견딜 수 없는 부담이 내 마음에 밀려들었다.

"하나님, 이들 청교도들이 생명을 걸고 지키며 이 땅에 가져온 신앙을 우리가 제2의 청교도로서 부흥시킬 수 있겠습니까? 저에게 이 엄청난 부담을 주셨는데 이제 이민 온지 얼마 되지 않은 코리언-아메리칸 크리스천들이 그들과 얼굴도 다르고 풍습도 다르고 피도 다른데 미국의 청교도 신앙의 각성과 부흥을 위해서 정말 우리가 그 주역을 감당할 수 있는지 저에게 분명히 확신시켜 주옵소서. 북미 주예수각성운동이 우리의 단순한 야망이요 사라질 꿈이라면 하나님께서 지금 말씀해 주셔야 합니다. 그래야 제가 인생을 낭비하지 않고 하나님께서 원하시는 길로 갈 것 아닙니까? 하나님, 우리가 제 2의 청교도로서 미국을 위해서 청교도 신앙을 회복하는 부흥 운동을 할 수 있습니까? 오늘 이 자리에서 확인해 주셔야 합니다."

이렇게 기도하는 중에 하나님의 음성이 내 마음에 강한 충격으로 닥아왔다.

"예수 그리스도의 피로 죄 씻음을 받고 구원받은 내 자녀들의 피가 어느 민족이나 혈통이나 인종의 피보다 더 강하고 진하지 않느냐? 그 청교도들과 네 피 속에 그리스도의 십자가의 피가 짙게 흐른다면 인종과 혈통이 무슨 문제가 되겠느냐? 너희가 이 나라에 대해서 주인의식을 갖는다면, 너희가 너희 죄를 회개하고 이 나라를 심장에 안고 이 나라의 죄를 회개하면, 너희가 이 나라를 사랑하고 또 이 나라를 위해서 희생할 수 있으면, 이 나라 미국은 너희 것이다. 나의 모든 백성들이 다같이 교만과 죄악을 회개하고 나에게 돌아오면 내가 반드시 너희들을 통하여 이 땅에 신앙을 회복시키고 이 땅을 치유할 것이다."

나는 감격의 눈물을 흘렸다. 그 언덕 너머로 해가 질 때까지 그곳에 주저앉아 있었다. 이제는 다시 의심할 수가 없게 되었다. 북미 주예수대각성운동은 변할 수 없는 분명한 하나님의 비전이며 우리를 향하신 하나님의 소원인 것을 나는 플리머스에서 확실하게 확인했다.

"그렇다. 미국은 내 것이고 네 것이며 우리 것이다. 하나님의 후사인 우리가 오너십을 갖고 주인이 되지 않는다면 누가 주인 노릇

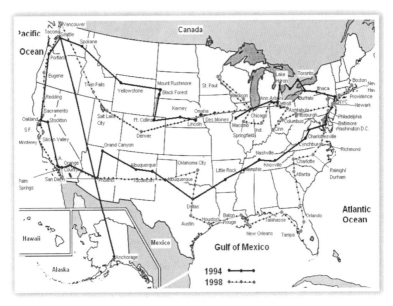

제1차(1994년)와 제2차(1998년) 미 전국 기도순회 지도

을 하겠는가? 그리스도의 피로 한 형제자매된 크리스천들이여, 회개하고 변화되자. 그리고 이 땅의 청교도 신앙회복과 영적 부흥을 위해서 의연히 일어나자. 우리 자신을 주께 드리고 담대하게, 용기있게, 그리고 순결하게 살자. 회개의 영으로 하나님께 기도하자. 하나님께서 이 땅에 초자연적인 대부흥을 주실 때까지 회개하고 기도하며 전진하자! 내 마음에 다시 한 번 강한 확신을 주신 하나님을 찬양합니다. 영광과 존귀와 찬양을 아버지 하나님께 돌리옵니다. 아멘."

나는 아내와 같이 플리머스 언덕을 내려왔다. 음식점에서 뉴잉글랜드 가재(Lobster)로 저녁식사를 나누며 플리머스 앞바다를 바라보았다. 우리 앞에 놓여 있는 엄청난 도전의 길을 굳세게 가리라 다시 한 번 다짐했다.

JAMA 제2차 전국대회

전국 순회를 마치면서 곧바로 1999년 7월에 20-24일에 열릴 자마 제2차 전국대회 준비를 시작했다. 적당한 대회 장소를 찾는데 어려움이 많았다. 우여곡절 끝에 샌디애고 주립대학교에서 대회를 갖기로 하고 계약을 했다.

1999년 1월 14-16일에는 전국 각 지역 리더 88명이 몬터레이에 모여 대회 준비모임과 중보기도회를 가졌다.

마지막 날 밤의 중보기도 모임은 우리 집에서 가졌다. 서로 교제하면서 저녁식사를 같이 하고 찬양과 말씀과 더불어 집중적으로 기도했다. 리더들이 사는 각 주에 부흥을 주시도록 우리는 합심해서 부르짖어 기도했다.

그 날 밤 제2차 전국대회 준비 책임을 맡았던 분이 개인 사정으로 그 일을 할 수 없겠다는 뜻을 전해왔다. 갑작스런 일이라 당황스럽고 낙심이 되었다. 우리는 그 날 밤 이사회를 갖고 우선 오정환 박사님을 중심으로 준비할 팀을 구성하기로 했다. 그는 젊은 학자(경제학 박사)로서 하나님을 지극히 사랑하고 겸손히 주를 섬기는 충성된 사람이었다. 오 박사님을 준비 책임자(National Conference

Director)로 임명했다. 그리고 강순영 목사님, 강운영 목사님 등 1세
와 피터 박(Peter Park), 진 최(Jean Choi), 그리고 폴 김(Paul Kim) 등
1.5세와 2세를 준비위원으로 임명했다.

피터 박은 자마 이사이신 박수웅 장로님의 아들이다. 그는 인간
관계가 탁월하고 특별한 비즈니스 마인드(business mind)를 가지고
있어서 전국대회 프로모션과 많은 대외관계 임무를 잘 수행해 냈
다.

우리는 곧 1세, 1.5세, 2세들의 핵심 팀을 구성했다. 전국 각 지역
의 책임자들도 임명했다. 본격적인 준비작업에 들어갔다. 그러나
문제는 1월 중순 그때까지 주강사 한 명만 결정되었을 뿐 아무것도
결정되지 않았다. 아침과 저녁의 전체 모임(general assembly) 프로
그램이 전혀 준비되지 않았기 때문에 브로슈어(brochure)도 만들
수가 없는 상태였다.

사태가 급박했다. 전적으로 주님께만 의존하면서 남은 6개월 동
안 최선을 다해서 준비하는 것 외에 다른 방도가 없었다. 바로 그때
아들 폴이 잠시 집에 와 있었는데 돌이켜 볼 때 그것이 전적으로 하
나님의 섭리와 뜻 가운데서 이루어진 일이었다.

폴은 1996년 5월 코넬대학교를 졸업(경제학)하고 뉴욕 맨하탄
(Manhattan)에 있는 페데럴 리저브 뱅크(Federal Reserve Bank)에서
2년 동안 근무를 마치고 런던 경제대학원(London School of
Economics)에서 석사과정을 공부하기 위해서 영국으로 가 있었다.
폴은 다음해 가을 펜실베이니아 대학교 법과대학(University of
Pennsylvania School of Law)에 가기 전에 구라파 재정, 금융을 공부

하기 위해서 그곳으로 간 것이다. 그는 외로운 중에도 최선을 다하여 공부했고, 매일 아침 큐티(Q.T.)를 하면서 영적으로 잘 자라가고 있었기에 우리는 아들을 인해서 하나님께 감사하고 있었다.

그러던 차에 12월 초쯤 폴에게서 이메일이 왔다. 큐티를 하다가 석사 과정을 중단하고 미국에 돌아가 아버지를 도와 자마 전국 대회를 준비하라는 성령님의 강한 도전을 받았다는 내용이었다. 나는 아내와 상의를 한 후 폴에게 전화를 했다.

"폴, 네 생각은 참 좋다. 그러나 석사 학위를 위해서 그곳에 갔는데 다 마치고 돌아와야지 도중에 돌아오면 되겠니? 등록금도 다 지불했잖니? 크리스마스 때 와서 같이 지내면서 몇 주간 아버지를 돕고 다시 돌아가서 학위를 마치고 돌아오면 좋겠다. 또 네가 6월중에 돌아오면 거의 두 달 정도 대회 준비를 도울 수 있지 않겠니?"

아들은 그 일을 놓고 하나님의 뜻을 재확인하기 위해서 기도하겠다고 했다. 나는 "폴, 내가 너에게 가르쳐 준 하나님의 뜻을 아는 비결 5단계를 기억하고 실천하겠지? 그대로 적용해 봐. 어느 것이 하나님의 뜻인지 …. 그리고 결정하는 대로 이메일을 보내라. 어느 쪽이든 네가 하나님의 뜻대로 결정하면 우리는 적극적으로 받아주겠다." 전화를 끊었다.

물론 부모의 입장에서 볼 때 이미 시작한 학위를 반드시 마치고 돌아오는 것이 당연하다고 생각할 수 있겠다. 며칠 후 아들에게서 다시 이메일이 왔다. 내용인즉 하나님의 뜻을 아는 5단계에 따라서 다시 적용하고 분석한 결과 돌아가서 아버지를 도와 자마 대회를 준비하는 것이 하나님께서 기뻐하시는 뜻이라는 것이었다.

자기도 한 학기를 더 공부해서 석사 학위를 받고 원래 계획한 대로 여름동안 친구들과 함께 구라파 여러 나라들을 여행하고, 그리고 돌아와서 자마 대회에 참석하고 가을학기부터 법과대학에 가면 가장 좋고 쉬운 길이라고 생각할 수 있지만, 하나님께서 지금 돌아가서 아버지를 도와 전국 대회를 준비하라는 부담을 강하게 주시기 때문에 그렇게 순종하기로 마음을 정했다는 내용의 편지였다.

　아내와 나는 폴의 그 결정이 정말 순수한 마음으로 한 것을 확신하게 되었다. 우리는 아들의 긴 편지를 읽으며 크게 도전을 받으며 감격했다. 부모보다 아들의 신앙이 더 성숙한 것 같았다. 오히려 우리는 하나님 앞에 부끄러움을 안고 회개했다. 우리는 즉시 아들에게 전화했다. "폴, 너무 자랑스럽다. 하나님의 뜻대로 순종하자." 폴은 1998년 크리스마스 직전에 모든 짐을 챙겨 가지고 완전히 돌아왔다.

　돌아와서 대회를 위해서 몇 가지 작업(task)을 하고 새 해를 맞았는데 철통같이 믿었던 대회준비 책임자가 일선에서 물러난 것이다. 생각해보면 하나님께서 이 일을 미리 아시고 아들의 마음에 도전하셔서 보내신 것이었다. 하나님은 참 좋으신 분이시다.

　나는 폴을 대회 준비를 위한 나의 특별비서와 전국대회 프로그램 책임자의 임무를 맡겼다. 그는 주강사들을 초청하는 일부터 시작해서 대회 전체모임(General Assembly)의 프로그램을 작성하고 운영하는 일, 대회 브러슈어(brochure)를 만드는 일, 그리고 나의 중요한 모든 통신(correspondence) 업무를 맡았다. 그는 7개월 동안 대

회 준비를 위해서 열심히 일했다. 나는 아들에게 보수 없이 자원봉
사자(volunteer)로 일하도록 했는데 그 오퍼를 기꺼이 받아주었다.

폴은 정말 최선을 다해서 일했다. 새벽 2시, 3시까지 밤을 새우며
수고했다. 그가 받은 비전에 헌신해서 그는 자기의 믿음과 재능과
몸과 마음을 다 드렸다.

하나님께서는 폴을 크게 사용하셨다. 그는 내가 주강사들에게 초
청의 글을 쓰는데도 나를 위해서 초안을 최선을 다해서 잘 써주었
다. 대개의 경우 유명한 강사들은 2년 전에 초청해도 그들을 모시
는 일이 쉽지 않은데 더욱이 우리에게는 시간이 없었다. 폴은 그들
이 우리의 급한 초청을 수락할 수 있도록 아주 감동적이고 설득력
있게 잘 써 주었다. 하나님께서 역사하셔서 우리가 초청했던 대부
분의 강사들이 우리의 초청을 수락해서 강사 문제로 더 이상 어려
움을 겪지 않고 대회를 치렀다.

주강사들을 확정한 후에는 브러슈어를 만드는 일에도 큰 몫을 해
주었다. 담당 스태프와 함께 그 내용이며 디자인을 다 해냈다. 폴은
4박 5일간의 대회에 따른 전체모임 각본(script)도 썼다. 전체 회의
장의 프로그램이 매분마다 어떻게 운영되는가에 대한 일체의 각본
이다. 대회 중에는 진행석에 앉아서 프로그램 디렉터로서 전체 프
로그램을 그 각본에 따라 진행시켰다. 전체 모임을 아무 차질 없이
훌륭하게 잘 운영해냈다.

25세의 젊은이가 개인적인 희생을 감수하며 하나님의 뜻에 순종한 것도 대견스럽고 도전이 되지만 나에게는 이 일을 간섭하신 하나님의 자상하신 역사가 너무도 분명해서 그 얽힌 사연을 나누었다. 폴이 없었더라면 어떻게 그 큰 대회를 치렀을까 생각하면 지금도 그를 강권적으로 보내주신 하나님께 감사할 뿐이다.

폴은 전국대회를 마치고 그 해 가을 유펜(University of Pennsylvania) 법과대학에 입학했다. 벌써 3년간 공부를 마치고 지금은 연방 판사 밑에서 클럭(Clerk)으로 일하고 있다. 지난 가을에는 뉴욕 변호사 시험(Bar Exam.)에 합격해서 2003년 10월부터는 뉴욕에서 아주 명망 있는 법률회사(law firm)에서 변호사로 일하게 되었다. 그가 하나님과 동행하며 은혜 가운데 살아가는 것이 부모된 우리에겐 기쁨이 아닐 수 없다. 평생을 통해 더욱 주를 높이기를 날마다 소원하며 기도한다.

제2차 대회는 대부분 1.5세와 2세들에 의해서 진행되었다. 1세와 1.5세, 그리고 2세가 한 비전을 갖고 서로 갈등 없이 대회를 치른 것은 하나님의 은혜이다. 20대에서 70대까지가 함께 협력해서 대회를 치렀다. 우리가 그리스도 안에서 같은 비전을 가지면 언어나 문화나 나이가 문제가 될 수 없음을 다시 경험했다.

1세 리더들과 만나면 '1.5세, 2세 젊은이들이 예수 그리스도와 교회에 대한 믿음의 헌신과 열정이 부족하다'는 말을 자주 듣는다. 그러나 그것은 세대 문제가 아니라 비전과 오너십의 문제라는 생각

2002년 5월 아들 폴의 법과대학 졸업식 때

이 든다. 나는 우리 1.5세, 2세 젊은이들이 하나님으로부터 비전을 받고 그 비전에 오너십을 가질 때 그 일에 열정을 갖고 헌신하여 끝까지 책임을 다하는 것을 많이 보아왔다.

나는 그들에게 큰 소망을 갖고 있다. 문제는 우리가 가정에서나 교회에서 그들에게 그들이 열정을 갖고 헌신할 수 있는 비전을 제시하고, 오너십을 주며, 믿음을 가지고 맡기는 것이다.

자마 2차 대회를 정리하면서 한 가지 더 꼭 나누고 싶은 것은 샌디애고 갈보리장로교회에 대한 고마움이다. 자마 제2차 전국대회는 한기홍 목사님과 고 이규택 장로님을 비롯한 샌디애고 갈보리장

로교회 전교우들의 헌신적인 봉사가 있었기에 가능했다. 갈보리장
로교회는 이 대회의 호스트(host)로서, 이 땅의 예수 대각성과 부흥
을 같이 소망하는 동역자로서, 1세 목사님들, 2세 목사님들, 장로님
들, 그리고 강사님들을 교회에 초청해서 그리스도의 사랑으로 그들
을 대접해 주었다. 대회 기간 중 어린아이들을 돌보아 주신 권사님
들의 수고는 어떻게 말로 다 표현할 수가 없겠다. 갈보리장로교회
와 온 교우들에게 우리 주님께서 풍성하게 갚아주시기를 기도할 뿐
이다.

우리는 지금 자마 제3차 전국대회를 준비하고 있다. 3차 대회는
2003년 7월 1~5일에 애틀란타(Atlanta)에 있는 조지아 텍 대학교
(Georgia Tech University) 캠퍼스에서 갖는다. 이 대회는 1.5세인
촬스 김 목사님(Rev. Charles Kim: Executive Conference Director)이
중심이 되어 이 땅의 예수 대각성의 비전에 헌신한 1.5세, 2세 목사님
들과 프로패셔널(Professional)들이 오너십을 가지고 준비하고 있다.

온갖 어려움에도 불구하고 계속해서 대회를 갖는 나의 소원은 오
직 한 가지이다. 하나님께서 은혜를 주셔서 이 대회를 통해서 이 땅
에 사는 우리와 우리 자녀들에게 이 나라의 영적 대각성과 부흥과
회복에 대한 열망을 주시기를 소원한다. 이 열망이 주류사회로 번
지고, 온 대륙을 덮는 날, 그 날에 이 땅에 우리의 하나님 되시는 예
수 그리스도의 영광이 가득하게 되리라. 오직 하나님의 은혜로만
가능한 일이다. 이스라엘을 통해서 당신의 뜻이 이루기를 그렇게

JAMA 제3차 전국대회 포스터

소원하셨던 하나님께서 이 땅의 예수 각성과 부흥을 우리를 통해 이루시기를 간절히 기도하면서 나의 믿음으로 이 길을 갈 것이다.

내가 고통 중에 부르짖을 때 나를 만나 주신 하나님은 내가 내 인생에 대한 하나님의 뜻과 계획을 열망할 때 나에게 비전을 보여주셨다. 내가 그 비전을 이루고자 나를 드려 나갈 때 하나님은 내 마음의 눈을 열어서 더 큰 하나님의 우주적인 소원을 보게 하셨다. 그리고 내 심증을 키워서 내 심장 안에 하나님의 소원을 담게 하셨고 그 하나님의 소원을 이루는 것을 나의 소명으로 삼게 하셨다. 이제 나는 내 생명의 불꽃이 꺼지는 그 날까지 마지막 한 줌 에너지를 다 드려 이 하나님의 소원을 이루어 가리라. 그리고 하나님의 소원이 이루어지는 그 날에 하나님의 충만한 영광을 보며 마음껏 기뻐하리라.

피터스 하우스(Peter's House)는
21세기 토탈(Total) 문화선교의 대명사입니다.

피터스하우스(베드로서원)의 사역원리

Pastoral Ministry(목회적인 사역)
Educational Ministry(교육적인 사역)
Technological Ministry(과학기술적인 사역)
Evangelical Ministry(복음적인 사역)
Revival Ministry(부흥적인 사역)
Situational Ministry(상황적인 사역)

피터스하우스는 21세기 토탈(종합)문화선교의 대명사입니다.
변화되는 세상 속에서 복음은 변할 수 없습니다.
그러나 복음을 전하는 방법은 달라져야 합니다.
피터스하우스는 시대에 맞는 옷을 입고 '문화'라는 도구로
복음을 전하는 종합문화선교기관입니다.
우리는 예수 그리스도께서 몸버려 피흘리사 그 값으로 교회를 세우신
그 귀한 사역을 계속 이어나가고자 합니다.
그리하여 이 땅 위의 교회들이 반석 위에 굳건히 세워지고
복음이 전파되는 그 귀한 사명을 끝까지 감당해 나갈 것입니다.

와이미2
한 번 사는 인생 어떻게 살 것인가?

초판 1쇄 / 2003년 1월 15일
2 판 1쇄 / 2010년 5월 10일

지 은 이 / 김춘근
발 행 처 / 베드로서원
발 행 인 / 방주석

등록번호 / 제59호
등록일자 / 2010년 1월 18일
주소 / 경기도 용인시 수지구 상현동 현대성우3차@285-1604
서울사무소 / 서울 서대문구 충정로2가 157 사조빌딩 213호
전화 / 02)333-7316
팩스 / 02)333-7317
www.petershouse.co.kr

베드로서원은 좋은 책 만들기에 힘쓰고 있습니다.
책값은 뒷표지에 있습니다
ISBN 978-89-7419-149-8 03810